DuMont's Kriminal-Bibliothek

D1874578

Leslie Thomas wurde 1931 in Newport, Großbritannien, geboren. Neben zahlreichen Romanen veröffentlichte er mehrere Kriminalromane, in denen Dangerous Davies, ein Detective Constable der Londoner Polizei, Verbrechen aufklärt. Mit seinem skurrilen Helden Dangerous Davies stellt sich der Autor nicht nur in die beste Tradition des britischen Humors, er liefert darüber hinaus auch eine exzellente sozialkritische Studie des Lebens in einem der ärmeren Londoner Stadtviertel in den 80er Jahren des 20. Jahrhunderts. Von Leslie Thomas ist in der DuMont's Kriminal-Bibliothek bereits erschienen: »Dangerous Davies, der letzte Detektiv« (Band 1028).

Herausgegeben von Volker Neuhaus

Leslie Thomas

Dangerous Davies ...

Bis über beide Ohren

DuMont Buchverlag Köln

Meinem Freund und Autorenkollegen
Brian Freemantle,
der stets meine Bücher kauft

Die Deutsche Bibliothek - CIP-Einheitsaufnahme

Thomas, Leslie:
Dangerous Davies ... Bis über beide Ohren / Leslie Thomas
[Aus dem Englischen von Irmgard Andrae]. - Köln: DuMont, 1994
(DuMont's Kriminal-Bibliothek; 1045)
Einheitssacht.: Dangerous Davies ... Bis über beide Ohren ‹dt.›
ISBN 3-7701-2484-7
NE: GT

Umschlagmotiv von Pellegrino Ritter
Aus dem Englischen von Irmgard Andrae

© 1987 by Leslie Thomas
© 1994 der deutschsprachigen Ausgabe by DuMont Buchverlag Köln
Alle deutschsprachigen Rechte vorbehalten
Editorische Betreuung: Petra Kruse
Die der Übersetzung zugrundeliegende englischsprachige Originalausgabe erschien 1987 unter dem Titel »Dangerous in Love« bei Methuen London Ltd, London
Satz: Boss-Druck, Kleve
Druck und buchbinderische Verarbeitung: Clausen & Bosse GmbH, Leck

Printed in Germany ISBN 3-7701-2484-7

»Schreibt das auf«, sagte der König zu den Richtern;
und die Richter schrieben eifrig
alle drei Daten auf ihre Schiefertafeln,
und dann zählten sie sie zusammen
und rechneten sie in Pfund und Schillinge um.

Lewis Carroll: *Alice im Wunderland*

Kapitel 1

Es gab Momente im Leben von Detective Constable Davies, in denen es so aussah, als hätten die Mächte des Chaos es einzig und allein auf ihn abgesehen; sie legten sich ihm in den Weg, und wenn sie ihn umzingelt hatten, brachen sie über ihn herein wie einer jener in Amerika auftretenden kurzen, aber verheerenden Wirbelstürme, die er aus dem Fernsehen kannte. So war es auch an jenem ganz gewöhnlichen, regenfeuchten Herbstabend Anfang Oktober, als er und sein walisischer Freund, der arbeitslose Philosoph Mod Lewis, sich nach ausgiebigem Besuch ihrer Stammkneipe, dem ›Wickelkind‹, auf dem Heimweg befanden. Friedlich vor sich hin trällernd, strebten sie ihrem Quartier in der Pension ›Bali Hi‹, Furtman Gardens, im Nordwesten Londons zu.

Am Anfang der Power Station Lane in Neasden, wo sie in den Nebel der Kühltürme eintauchten, vernahmen sie plötzlich einen entfernten, doch eindeutigen Lärm. Davies blieb stehen wie ein Hund, der die Ohren spitzt. »Eine Schlägerei«, sagte er. Mod stand ebenfalls still und neigte sein schweres Haupt mit dem feuchten, bleichen Mondgesicht zur Seite, um zu lauschen.

»Gesang«, meinte er. »Die singen bloß. Dienstag abend prügelt man sich nicht.«

Vom anderen Ende der Straße her ertönte ein Donnerschlag wie ein Kanonenschuß. »Da ist jemand aus der Tür geflogen«, sagte Davies.

Jetzt klang der Gesang lauter und nicht mehr durch Hausmauern gedämpft. »Iren«, setzte Davies hinzu. »Vielleicht sollten wir mal nachsehen.«

»Das Auge des Gesetzes bist du«, meinte Mod und blieb wieder stehen.

Davies seufzte. »Na gut, ich gehe. Du rufst die Polizei. Es hört sich an wie ein Fall für drei. Drei Hunde, meine ich.«

»Hast du zufällig einen Zehner?« fragte Mod.

»Du wählst 999, gebührenfrei.« Mod verschwand im windgepeitschten Nieselregen. Davies ging langsam weiter, bis er sehen konnte, wo die Rauferei stattfand: eine offenstehende Tür, aus der das Licht nach draußen fiel, hinter feucht beschlagenen Fensterscheiben wild gestikulierende Menschenschatten.

In den gegenüberliegenden Häusern hatten die Leute es sich in den oberen Fenstern bequem gemacht und applaudierten mit »Oh« und »Ah« wie Zuschauer eines Feuerwerks. Davies arbeitete sich abschnittsweise an zerbrochenen Zäunen und tröpfelnden Ligusterhecken entlang nach vorn, bis ihn nur noch etwa 20 Schritte von dem Krawall trennten, der offenbar das ganze Haus erfüllte. Vorsichtig suchte er Deckung hinter einem offenstehenden Gartenpförtchen und schrak furchtbar zusammen, als er eine schwere Hand auf seiner Schulter spürte. Er drehte sich um und sah einen Westinder, der ihn aus dem Dunkel anstarrte. »Das sind bloß die verdammten Iren«, erklärte der Mann.

»Geht das schon lange so?« fragte Davies in der stillen Hoffnung, die Polizei sei schon benachrichtigt und auf dem Wege hierher. Das Gebiß des Mannes leuchtete plötzlich hell im Dunkeln wie ein Fenster, hinter dem das Licht angeht.

»Sie sind doch Mr. Davies«, sagte er. Die Pranke, die auf Davies' Schulter gelegen hatte, griff zum zweiten Mal zu wie eine Baggerschaufel, drehte ihn um, packte seine Hand und schüttelte sie gewaltig. »Sie waren sehr fair zu meinem Jungen«, sagte der Mann in herzlichem Ton. »Die Motorradgeschichte. Thompson.«

»Ach ja, Thompson, Power Station Lane. John Bountiful Thompson«, erinnerte sich Davies. »Widerrechtliche Inbetriebnahme und Umherfahren, in 30 Fällen. Sechs Monate mit Bewährung. Wie geht's ihm?«

»Hat sich toll gemacht«, strahlte der Alte. »Sie haben ihm ja geraten, er soll irgendwo mitmachen, sich für irgendwas engagieren. Da ist er in die National Front eingetreten.«

»Gut, gut«, murmelte Davies. Er spähte die Straße entlang. »Vielleicht sollte ich mal losgehen und die Leute da fragen, weshalb sie sich umbringen.«

»Hat was zu tun mit so 'nem Typ in Irland, wo gestorben ist«, erläuterte Mr. Thompson. »Hab' ich heut nachmittag in der Kneipe gehört.«

»Sind die schon seit dem Nachmittag zugange?«

»Nein, seit Sonntag nach der Kirche.«

Noch während er sprach, flog eine Kiste mit Flaschen aus einem der oberen Fenster des Hauses, in dem randaliert wurde, und krachte in den Vorgarten. »Leergut«, sagte der Westinder. Davies rückte im Schutz der Hecke weiter vor. Er fragte sich, wie lange es dauern konnte, bis die Hunde kamen – oder schliefen die vielleicht schon? Als er in das Licht einer Straßenlampe trat, rief oben jemand aus dem Fenster: »Da ist ja Dangerous! Los, Mann, geh doch dazwischen!«

»Keine Sorge«, flüsterte Davies und hob vage die Hand. Er stand jetzt vor dem Kampfplatz und spähte durch die zerlöcherte Hecke. Der Vorgarten war ein Trümmerfeld, auf dem die gerade über Bord gegangene Guinness-Kiste zuoberst lag wie ein angeschwemmtes Floß auf einer Insel. Zwei Männer saßen halb ohnmächtig an die Hauswand gelehnt, wie Kinder, die man in die Ecke geschickt hat. Ein Halbwüchsiger mit einem Turban auf dem Kopf erschien auf der Bildfläche. »Sind die Iren«, meinte er.

»Das erzählt mir jeder«, seufzte Davies. Er ließ den Blick über das Gartengelände schweifen.

»Der sieht immer so aus, der Garten von denen«, kommentierte der Inderknabe. »Die sollte man nach Irland schicken, wo sie hingehören.«

Im selben Moment kam ein hilflos mit den Armen rudernder Mann wie von einem Propeller angetrieben rücklings aus der Tür geflogen. Er stolperte über ein paar herumliegende Flaschen, die sich wie Rollen unter seinen Füßen drehten und ihn gegen die Hauswand katapultierten. Daraufhin sackte er langsam zusammen, blinzelte ein paarmal, schloß die Augen und rührte sich nicht mehr. »Mr. Phelan«, sagte der Junge. »Der ist im Stadtrat.«

»Mein Gott«, murmelte Davies. Eine wohlbekannte, böse Vorahnung legte sich ihm auf die Brust. Die Zunge klebte ihm am Gaumen. Er warf einen Blick in beide Richtungen der Straße, aber kein Hilfskorps war im Anmarsch. Keine Sirenen, keine Hunde. Er seufzte, richtete sich auf und schritt mit der Unbeteiligtheit eines Briefträgers auf den offenen Eingang zu.

»Na, Leute, um was geht's denn hier?« rief er vom Hausflur aus. »Macht Schluß, euren Spaß habt ihr ja gehabt.«

Fast im gleichen Augenblick sah der Inderjunge ihn kopfüber wieder hinausschießen. Er stolperte über die Flaschen auf dem Gartenweg, rutschte wie auf Rollschuhen, fiel rücklings über Mr.

Phelan, schlug mit dem Kopf gegen die Backsteinwand und sank mit einem schwachen Seufzer in sich zusammen. Der Knabe beugte sich über ihn und musterte das am Boden liegende Gesicht. Eine Platzwunde auf der Stirn, die Wange aufgeschürft, Blut, das von der Unterlippe tropfte. »Dämlicher Bulle«, murmelte das Inderkind. Weit weg in der Ferne, jenseits der nächtlichen Straßen, näherte sich eine Polizeisirene. Wieder einmal zu spät.

Im Krankenhaus war er in seinem üblichen Bett gelandet; nun saß er mit dröhnendem Kopf, weißbandagiertem Nonnenhaupt und genähter Unterlippe in den Kissen und starrte grämlich durch das Fenster ins Graue. Erstaunlich, wie schnell die Jahreszeiten wechselten. Vor ein paar Wochen erst, als er das vorige Mal hier gelegen hatte, war der Baum vor dem Fenster voll staubbedeckter Blätter gewesen, doch jetzt gab es nichts, was seine leeren Äste einhüllte. Davies hatte eine Bemerkung darüber zu dem nigerianischen Stationsarzt gemacht, und dieser hatte in einer medizinisch-poetischen Anwandlung geantwortet, der Anblick erinnere ihn an Röntgenbilder von multipeln Frakturen.

Die Ankunft von Mod war wenig dazu angetan, ihn aufzuheitern. Der rundliche Waliser, der mehrere Bibliotheksbücher zärtlich in den warmbemäntelten Armen trug, wandelte durch den Mittelgang des Krankensaals und blieb bei anderen Patienten stehen, um zu plaudern. »Ja, ja, er ist mal wieder da – fühlt sich hier schon wie zu Hause.« Schließlich langte er, beide Arme noch immer um die Bücher geschlungen, bei Davies' Bett an.

»Du siehst aus wie Moses«, murmelte Davies.

»Große Literatur«, antwortete Mod und stapelte die Bände auf dem Bett. »Du solltest dich mit Philosophie oder den Großen der Weltgeschichte beschäftigen, solange du hier herumliegst, Dangerous. Es würde dir ganz neue Ausblicke eröffnen.«

»Das wäre nicht das Schlechteste«, brummte Davies. »Ich kriege mein eines Auge nur zur Hälfte auf, und der Ausblick daraus zeigt mir eine verdammt angeschwollene, aufgerissene Unterlippe.«

Mod setzte die Brille auf und beugte sich vor. »Junge, Junge, was für ein Veilchen! Außergewöhnlich schön, selbst für deine Verhältnisse, Dangerous. Geformt wie die Schnauze von einem Waliser Milchkrug. Ich habe dir ein bißchen Obst mitgebracht.«

Er förderte einen verschrumpelten Apfel und ein paar in grünes Toilettenpapier gewickelte Datteln aus den Tiefen seines geräumigen Mantels und legte alles auf den Nachtschrank.

»Nicht da hin«, sagte Davies mißmutig. »Sonst wollen alle was davon abhaben.«

Mod sah sich nach den anderen Patienten um und verstaute den Apfel und die Datteln in der Schublade. »Das Obst ist von Mrs. Fulljames. Ich habe es ihr geklaut.«

»Hab' ich mir schon gedacht.«

»Sie erwartet wie üblich die volle Miete, ob du nun da bist und verpflegt wirst oder nicht. Übrigens hab' ich deinen Hund gefüttert und deine Frau verständigt.«

»Keine nennenswerte Reaktion bei beiden, vermutlich.«

»Überhaupt keine, soviel ich sehen konnte. Aber die Jungs aus dem ›Wickelkind‹ lassen dich grüßen und wünschen dir gute Besserung.« Er setzte sich auf den Bettrand und inspizierte Davies' Wunden. »Was fehlt dir eigentlich?«

Davies schielte gekränkt unter dem geschwollenen Augenlid hervor. »Ich bin in einem Zustand, den man gewöhnlich als k. o. bezeichnet. Zum Glück sind die Knochen heil geblieben. Das meiste siehst du ja, dazu kommen noch einige blau und grün angelaufene Rippen.«

»Ich habe dich schon in schlimmerem Zustand erlebt«, meinte Mod tröstend. »Hast du Besuch gehabt?«

»Nur vom Coroner, der zufällig hier vorbeikam. Der Pathologe war auch dabei; sie kamen zusammen aus der Leichenhalle. Die haben mich so seltsam angesehen, auf eine Art, die mir ganz und gar nicht behagt.«

»Nur vorsorglich, für die Zukunft, möchte ich annehmen«, überlegte Mod und wiegte das große, kahle Haupt. »Man kann ja nie wissen. Du bringst dich aber auch immer in die Bredouille, Dangerous. Schade, daß du nicht ein bißchen gewartet hast. Eine Viertelstunde später wimmelte es auf einmal von Polizei und von Hunden, doch da war alles schon wieder totenstill. Du auch.«

»Jemand festgenommen?« fragte Davies.

»Anscheinend nicht. Einer von den Hunden hat vor lauter Angst ins Haus gepinkelt, dafür verlangen die Paddies jetzt Schadenersatz.«

»Natürlich«, meinte Davies melancholisch. »Und Kitty, wie geht's dem?« Was den Hund anging, war auf Mod kein hundertprozentiger Verlaß. »Hast du ihm frisches Wasser gegeben?«

»Frisches Bier hab' ich ihm gegeben. Gespendet von den Jungs im ›Wickelkind‹. Sechs Flaschen.«

»Sechs? Wieviel davon hat Kitty bekommen?«

»Wir haben halbe-halbe gemacht«, mußte Mod zugeben. »Ach übrigens, ihr habt im Lotto gewonnen.«

Davies' Augen öffneten sich so ruckartig, daß er vor Schmerz jaulte. »Gewonnen? Wieviel?«

»180 Pfund für eure ganze Clique. Neun Pfund für jeden. Wenn du möchtest, hole ich das Geld für dich ab.«

»Nein danke«, seufzte Davies. Sein sichtbares Auge bewölkte sich. Mod beugte sich verschwörerisch über ihn. »Ich weiß nicht, warum du nicht einfach abhaust«, flüsterte er. »Du kannst doch verschwinden, irgendwohin.« Er sah seinen Freund mitleidig an. »Sieh dich bloß an. Geflickt und zugenäht.«

»Ja. Der letzte Detektiv«, nickte Davies traurig.

»Genau, der letzte Detektiv. Der letzte, den sie losschicken – ausgenommen, es geht gegen einen Tobsüchtigen.«

»Schicksal. Ich gerate immer an Leute mit Mordlust in den Augen.«

Mods dickes Gesicht wurde weich. »Warum fängst du nicht einfach was anderes an? Zum Beispiel einen Eisenwarenhandel?«

Davies sah ihn zerstreut an. »Eisenwaren?« wiederholte er und faßte sich an die Stirn.

»Egal was, nur weg von der Polizei und von dieser Gegend hier. Laß dir deine Pension auszahlen, nimm deinen Hund, und verschwinde. Die Polizei ist einfach nichts für dich, und sie ist es übrigens nie gewesen.«

Sie saßen trübsinnig da. »Sierra Leone«, sagte Mod schließlich, »oder sonstwo.« Eine Krankenschwester marschierte durch den Saal und verteilte Bettpfannen. »Hast du die genaue Zeit?« fragte Mod.

Davies deutete auf den Nachtschrank. »Da drin. Die Pubs machen bald auf.«

Mod zog die Schublade auf und nahm die Armbanduhr heraus. »Eine halbe Stunde noch«, meinte er. »Leihst du mir die Ticktack? Nur solange du hier drin bist?«

Davies nahm die Uhr mit festem Griff an sich. »Ich möchte zusehen, wie die Zeit sich dahinschleppt«, sagte er und legte sie in die Schublade zurück. Mod erhob sich und nahm seine Last wieder auf sich. »Diese Bücher sind ein bißchen zu schwer für dich«, sagte er, »sonst würde ich dir ja eins dalassen.«

»Ich hab' keine Lust zum Lesen, solange ich nicht beide Augen aufkriege«, erwiderte Davies.

Mod drückte die Bücher an sich, griff in seine Manteltasche und zog eine halb zerknüllte Zeitung heraus. »Ich hab' dir das Käseblatt mitgebracht«, sagte er. »Du stehst aber nicht drin. Kein Wort über deine Heldentat.«

Er schlenderte durch den langen Saal davon. Davies sah ihm nach, wie er sich unterwegs ein paar Weintrauben schnappte. An der Tür drehte er sich um und winkte huldvoll. Davies lehnte sich zurück, schloß die schweren Augenlider, öffnete sie wieder, so weit es ging, und nahm die Lokalzeitung zur Hand. Auf der zweiten Seite stand zu lesen, daß man einen alleinstehenden, etwas verwirrten alten Mann namens Wilfred Henry Brock, der jahrelang mit einem Kinderwagen im Stadtteil herumgewandert war, ertrunken im Kanal aufgefunden hatte. Die Nachricht stimmte Davies traurig. Lofty Brock war ein stadtbekanntes Original gewesen; er pflegte seinen Kinderwagen vor sich herzuschieben und sich leise murmelnd nach verstreuten Papierfetzen auf der Straße zu bücken, als suche er nach einem verlorenen Brief. Niemand kannte seine Geschichte; es war anzunehmen, daß er sie selbst längst vergessen hatte. Davies fragte sich, wie Lofty es angestellt hatte, zu ertrinken.

Er bekam Krankenurlaub, aber nachdem er erst sein Auto gewaschen und ein bißchen daran herumgebastelt und danach seinen Hund gekämmt hatte, gab es nicht viel, womit er sich beschäftigen konnte. Die Snooker-Halle in Cricklewood war geschlossen, weil die Spieltische renoviert wurden. Manchmal war es doch recht lästig, kein richtiges Zuhause zu haben. Davies ging zum Polizeirevier, um seinen Beitrag zum Lotto hinzubringen. Sergeant Bannister, der den Wettschein für die Gruppe auszufüllen pflegte, tat zufällig gerade Dienst am Tresen.

»Wir haben ja wohl den Jackpot gewonnen, Frank«, sagte Davies beiläufig.

»Hab' den Geburtstag meiner Frau verwechselt«, entgegnete der Sergeant reuevoll, indem er sich über das Protokollbuch auf der Theke beugte. »Ich nehme immer alle möglichen Geburtstage,

Dangerous. Ich hab' ein Kreuz an die 17 gemacht, und dann stellt sich heraus, ihr Geburtstag ist am 19. Typisch für sie. Das wäre eine richtige Zahl mehr gewesen. 25 000 Pfund.«

Eine Frau huschte von der Straße herein und stand unentschlossen herum.

»Was ist mit den Belohnungen?« erkundigte sie sich schließlich. »Gibt's diese Woche keine Belohnungen?«

Der Sergeant sah sie mitfühlend an. »Nicht, daß ich wüßte, Minnie«, sagte er. Er wandte sich an Davies. »Du weißt auch von keiner, Dangerous, oder?« Davies tat so, als dächte er nach.

»Werden knapp, die Belohnungen«, meinte er und schüttelte bedauernd den Kopf wie ein Ladenhändler. Die Frau schlurfte zur Tür und drückte sich hinaus. Davies sagte: »Keine Belohnung wegen dem armen alten Lofty, was, Frank?«

»Hat keiner Fliege was zuleide getan, der Lofty«, sinnierte der Sergeant.

Davies stellte sich vors Schwarze Brett und las die Bekanntmachungen. »Terroristenfahndung«, »Gesucht wegen schwerem Raub«, »Behandlung von AIDS«, »Kennen Sie diese Waffe?« Die Welt war schlecht.

»Mit diesen neumodischen Phantombildern kann ich nichts anfangen«, schniefte er, während er den Mann betrachtete, der wegen schweren Raubes gesucht wurde. »Der Kerl hat drei verschiedene Kinne.« Er tastete an seinem eigenen verunzierten Unterkiefer herum. »Wann ist die Voruntersuchung wegen Lofty?«

»Heute vormittag«, antwortete der Sergeant. »P. C. Westerman ist gerade rübergegangen.«

»Vielleicht schau' ich mal rein«, sagte Davies mit einem Blick auf die Uhr. Er ging zur Tür. Eine Frau mit nassen Wangen und ein alter Mann, der sein Bein massierte, kamen die Stufen herauf. Er wünschte ihnen guten Morgen und ging zum Parkplatz.

Viele Jahre lang hatte er einen schäbigen, aber wertvollen – da uralten – Lagonda gefahren, der auch als Behausung für seinen Hund Kitty gedient hatte. Schließlich hatte er den Wagen notgedrungen verkauft und sich dafür aus einer Polizeiauktion herrenloser Fundsachen einen in Ehren gealterten, großen pflaumenblauen Vauxhall Vanguard mit Weißwandreifen zugelegt. Auf dem verschlissenen Rücksitzpolster lag sein Hund, der große Ähnlichkeit mit einem tibetanischen Yak hatte, und sah ihn erwartungsvoll an.

Die Mädchen im westindischen Frisiersalon ›Pierre of Brent‹ hatten erst vor kurzem seine verfilzten Haare zu Rastafarizöpfchen gedreht, wobei Kitty, entzückt über so viel Zuwendung, ganz still gehalten hatte. Die drahtigen Strähnen hingen ihm von der breiten Stirn herab, so daß er durch sie hindurchspähte wie ein Gefangener durch die Gitterstäbe.

Als Davies ins Auto stieg, ließ Kitty ein provozierendes Gebell los. Leider war er meistens nicht gewillt, seinen Besitzer als Herrn anzuerkennen.

Davies fädelte sein bauchiges Vehikel in den Verkehr ein. Die Fahrt von zehn Minuten zum Sitz des Coroners führte durch ein lärmendes Geschäftsviertel: ›Supermarkt Rawalpindi‹, ›China-Imbiß Große Mauer‹, ›Muslimische Schlachterei‹, ›Barbados-Laden‹, das Curry-Restaurant ›Juwel der Krone‹ und die schon etwas länger etablierten Lokalitäten von ›Smith, Jones & Murphy, Herrenkonfektion auf Raten‹ und ›Queen Victoria, Wein und Spirituosen‹.

Der Saal des Coroners befand sich in einem lichtdurchlässigen Neubau, der Davies viel zu hell vorkam für ein Amt, das sich täglich mit düsteren Tragödien befaßte. Ein paar Leute kamen sichtlich erschüttert von einer gerade beendeten Verhandlung. Ein Mann versuchte, einen anderen zu trösten; der weinte heftig, die vierschrötigen Hände vors Gesicht geschlagen, während er zum Ausgang stolperte. Sein Freund hielt ihm einen gelben Schal hin, und der Weinende nahm ihn, wischte damit die Tränen fort und schneuzte seine Nase hinein. Der Samariter schien ein bißchen konsterniert und streckte die Hand nach seinem Eigentum aus.

Davies, der zugeschaut hatte, trat zur Seite, um ihnen Platz zu machen. Der Mann, der den anderen führte, flüsterte ihm zu: »Seine Mama. Hat 'ne Überdosis genommen.« Er fuhr sich mit einem Finger quer über die Kehle.

»Tut mir leid«, flüsterte Davies, als müßte er sich entschuldigen. Wieviel Kummer hier an einem ganz gewöhnlichen Vormittag zusammenkam. Er öffnete die schwere Saaltür. Der Coroner, Mr. Noël Benskin, hockte wie ein Auktionator auf einer erhöhten Plattform am jenseitigen Ende des neonbeleuchteten Saales; man hörte das Kratzen seiner Feder auf dem Papier. Der nächste Fall war bereits im Gange. Ein Arzt hatte gerade seine Aussage gemacht und verließ jetzt mit geschürzten Lippen den Zeugenstand. Eine ausgezehrte Frau in der ersten Reihe folgte ihm stumpfsinnig mit den Augen, als habe sie nicht mehr die Kraft zu trauern. Der Coroner blickte von seiner Todesbuchhaltung auf und sagte in amtlichem Ton: »Sie können nun gehen. Sie können die Beerdigung in die Wege leiten.« Die Frau sagte stockend: »Ich ... ich weiß nicht, wie ... Sir.«

»Der Arzt wird Ihnen behilflich sein«, leierte der Coroner herunter. »Er nennt Ihnen eine Bestattungsfirma.«

»Ich hab' das noch nie gemacht«, murmelte sie, halb zu dem Beamten gewandt und halb zu dem Doktor, der nicht gerade erfreut aussah. Sie stand auf, von einem Gerichtsdiener gestützt. Davies ließ sich nachdenklich in der hintersten Bankreihe nieder. Der Saal war jetzt leer bis auf ihn selbst, Mr. Benskin und den Gerichtsdiener, der sich hinten an der Saaltür aufhielt. Der Coroner starrte in den Saal, als kämen ihm Zweifel, ob er die Anwesenden vertrieben hätte. Die randlose Brille fixierte Davies, der ein unsicheres Lächeln aufsetzte.

»Ah, Detective Constable Davies. Was machen Ihre Verletzungen?«

»Bessern sich von Minute zu Minute, Sir.« Davies hatte sich halb erhoben.

»Gut so. Eh ... Warum sind Sie hier? Haben Sie ein Interesse an dem nächsten Fall? Lassen Sie mal sehen ...« Er konsultierte sein Hauptbuch. »Brock, Wilfred Henry. Ertrunken aufgefunden.«

Von neuem verunsichert stand Davies auf. »Gewissermaßen, Sir. Ich ... kannte ihn ein wenig.«

»Ah«, seufzte der Coroner wissend. »Der Polizei war er also bekannt?«

Davies, um den Ruf des Toten besorgt, widersprach eilig. »Nein, Sir ... das nicht. Es gab keine Akte. Er war, sagen wir ... stadtbekannt.«

Benskins Miene drückte Unverständnis dafür aus, daß ein Polizist jemanden kannte, der nicht polizeibekannt war. Von der rückwärtigen Tür her hörte man eine Art Gebell, nämlich den traditionellen, einschüchternden Ruf, mit dem der Gerichtsdiener jedermann aufforderte, hereinzukommen, der am Dahinscheiden von Wilfred Henry Brock Interesse hatte.

Davies trug seinen Wintermantel. Er nahm ihn, zugleich mit den langen Unterhosen, jeden Herbst in Gebrauch an dem Tag, an dem die Uhr umgestellt wurde – eins seiner wenigen Zugeständnisse an eine geregelte Lebensführung. Über den Rand des dicken, von vielen Londoner Wintern ausgefransten Mantelkragens hinweg hielt er Ausschau nach den Leuten, die nacheinander den Saal betraten wie Schauspieler in einem Theaterstück. Zuerst kam Police Constable Westerman, der an häufigem und ergiebigem Nasenbluten litt. Dagegen half gewöhnlich nur ein kaltes Schlüsselbund im Nacken; deswegen hatte Westerman sich einmal von einer des Autodiebstahls verdächtigen, männlichen Person, die er gerade festgenommen hatte, eben jene Schlüssel ausleihen müssen, die als Tatwerkzeug in Frage kamen. Hinter Westerman folgte ein dicker Mann mit mißmutiger Miene, in dem Davies Charlie Copley, den Heimleiter des Nordwest-Londoner Asyls für obdachlose Männer, erkannte, und dann erschien eine schöne, junge Schwarze, die Davies noch nie gesehen hatte. Sie war hochgewachsen und bewegte sich lässig. Der lange rote Mantel hing ihr fast bis auf die Füße. Sie nahm auf derselben Bank Platz wie Davies, aber ganz am anderen Ende und ohne zu ihm hinzusehen; ihr Blick ruhte auf dem Coroner, während sie sich setzte. Davies konnte ihr linkes Auge sehen, das tief in seiner ovalen Höhle lag, wie das Auge einer uralten afrikanischen Holzplastik. Er schaute immer wieder hin in der Hoffnung auf eine kleine Wendung des Kopfes in seine Richtung, aber sie hielt das Gesicht unbewegt geradeaus. Nur einmal beugte sie sich zu der Tasche hinab, die zu ihren Füßen stand, und entnahm ihr eine Akte - eine einfache Bewegung, die ihr üppiges Haar in einer Kaskade nach vorn fallen ließ. Davies schluckte, wie ertappt.

Police Constable Westerman betrat unter prophylaktischem Schniefen den Zeugenstand. »In Ausübung meines Dienstes erhielt ich am 7. Oktober davon Kenntnis«, leierte er und schielte dabei in sein Notizbuch, als versuche er, sich zu erinnern, was er erhalten hatte, »daß etwas, das ein Mensch zu sein schien, in Höhe der Pikes Lane im Grand Union Canal schwamm.«

»Eine Person?« hakte der Coroner pedantisch nach.

»Eine Leiche, Sir, wie sich herausstellte. Im Kanal.«

Mr. Benskin sah ihn an wie jemanden, der womöglich wichtige Informationen zurückhalten wollte. Westerman, verunsichert, hob den Blick von seinem Notizbuch. »Bitte fahren Sie fort«, murmelte der Coroner.

»Ich begab mich unverzüglich zur Pikes Lane, wo zwei männliche Jugendliche mit Stöcken an einem schwimmenden Objekt herumstocherten. Ich veranlaßte sie, dieses zu unterlassen, und zog mit ihrer Hilfe die Leiche aus dem Wasser. Es schien offensichtlich, daß das Individuum tot war und daß Wiederbelebungsversuche und dergleichen keinen Sinn mehr hatten.«

»War es kalt?« fragte der Coroner.

»Kalt, Sir? Das Individuum oder das Wasser, Sir?« erwiderte der eingeschüchterte Zeuge.

»Die Nacht, Constable – war es eine kalte Nacht?«

»Ziemlich kühl, Sir.«

Der nächste Zeuge war Charlie Copley, der seinen Beruf als Leiter des Nordwest-Londoner Männerasyls angab. Er bestätigte, daß er sich zur Leichenhalle begeben und den Leichnam von Wilfred Henry Brock identifiziert hatte. Er schien weder betrübt noch besonders überrascht.

»Er war ein ... Stammgast ...?« Benskin suchte nach dem richtigen Wort. »Ein regelmäßiger Besucher, könnte man sagen?« Die randlosen Gläser hefteten sich auf den Zeugen.

»Ein Klient, Sir«, erläuterte Copley, »und das seit Jahren. Er zog mit einem alten Kinderwagen umher. Alle Leute kannten ihn ...«, jetzt war es an ihm, den Coroner anzusehen und sich zu verbessern, »oder doch fast alle. Ein harmloser, alter Mann in den 70ern.« Sein Blick forderte Police Constable Westerman auf, dieses zu bestätigen. Der Polizist blätterte im Notizbuch.

»Haben Sie irgendwelche Angehörigen ausfindig gemacht?« fragte der Coroner und gab gleich selbst die Antwort. »Vermutlich nicht, sonst wären sie jetzt wohl hier anwesend, nicht wahr? Bei einem solchen Anlaß tauchen sie ja gewöhnlich aus dem Nichts auf.«

»So ist es, Sir«, nickte der Heimleiter. »Um zu sehen, ob es was zu erben gibt.«

Benskin hob die Augenbrauen bis über den Brillenrand. »Ist Ihnen ein Grund bekannt, aus dem er sich selbst das Leben genommen haben könnte?«

»Nicht, daß ich wüßte, Sir. Er schien mir ganz normal. Aber ich muß mich noch um 50 andere kümmern. Die Unterkunft bei uns ist sehr beliebt.«

Benskin schniefte: »Das kann ich mir denken. Der nächste Zeuge bitte.«

Von hinten näherte sich ein fester Schritt. Dr. med. Frederick Spilton, Pathologe, betrat den Zeugenstand. Er war bleich und trug einen knappsitzenden Anzug mit messerscharfen Bügelfalten. Der Tod, gab er zu Protokoll, trat durch Ertrinken ein. Sprach's, fragte, ob er gehen könne, und verließ den Saal. Die schwarze Schönheit bewegte sich auf ihrem Platz.

»Miss Jemima Duval«, sagte der Gerichtsdiener. Er nickte und schaute auf das Blatt Papier herab, das er in der Hand hielt, sah auf und errötete über seinen ganzen kahlen Kopf, als ihr Blick ihn traf. Mr. Benskin nahm die Brille ab, putzte sie und setzte sie wieder auf, während die Frau zum Zeugenstand ging. Sie drehte sich um, und Davies sah zum ersten Mal ihr Gesicht vollständig, die Wangenbögen, die Augen, das volle Haar, die weiche dunkle Haut, den fehlenden Zahn. Jedes Auge im Saal ruhte jetzt auf dieser Lücke inmitten einer makellosen Zahnreihe. »Mein Gott«, flüsterte Davies.

Mr. Benskin forderte sie ein wenig heiser auf, ihren Namen zu wiederholen.

»Jemima Duval«, sagte sie ruhig, »Sozialarbeiterin.«

»Ja, ja, natürlich«, nickte der Coroner. »Und was wissen Sie über diesen bedauerlichen Fall?«

Sie öffnete die Akte. »Ich besuche die Männer regelmäßig.«

»Im Asyl?« Mr. Benskin sah aus, als hätte er Lust, auch dort zu wohnen. »Regelmäßig?«

»Ja, regelmäßig.«

»Ich nehme an, Männer können sich bei einer Frau besser aussprechen.«

»Ja, Sir, das sagen die meisten.«

»Und Sie kannten den Verstorbenen. Was können Sie uns über ihn sagen?«

»Er war allgemein beliebt, Sir. Er wurde Lofty genannt. Er war einer von denen, die sich für ein schlichtes Leben entscheiden, so einfach wie möglich und ohne Verantwortung für andere. Ein bißchen sonderbar war er schon. Er wanderte herum und führte Selbstgespräche, und manchmal las er Papierfetzen von der Straße auf, aber er hatte, soweit ich weiß, keine Probleme und bezahlte immer ordentlich für seine Unterkunft. Ich hatte den Eindruck, daß er leidlich glücklich war. Er war nicht in Not.«

»Hm ... bei Ihren Besuchen, wovon war da die Rede?«

»Ach, das übliche. Wie er zurechtkam, ob er Hilfe brauchte. Er konnte sich an sein früheres Leben nicht erinnern. Im Krieg war er anscheinend Soldat, aber er konnte sich auch darauf nicht mehr besinnen. Er war einfach ein armer, einsamer, alter Mann.«

»Und Sie haben keine Verwandten gefunden oder sonst jemand außerhalb seiner unmittelbaren Umgebung, der ihn kannte?«

»So ist es, Sir. Er hatte kaum etwas, das man als Besitz bezeichnen könnte, nur ein paar Papiere, und ich konnte niemanden finden, der ... Anspruch erheben wollte.«

Der Coroner starrte wieder auf die Zahnlücke. Dann rückte er die Brille zurecht wie jemand, der sich einen Ruck gibt, und fragte: »Ist Ihnen irgendein Grund bekannt, weswegen er sich vielleicht das Leben nehmen wollte?«

»Nicht im geringsten, Sir. Mir schien er mit seinem Dasein zufrieden zu sein.«

Mr. Benskin wurde nachdenklich. »Wie ich höre, waren er und sein Kinderwagen in dieser Gegend allgemein bekannt. Was ist aus dem Kinderwagen geworden?«

Davies nickte zustimmend. Die Schwarze sagte: »Man hat ihn nicht gefunden, Sir. Es wird angenommen, daß er ebenfalls im Kanal gelandet ist.«

»Hätte er ihn mitgenommen? Ich meine, falls er Selbstmord begehen wollte, wäre er dann mit dem Kinderwagen ins Wasser gegangen?« Der Coroner überlegte einen Augenblick lang und beantwortete wieder einmal seine Frage selbst. »Vielleicht ja. Andererseits, wenn er etwa gestürzt und ins Wasser gefallen ist, hat er wahrscheinlich den Wagen vor sich hergeschoben.« Er blickte wieder zu der jungen Frau auf. »Was war mit Alkohol?« fragte er.

»Er trank überhaupt nicht, soviel ich weiß«, antwortete sie. »Nie, und zwar aus Prinzip. Das kommt bei Leuten wie ihm, bei Obdachlosen, selten vor. Äußerst selten, Sir.«

Nach dem Spruch des Coroners, der auf »Todesursache unbekannt« lautete, folgte Davies ihr nach draußen und holte sie auf der Straße ein. »Verzeihung ... Miss Duval ... Ich bin Detective Constable Davies ...«

Sie drehte sich gelassen um und musterte ihn. Er hoffte, sie würde nicht lächeln, weil er wußte, daß er ihr dann ins Gesicht starren müßte. Sie tat es aber, und er starrte. Er hatte nie gewußt, daß ein fehlender Zahn allein durch sein Nichtvorhandensein so wirkungsvoll, ja sogar schön sein konnte. »Ich habe von Ihnen gehört«, sagte sie. »Sie sind Dangerous.«

Er war betreten. »Ach, ein Spitzname«, meinte er, »ich weiß nicht mal, wer ihn aufgebracht hat.« Sie lächelte ein wenig. Dadurch ermutigt, sagte er: »Es ist gleich Öffnungszeit. Trinken Sie was mit mir?«

»Im ›Hund in der Pfanne‹«, nickte sie.

Sein Herz fing unter dem Mantel an, laut zu pochen. Sie gingen nebeneinander mit schnellen Schritten die Straße hinunter. Sie war nur wenig kleiner als er, aber das lag natürlich an ihrem Haar. »Der arme, alte Lofty«, bemerkte er, um ein Gespräch anzufangen. »Hat niemandem je etwas zuleide getan.«

»Niemandem?« fragte sie kritisch. »Es gehen wohl nicht viele Menschen durchs Leben, ohne jemanden zu verletzen.« Sie zuckte die Achseln und sagte dann leichthin: »Es ist wohl mehr so eine Redensart.«

Sie sah geradeaus und ging schneller. Er hatte Mühe, mit ihr Schritt zu halten.

»Der Kinderwagen liegt sicherlich auf dem Grunde des Kanals.« Er war ein wenig außer Atem. »Wie so viel anderer Schrott. Und da bleibt er dann wohl.«

Sie langte als erste bei dem Pub an, drückte die Tür zur Bar auf und tastete in ihrer Handtasche herum. »Nein, bitte nicht«, wehrte Davies ab und fuhr mit der Hand in die Hosentasche, »was nehmen Sie?«

Sie sah ihn herausfordernd an. »Es ist mein Stammlokal.«

»Da haben Sie recht«, stimmte er zu und lachte sie an. »Also dann, ein Bier bitte.«

Sie holte ihm ein Bier und für sich selbst ein Lager. Sie ließen sich an einem der zerkratzten Tische nieder. Sie waren die einzigen Gäste, da die Ausschankzeit gerade erst begonnen hatte. Ein plötzlicher Luftzug kam von der Straße herein, dem ein Mann mit einem Hund folgte. Er blickte sich ruckartig im Kreis um wie jemand, der eine Verabredung versäumt hat, murmelte etwas und ging wieder hinaus.

»Wie kommen Sie dazu, sich Dangerous nennen zu lassen? Sind Sie gefährlich?« fragte sie.

»Weiß ich nicht. Es hat sich einfach so ergeben.«

Sie lachte leise. »So etwas kann vorkommen. Meine Freunde rufen mich Jemma. Übrigens komisch, daß der arme, alte Brock ausgerechnet ›Lofty‹ genannt wurde, als wäre er besonders hochgewachsen. Und hochnäsig war er ja auch nicht. Einer von diesen paradoxen Witzen. Wie, daß man Sie Dangerous nennt.«

»Ja, vielleicht«, meinte Davies nachdenklich. »Was die Größe angeht, kann er kaum mehr als 1,50 Meter gewesen sein.«

»Genau fünf Zentimeter drüber. 1,55 Meter.«

Er sah sie unsicher an. Dann sagte er: »Irgendwie ist das nicht in Ordnung. Ein Mann ist tot, es gibt die vorgeschriebene Untersuchung, der Coroner stellt fest: ›Todesursache unbekannt‹, und das war's dann. Wilfred Henry Brock, er ruhe in Frieden.«

»Ein unwichtiger Tod.«

»Genau.«

Kapitel 2

Am letzten Tag seines Krankenurlaubs verlockte ein mittägliches Stündchen schwachen Sonnenscheins Davies, sich mit seinem Hund auf den üblichen Spaziergang am Kanalufer entlang und zu den Grabsteinen des Kensal-Green-Friedhofs zu begeben. Er bürstete Kitty so lange, wie dieser es zuließ, und band ihm anstelle der wieder einmal durchgenagten Hundeleine ein Stück Seil um den Hals. Zuerst trieb der Hund wie üblich allerlei Unfug: Mal flitzte er los und riß einen mit sich, mal blieb er stehen, so daß man ihn hinter sich herzerren mußte. Als sie am Kanalufer anlangten, langweilte Kitty sich bereits wieder, weil alles so war wie gewöhnlich, und zockelte nur noch verdrossen mit. Auf dem Wasser trieb das Spiegelbild der blassen Sonne wie eine zertretene Blume zwischen dem üblichen Plunder: schwimmende Dosen und modernde Holzstücke, ein Sessel wie ein halbversunkenes Schiff und die Hinterlassenschaften all der Sünden, die letzte Nacht im Ufergebüsch begangen worden waren.

Davies zog den Mantelkragen hoch, obwohl es nicht besonders kalt war, wie um sich vor dem Anblick des Großstadtmülls zu schützen. Durch den Ruß in der Luft verwandelten sich selbst bei schönem Wetter die Gebäude, auch die nicht so weit entfernten, in graue Silhouetten. Trübsinnig stapfte Davies die Stufen zur Kanalbrücke empor. Auf halbem Wege blickte er auf und sah Jemma oben stehen.

»Sie suchen wohl Loftys Kinderwagen?« rief sie hinunter.

Er sah zu ihr hoch und fühlte sich ertappt. »Nein, nein, nichts dergleichen«, sagte er. »Ich führe bloß den Hund aus.«

»Ich habe Sie von weitem gesehen. Wie Sie ins Wasser gestarrt haben.«

»Ich mußte daran denken, daß ich mir Aktien von ›London's‹ hätte kaufen sollen, weiter nichts. Die Dinger sind wieder sehr gefragt«, meinte er und trat neben sie auf den Bürgersteig.

Sie hatte sich nicht von der Stelle gerührt, und jetzt standen sie oben auf der Brücke nebeneinander. Sie trug denselben schönen roten Mantel wie bei der gerichtlichen Untersuchung, aber wegen des milden Wetters hatte sie ihn geöffnet wie eine Tür, und Davies konnte zum ersten Mal ins Innere sehen. Er gab sich auch diesmal Mühe, nicht hinzublicken, obwohl es ihr Busen war, der den Mantel offenstehen ließ. »Wir wollten gerade zum Friedhof«, bemerkte Davies. Sie setzte sich mit ihm in Bewegung. Er schaute sich heimlich um in der Hoffnung, von irgendeinem Bekannten mit ihr zusammen gesehen zu werden.

»Warum gehen Sie mit dem Hund nicht in den Park?« fragte sie.

»Zu weit. Er wird schnell müde, er läßt sich dann einfach fallen, und man muß sich abschinden, ihn nach Hause zu schaffen. Außerdem sind wir da nicht gern gesehen. Letztes Frühjahr hat er zwei Drittel aller Narzissen von Nordwest-London ausgebuddelt.«

»Wenn es ein Er ist, wieso heißt er dann Kitty?«

»Da ist ein betrunkener Waliser dran schuld«, sagte Davies achselzuckend. Er glaubte in einem vorüberfahrenden Bus jemanden zu erkennen und winkte. »Ein Typ aus Wales in meinem Pub. Der Kerl hat gesagt, es ist ein Hundemädchen, und als ich ein paar Tage später merkte, daß es nicht stimmt, war es zu spät – der Name ist klebengeblieben. Ihm ist es sowieso egal, so widerborstig, wie er ist. Ich glaube, manchmal hält er sich für eine Katze.«

Sie waren am Friedhofseingang angelangt. »Da wären wir«, bemerkte Davies und blieb stehen in der Annahme, daß ihre Wege sich nun trennten.

»Das sehe ich«, entgegnete sie. »Ich war noch nie hier. Ich komme ein Stück mit.«

Seine Augen wurden groß. »Oh ... oh, also gut. Es ist ein schöner Friedhof.«

»Weiß ich«, bestätigte sie und rezitierte: »Eh wir ins Paradies eingehn, gehn wir nach Kensal Green ...« Sie gingen durch das Tor. Jemmas fehlender Zahn erschien im sinkenden Licht in seiner schönsten Beleuchtung. Sie hakte sich bei ihm ein. »Ich habe alles gelesen«, sagte sie. »Über die Geschichte dieses Teils von London, auch den Friedhof. Als ich wußte, daß ich hier arbeiten würde.« Sie spazierten den Kiesweg zwischen den Grabsteinen und Familiengrüften entlang. »Diese Dächer lassen das Ganze aussehen wie eine kleine Stadt«, erläuterte sie.

Davies blinzelte. »Ja, vielleicht. Ich hab' noch nicht darüber nachgedacht.«

»Eine gute Adresse«, verkündete sie. »Hier liegen alle möglichen Leute, Dichter, Schauspieler, Politiker. Sogar der Seiltänzer Blondin.«

»Und Gilbert Harding«, warf Davies ein. Er schaute zum Himmel. Es fing an zu regnen.

»Natürlich, das mußte ja kommen«, meinte sie. Dann schaute sie sich um, sagte: »Hier« und steuerte auf ein kleines Mausoleum mit einem säulengeschmückten Marmorgiebel zu. Davies folgte ein wenig unsicher. Sie duckten sich unter das schmale Vordach; der Hund drängelte gegen Davies' Beine, um mehr Platz zu bekommen.

»Was für ein Gilbert? Wen meinten Sie?«

»Gilbert Harding.«

»Wer war das?«

»Er trat im Fernsehen auf.«

Ihr Gesicht sah sehr dunkel aus, ihre Augen glänzten.

»Das war vor Ihrer Zeit«, sagte er. »Er hat den Quizmaster gemacht und dergleichen. Und Werbung für Magentabletten.«

»Wann?«

»Ach, ich weiß nicht ... es ist noch nicht so lange her ... in den 50er Jahren.«

»Nicht so lange her«, lachte sie. Sie befühlte die Marmorsäule des Grabmals, als wollte sie prüfen, wie fest sie noch stand.

»Ich frage mich, wer hier drin liegt?« Ihr Lächeln wurde spitzbübisch. »Vielleicht ein berühmter Polizeibeamter.«

»Das möchte ich bezweifeln.« Er betrachtete das schützende Marmordach. »Kein Polizist. Dafür ist es zu kostbar. Wenn Polizisten überhaupt ein Denkmal bekommen, dann nur eine Tafel an der Wand. Gestiftet von der dankbaren Bevölkerung.«

Der Regen hatte aufgehört. »Wir sollten gehen«, sagte sie. Die letzten Fetzen Tageslicht am Himmel schimmerten durch die tropfenden Zweige. Ein Vogel zirpte. Sie liefen über den nassen Kiesweg. Kitty drängte sich über das Gras an Jemmas Seite. Jemma streckte die Hand nach der provisorischen Leine aus, und Davies blinzelte dem Hund zu und reichte sie ihr. Am Tor ging der Friedhofswärter schon ungeduldig auf und ab und schüttelte sein Schlüsselbund wie eine Schelle.

»n' Abend«, rief Davies ihm zu. »Vielen Dank auch, nett von Ihnen.« Draußen sagte er zu ihr: »Möchten Sie einen Tee? Und Fleischpastete oder so was?«

»Dafür ist es mir noch ein bißchen früh, für die Fleischpastete, meine ich. Gegen eine Tasse Tee hätte ich nichts einzuwenden.«

Sie gingen die Straße hinunter bis zu einem trüben Fenster mit einem gelben Schild: ›Texas-Café‹. Er blieb stehen, sah unsicher das Schild an und meinte: »Was anderes gibt es hier in der Gegend nicht.«

Ein Trommelfeuer von Geräuschen, Stimmen, Geschirrklappern und dem Hämmern der Musikbox schallte heraus, als Davies die Tür öffnete. »Wollen Sie bestimmt?« fragte er.

»Bestimmt«, entgegnete sie und schob ihn hinein.

Sie zwängten sich durch den schmalen Gang zwischen den Kunststofftischchen, an denen ungefähr 20 einzelne Gäste saßen, alles Männer, die den Kopf in die Hände stützten, den Rauch vor sich hin pusteten, unförmige Teebecher an den Mund hoben oder in eine Fleischpastete bissen. Ein paar Gestalten standen an dem Spielautomaten, andere spielten am Flipper; zwei Jugendliche hingen vor der Jukebox herum.

»Jugendliche«, seufzte Davies. »Was kann man da machen? Es gibt nicht viele Orte, wo sie hingehen können, so wie hier. Hier ist's warm und gemütlich, ein Mittelding zwischen Sozialfürsorge und Kneipe.«

Ein pickliger Junge, der in seinem übergroßen, speckigen Wollpullover versackt war wie in einem Loch, ging vorüber und sagte: »Hallo, Miss.«

»Ein Klient von mir«, bemerkte Jemma.

»Von mir auch«, brummte Davies. »Schwere Körperverletzung.«

»Der doch nicht. Das war bestimmt nur ein unglücklicher Zufall.«

»Wie so oft. Zufällige schwere Körperverletzung.«

Er erhob sich umständlich. »Alfie hat zu tun«, sagte er nach einem Blick zur Bar. »Ich hol' was zu trinken. Halten Sie Kitty fest.« Er warf dem Hund einen drohenden Blick zu. »Benimm dich, sonst gibt's keine Pastete.«

Jemma sah zu, wie er seinen Mantelkragen hochzog wie eine symbolische Rüstung und sich zum Tresen durchdrängte. Ein Mann mit Brillantine im Haar und einem Ohrring taxierte sie mit den Blicken.

»Können die den Krach nicht ein bißchen leiser stellen?« sagte Jemma zu ihm und nickte in Richtung Musikautomat.

»Stocktaub sind die.« Er riß den Mund auf und brüllte: »Ruhe! Ruhe! – Aufhören, verstanden?«

»Schon zu Ende«, näselte einer der beiden Jugendlichen, die an die Musikbox gelehnt dastanden. »Hier hat kein Arsch mehr Geld.«

»Paß auf deinen Ton auf«, drohte die Schmalzlocke. »Hier drin jedenfalls.«

Davies kam mit den Teetassen und der Pastete vom Tresen zurück, von der ein Dampfwölkchen aufstieg wie ein Rauchsignal oder ein Gebet. Besorgt beobachtete er die Jungen an der Jukebox; dann zwängte er sich mühsam zwischen den Tischen zu ihnen durch. »Er hat schon recht; flucht hier nicht so rum«, sagte er.

»Okay, okay, wir wollten sowieso gehen.« Der Junge sah zu seinem Freund hin, der kaum merklich nickte. Sie bewegten sich auf den Ausgang zu.

Davies drehte sich zu Jemma um. Ein kalter Luftzug streifte ihn im Nacken. Die Tür stand weit offen. Er setzte die Tassen auf den Tisch und ging zum Ausgang. »Hey, Robert Redford. Die Tür!«

Er kam zum Tisch zurück. Durch das beschlagene Fenster wurde eine zurückkehrende Gestalt sichtbar, und die Tür wurde von außen zugeknallt. Davies zerteilte die Pastete, aus der Dampf herausquoll. Jemma sah ihm über den Rand ihrer dicken Tasse hinweg amüsiert zu. »Wollen Sie wirklich nichts?« fragte er.

»Na ja, Dangerous«, entgegnete sie, »jetzt vielleicht doch. Das ganze Theater hat mich hungrig gemacht.«

Als sie herauskamen, hatte sich die Fünf-Uhr-Dämmerung schon niedergesenkt. Die kleinen Ladenfenster, die Fenster der Busse, der heimkehrenden Autos: lauter kleine erleuchtete Rechtecke. In einer so reizlosen Gegend war dies vielleicht die beste Tageszeit.

»Und wo«, fragte Davies nach einigem Zögern, »wo sind Sie zu Hause?«

Er schickte die Frage um die Ecke seines großen Mantelkragens herum, und sie antwortete auf dem gleichen Wege. »Nummer 42, Westwood Road, NW 6«, deklamierte sie. Ein funkelndes Auge öffnete sich weit, um seine Reaktion zu beobachten.

»Nein ... nein, ich meine ...« Sie schlängelten sich zwischen ein paar auf dem Heimweg nach Willesden befindlichen Sikhs hindurch. »Nein ... wo ... ursprünglich ... wenn Sie verstehen, was ich meine.«

»Geboren bin ich auf Martinique.«

»Ah ja, Martinique«, nickte er und schob sich wieder an ihre Seite.

»Sie kennen es?«

»Ich habe davon gehört.«

»Französisch-Westindien.«

»Natürlich. Richtig.«

»Und Sie?«

»Ich?« erwiderte Davies. »Bin von hier. Na ja, von Kensal Rise. Geboren, zur Schule gegangen, meinen ersten Radfahrer ohne Licht geschnappt, alles im Umkreis von ein paar Quadratmetern. Seitdem bin ich nicht viel weiter herumgekommen.«

»Ich bin in Paris und London zur Schule gegangen«, sagte sie. »Mein Vater war Konsulatsbeamter. Dann bin ich nach Martinique zurückgekehrt. Dort hab' ich auch geheiratet.«

Sein Gesicht tauchte aus dem Kragen auf. »Sie sind verheiratet?«

»Ich habe einen Sohn«, entgegnete sie. »Er ist jetzt sieben. Er ist bei meiner Mutter.«

»Hier in Kilburn?«

»Auf Martinique. Ich mußte ihn dalassen. Eines Tages gehe ich dahin zurück.«

»Oh, das tut mir leid«, sagte Davies ehrlich. »Ich wette, er fehlt Ihnen.«

»Ja. Er heißt Anthony.« Ihr Kopf versank wieder im Mantel. Er senkte den seinen ebenfalls, und sie gingen schweigend weiter durch den Verkehr und das Gewühl der heimkehrenden Menschen. Davies, dem nichts sonst einfiel, gab seinem Hund ab und zu wirkungslose Befehle.

»Und Sie? Verheiratet?« fragte sie nach einer Weile.

»Nur auf dem Papier.«

»Wo ist sie?«

»Sie wohnt im selben Haus wie ich. Es ist bloß eine Pension, ein möbliertes Zimmer. Wir reden nicht miteinander. Getrennte Zimmer und so weiter. Der Hund steht mir näher als sie – und Sie sehen ja, wie wenig der sich aus mir macht.«

»Warum ziehen Sie nicht aus? Einer von beiden?«

»Weiß der Himmel. Man gewöhnt sich eben und bleibt. Auch aus Trotz, um den anderen zu ärgern.« Er sah sie gramerfüllt an. »Ich bin so etwas wie ein Relikt aus den 50er Jahren.«

»Wie Gilbert ...«

»Harding.«

Sie blieb stehen. »Hier hält mein Bus«, bemerkte sie. Ein paar Leute warteten bereits still und stumm.

Davies meinte: »Stimmt. Linie 52.« Auf einmal stand sie ein wenig verlegen da. Er sagte: »Schönen Dank fürs Mitkommen. Hat mir Spaß gemacht. Tut mir leid, daß es nicht gerade das Maxim war.«

Jemma lachte. »Das war es wirklich nicht.« Sie beugte sich vor und berührte seine Hand. »Ich hab' schon so manches erlebt an Einladungen, aber ein Spaziergang auf dem Friedhof und anschließend ein Stück Pastete ...«

»Ich weiß«, murmelte er. »Besonders gut war sie nicht. Das Café ist die Sorte von Lokal, wo man sich die Füße beim Rausgehen abputzt.« Er blickte auf. »Ihr Bus kommt«, sagte er bedauernd und erleichtert zugleich. »Viel Platz drin.«

Er blieb breitbeinig auf dem Bürgersteig stehen. Sie stieg als letzte auf die offene Plattform. Der Schaffner rief »Festhalten« und klingelte. Plötzlich lehnte sie sich heraus und küßte Davies auf die Wange.

»Es war schön, Dangerous«, flüsterte sie.

Der Bus fuhr mit einem Ruck an und ratterte davon. Davies war sprachlos, hob nur grüßend die Hand. Der Hund blickte auf, um festzustellen, wem das Winken galt. Der Bus fädelte sich in den Verkehr ein. Durch die kleiner werdenden Fenster sah er, daß sie auf das Oberdeck hinaufgegangen war. Er winkte noch einmal und machte sich, während sein Herz plötzlich wie verrückt klopfte, auf den Heimweg. »Mein Gott«, sagte er so laut, daß die Leute sich umdrehten, »verdammt noch mal, ich hab' mich verliebt.«

Kapitel 3

»Namen«, sinnierte Mod, »Namen und Berufsbezeichnungen. Faszinierend, wirklich faszinierend. Wieso sind Leute, die Clark heißen, beinahe adlig? Und ist es nicht spannend, zu wissen, daß die bäuerlichen Vorfahren von Bert Pollard Pfosten hergestellt haben und die von Nicky Fletcher Pfeile?« Er lugte über die Bierkrone hinweg. Davies sagte: »Ja, ja. Hochinteressant für die Gelehrten. Ich muß an den armen, alten Lofty denken.«

Der pausbäckige Philosoph ließ sich nicht so leicht vom Thema abbringen. »Es ist dir wohl nicht klar«, fuhr er fort, »daß das Eigenschaftswort ›tawdry‹ von dem Namen Audrey kommt. Das Kirchweihfest in Ely fand jedes Jahr am Tag der St. Audrey statt. Den Ramsch, den es dort zu kaufen gab, nannte man eben in verkürzter Form ›tawdry‹.«

»Dieses Faktum«, räumte Davies ein, »ist meiner Aufmerksamkeit bisher irgendwie entgangen.« Er stand auf, was bekanntlich die einzige Methode war, Mods Redefluß zu stoppen. Mods Bierkrug kam ihm am ausgestreckten Arm entgegen wie der Ausleger eines Krans. Davies ging zum Tresen und holte Nachschub. Es war noch früh am Abend im ›Wickelkind‹.

Plötzlich nahm Mods rundliches Antlitz einen besorgten Ausdruck an. »Wie schon öfter erwähnt, Dangerous, habe ich ein chronisches Leiden. Alles, was ich bei meinen Studien in mich aufnehme, egal wie intensiv, ist in ein, zwei Wochen wieder weg. Irgendwie setzt es sich in meinem Innern ab.« Er legte einen nicht ganz sauberen Finger an seine Kehle und ließ ihn abwärts gleiten.

»Wie ein Sediment«, meinte Davies und stellte sein Glas hin. Er trank stets ohne Henkel, Mod hingegen benutzte ihn immer und nannte das eine Sicherheitsvorkehrung gegen Verschütten.

»Sediment«, nickte Mod, »meinetwegen.« Er rieb sich die Magengegend. »Da drin ist die ganze Weisheit aufgeschichtet, ein faszinierendes Faktum über dem anderen.«

Davies maß die unförmige Gestalt im Wintermantel mit den Augen. »Kann ich mir vorstellen«, bemerkte er.

Mod ließ den verträumten Blick zur Bar hin schweifen. »Eines Tages explodiert was in mir«, prophezeite er, »hier im ›Wickelkind‹. Wie eine Atombombe. Die Flaschen gehen in 1000 Scherben, der Wirt und die Gäste suchen Deckung! Eine Explosion von Fakten.«

Sie standen auf und stapften in die Herbstdämmerung hinaus. Der Bürgersteig war mit braunem Laub bedeckt. »Komisch«, meinte Davies und schob die Fußspitzen durch die feuchte Masse, »die Bäume bemerkt man eigentlich immer erst, wenn man sie unter den Füßen hat.«

»Wenn sie auf unser Niveau heruntergekommen sind«, nickte Mod tiefsinnig. »Und dann ist es natürlich zu spät. Wie für so vieles, Dangerous.«

Sie kamen an langgestreckten, schäbigen viktorianischen Häuserfronten vorbei. Bis zum ›Bali Hi‹, Furtman Gardens, mit seiner Araucarie im Vorgarten, das in einer vornehmeren Gegend des Stadtteils lag, brauchte man zu Fuß in nüchternem Zustand zehn Minuten.

»Wenn du Selbstmord begehen wolltest, Mod ...«, begann Davies, »was würdest du mitnehmen?«

Mod zog schniefend die feuchte Luft ein. »Ich bin immer davon ausgegangen, daß man nichts mitnehmen kann. Wo immer man dann hingeht. Wir bringen nichts mit in diese Welt, und es ist gewiß, daß wir nichts mit hinausnehmen.«

Davies sinnierte: »Warum hätte Lofty sich plötzlich umbringen sollen? Zwar hatte er sicher nicht allzuviel vom Leben, aber schließlich war er seine Art von Dasein seit Jahren gewohnt und allem Anschein nach damit zufrieden. Außerdem, nimm mal an, er wollte ins Wasser gehen – hätte er dann sein Wägelchen mitgenommen?«

Mod blieb stehen und zeichnete mit dem Schuh eine Rune in das Laub. »Stell dir die Szene vor! Große Oper: Der Held springt in den Grand Union Canal, einen Kinderwagen vor sich herschiebend. Aber ich glaube nicht, daß Lofty eine Show abziehen wollte. Wenn ja, hätte er doch hin und wieder eine neue Nummer geboten.« Er löschte mit dem abgewetzten Schuh das Zeichen aus, das er in die

Blätter geschrieben hatte. Sie gingen weiter. Gelbes Lampenlicht erhellte die Fenster der hochragenden Häuserfronten und verlieh selbst den trübsinnigsten unter ihnen einen einladenden Schimmer.

»Ich frage mich nur, was hatte er denn eigentlich in dem Kinderwagen?« grübelte Davies.

»Vielleicht ein Baby?« meinte Mod. »Vielleicht war Lofty eigentlich so was wie ein männliches Kindermädchen. Vielleicht hat er jahrelang insgeheim Kinder aufgezogen. Soweit ich mich erinnere, war das, was er da herumgefahren hat, immer mit einer alten Decke zugedeckt.«

»Wir werden es nie erfahren«, seufzte Davies.

»Du hast wohl wieder mal einen Floh im Ohr«, sagte Mod. Sie gingen durch das quietschende Gartenpförtchen und dann die Stufen zu der buntverglasten Haustür von ›Bali Hi‹ hinauf. Die Flurlampe erleuchtete von innen das Blumenmuster in der Tür, aus dessen Mitte ein jungfräuliches Antlitz sie unschuldig anlächelte. Davies beugte sich ein wenig herab und drückte einen Kuß auf den gläsernen Mund. »Guten Abend, Darling«, flüsterte er, »da bin ich wieder.«

Mod hatte den Schlüssel gefunden und schloß die Tür auf. »Du hast dieser Tage zuviel Zeit zum Grübeln«, sagte er. »Wenn du nicht mehr krank geschrieben bist und erst wieder so gewaltige Verbrechen aufklärst wie Fahrraddiebstahl, Vandalismus an Wartehäuschen oder kindliche Klingelstreiche, dann vergißt du Lofty von ganz allein.«

Davies hängte seinen Mantel an den einsamen Garderobenständer. Ein unbekanntes Kleidungsstück befand sich schon da, ein grauer Mantel aus gutem Stoff. Davies befühlte das Revers. »Ein neuer Mieter«, meinte er.

»Vielleicht ist jetzt nicht der richtige Moment, es zur Sprache zu bringen«, sagte Davies, als alle sich zum heißen Mehlpudding mit Kartoffeln und Gemüse hingesetzt hatten, »aber heute morgen war mein Bett naß.«

Alle Augen hoben sich von den Tellern. Der Mehlkloß war fettig und heiß, und Mrs. Fulljames, die davon gerade eine Gabelvoll in den Mund geschoben hatte, jonglierte schmerzerfüllt damit herum. Mit der Hand fächelte sie sich kalte Luft an die Zunge. »Wie beliebt?« fragte sie so verachtungsvoll, wie es ihr in ihrer momentanen Situation möglich war.

»Mein Bett«, wiederholte Davies. »Ganz durchnäßt. Es tropft wieder von der Zimmerdecke.«

Die Vermieterin schnaubte abwehrend. Mod las im *Guardian,* der zusammengefaltet neben seinem Teller lag, und hielt die Gabel wie eine Stimmgabel neben seinem Ohr in die Höhe. »Sie sollten Ihren Pudding lieber essen, Mr. Lewis, statt ihm zuzuhören«, bemerkte die Dame spitz. Mod schob die Gabel in den Mund und las weiter. »Tut mir leid«, brummte er, »ich war gerade in die Stellenangebote für Führungskräfte vertieft.« Doris, Davies' getrennt lebende Ehefrau, sah wie üblich mißbilligend zu ihrem getrennt lebenden Ehemann hinüber. Mr. Smeeton, der »Universale Alleinunterhalter«, bereitete sich auf das nächste Engagement vor, indem er Witze aus einem Buch auswendig lernte. Er setzte ohne aufzublicken eine Groucho-Marx-Kombination auf und wieder ab, die aus Nase, Augenbrauen und Brille bestand, während er aß und dabei vor sich hinmurmelte. Die Lehrerin Minnie Banks starrte verängstigt durch den Puddingdampf auf ein ungewisses, sich näherndes Verhängnis. Nur der Neuankömmling, ein bleicher, junger Mann, sah sich unsicher in der Runde um.

»Das ist Mr. Tennant«, stellte Mrs. Fulljames vor. »Vielleicht kann er Ihnen helfen. Ich kann nicht immer die Miete n i c h t erhöhen u n d dann noch das Dach reparieren lassen, wenn es mal tropft. Mr. Tennant ist zufällig ein Wassermann.«

»Ich bin Wasserbauingenieur«, erklärte der junge Mann, worauf Minnie Banks ihm ein zerknittertes Lächeln schenkte.

»Haben Sie einen Taucheranzug?« fragte Davies.

»Keinen eigenen, aber ich kann jederzeit einen im ›Unterwasserklub‹ bekommen«, antwortete der Neue prompt. »Beruflich habe ich mehr mit Bassins und dergleichen zu tun. Zur Zeit bin ich für ein paar Wochen beim Kraftwerk beschäftigt.«

Davies balancierte ein tropfendes Rosenkohlköpfchen auf seiner Gabel wie ein Projektil. »Wenn Sie hier herum Radau auf der Straße hören, dann sind's die Iren, die gerade jemanden zusammenschlagen. Meistens mich.«

»Ich kenne niemanden, der so viel Zeit wie du im Krankenhaus verbringt«, bemerkte Doris naserümpfend. »Und das zu Lasten unseres Gesundheitssystems.«

Davies musterte den aufgegabelten Rosenkohl kritisch und ließ ihn dann zurück auf den Teller gleiten. »Mrs. Davies«, sagte er kalt. »Ich begebe mich nicht zum Vergnügen auf die Unfallstation.

Ich lande dort infolge meiner, zugegebenermaßen manchmal schlecht beratenen, Versuche, für Recht und Ordnung zu sorgen. Zum Beispiel für mehr Sicherheit auf der Straße.«

»Die gibt es ja nicht«, jammerte Doris. »Heute ist mir ein Mann nachgelaufen.«

»Darüber würde ich mich an deiner Stelle nicht beklagen«, brummte er.

»Ich wünschte, mir liefe mal jemand nach«, seufzte Minnie Banks und errötete. Mods nachdenkliche Augen wanderten wie Zwillingsplaneten zu ihrem hageren Gesicht. Er schwieg.

Mrs. Fulljames erhob sich, um die Teller abzuräumen. »Wundervoll, Mrs. Fulljames«, schwärmte Davies. »Der Mehlpudding war ein Gedicht.«

Sie warf ihm, ohne zu antworten, einen mißtrauischen Blick zu und ging hinaus in die Küche. Davies beugte sich zu dem neuen Hausgenossen hinüber. »Ich möchte etwas aus dem Kanal gefischt haben«, sagte er.

Die Straßenlaternen am Ufer des Grand Union Canal gehörten zu den ältesten und düstersten von ganz London. Sie erhellten – wie in viktorianischen Zeiten – die ölige Wasserfläche nur schwach. Da sie in einem Abstand von etwa 50 Schritt aufgestellt waren, bewegten sich die drei Spaziergänger von einem matt erhellten Lichtkreis zum nächsten.

»Die Leiche wurde um 11 Uhr 40 abends gefunden«, sagte Davies, »am 7. Oktober. Nach 24 oder noch mehr Stunden im Wasser. Eine Wasserleiche fällt hier so leicht niemandem auf.«

Sie blieben im schauerlich-schummrigen Licht einer Laterne stehen. Mod zog den Mantel enger um sich. »Dort drüben«, Davies zeigte mit dem Finger, »wurde der Tote von Kindern gefunden.«

»Abends 11 Uhr 40?« brummte Tennant vor sich hin.

»In dieser Gegend hier bleiben die Kinder lange auf«, wehrte Davies ab. Er hatte eine Abneigung gegen Amateurdetektive. »Aber wo man ihn gefunden hat, muß nicht unbedingt auch die Stelle sein, wo er reingefallen ist.«

»Gefallen oder gesprungen«, warf Tennant ein.

»Oder reingeschubst«, sagte Davies halsstarrig. »Der Uferweg ist unterschiedlich breit. Hier ist er schmal und läuft dicht am Wasser entlang, aber dahinten«, er zeigte mit der Hand, »ist er erheblich breiter.« Sie gingen zurück, wie sie gekommen waren. Der rauh asphaltierte Weg bog vom Ufer ab und lief dicht an einer dunklen Fabrikmauer entlang. Davies probierte die Entfernung zwischen Weg und Uferrand aus. »Etwa 6,50 Meter«, sagte er. »Wenn Lofty seinen Kinderwagen hier vorbeigeschoben hat, kann er nicht aus Versehen ins Wasser gefallen sein. Selbst in betrunkenem Zustand, was kaum in Frage kommt, weil er kein Trinker war, wäre er nach einem Sturz leicht wieder auf die Füße gekommen.«

Er schlug den Rückweg am Ufer entlang ein. »Weiter unten liegt die Sache anders«, meinte er. »Der Pfad wird schmaler und verläuft direkt neben dem Kanal. Dort könnte er gestolpert und samt seinem Wagen über die Kante gerollt sein.«

Sie stiegen die feuchten Steinstufen zur Straße hinauf und begaben sich schweigend zum ›Wickelkind‹. Dort produzierten sich gerade drei bleiche Jugendliche aus Cricklewood in schottisch karierten Hemden und ärmellosen Westen mit einem sentimentalen Country-Song: der Moritat von einer Frau, die den Mann, vier hungrige Kinder und die Ernte auf dem Felde im Stich gelassen hatte, um dem Glück nachzulaufen. »Mußt du jetzt gerade gehen, Lucille«, brüllten sie.

»Wer möchte es ihr verdenken?« fragte Mod.

Jemma kam herein und ließ ihr umwerfendes zweigeteiltes Lächeln sehen. Davies stellte ihr Mod und Tennant vor. Sie zuckte zusammen, als der Gesang wieder anfing, und setzte sich zu ihnen. »In der surrealistischen Malerei«, sagte Mod und starrte gebannt auf die Zahnlücke, »ist es oftmals das, was nicht da ist, was das Bild so fesselnd macht.«

Jemma beugte sich vertraulich zu Davies herüber. Ihre Finger legten sich samtweich auf sein Handgelenk. Sie flüsterte: »Ich hab' etwas herausgefunden. Lofty hatte ein Geheimnis.«

Es war erst halb elf, als sie vor dem ›Männerasyl Nordwest-London‹ standen, aber der Heimleiter war trotzdem verärgert.

»Diese Leute brauchen ihren Schlaf wie alle anderen«, brummte Charlie Copley, als er sie durch den mit Schnarchen erfüllten Schlafsaal führte. »Um zehn Uhr ist Ruhe im Bau.« Er hatte die trübe Nachtbeleuchtung angeschaltet, und als sie zwischen den Schläfern durchmarschierten, erhoben sich hier und da aus den Bettdecken geisterhafte Häupter; Proteste, Fragen und Hustenanfälle waren zu hören. Einer jammerte lauthals im Schlaf, er wolle nach Hause.

Mods Augen flackerten melancholisch im Halbdunkel. Davies flüsterte: »Such dir schon mal ein Bett aus.«

»Lieber fahr' ich zur Hölle«, gab Mod leise zurück, »oder ich gehe arbeiten.«

Charlie führte sie zu einem kleinen, durch eine rohe Backsteinwand abgetrennten Raum. »Loftys Schlafkammer. Er hatte sie für sich allein, als Stammgast«, flüsterte Jemma.

Der Heimleiter riß ohne Zögern die Tür auf, worauf der einzelne Schläfer in dem Eisenbett hochschreckte und sie entgeistert anstarrte. »Ich hab' den Kram hier dringelassen«, sagte Charlie. »Kein Grund zum Aufwachen, Barker.« Barker ließ sich unter die Decke fallen wie ein Soldat in den Schützengraben. Charlie bückte sich und rüttelte an einem kleinen Gitter in der Wand dicht über dem Fußboden.

»Loftys Privatsafe«, erklärte Jemma.

Der Gitterrost löste sich mit einem Geräusch, das laut genug war, den Kopf des Zimmerbewohners zur Hälfte wieder auftauchen zu lassen. »Die Polizei, Barker«, sagte Charlie. Die wächserne Stirn und die verstörten Augen verschwanden. Der Heimleiter steckte die Hand in die Maueröffnung und zog einen staubbedeckten Schuhkarton heraus. »Das hat Barker gefunden, als er hier herumschnüffelte«, sagte er.

»Hab' ich gefunden«, tönte es dumpf unter der Decke hervor.

»Sie müssen noch unterschreiben«, meinte Charlie. »Ich möchte die Verantwortung nicht übernehmen.«

»Wird gemacht«, entgegnete Jemma. »Detective Constable Davies unterschreibt.«

Charlie nahm den Pappkasten, und sie gingen hinaus. Ein geisterhaft dumpfes »Gu'nacht« tönte ihnen nach.

Sie folgten dem Hausvater wieder zurück durch die Schattenwelt des Schlafsaals. Gesichter wurden als weiße Flecken sichtbar, denn die Männer waren jetzt hellwach und aufgeregt wie Kinder. »Es ist Dangerous«, flüsterte eine heisere Stimme. »Und die schwarze Lady.«

»Ruhe im Saal«, rief Charlie, »sonst werden morgen welche gesperrt.«

Das war offenbar eine schreckliche Drohung, denn es wurde augenblicklich still. Sie stiegen ein paar steinerne Stufen hinab, und dann warteten die Besucher auf dem kahlen Treppenabsatz, während Charlie mit drei verschiedenen Schlüsseln eine schwere Tür aufschloß. Als er das Licht andrehte, sah man den Büroraum, der bis in die letzte Ecke mit Papierstapeln und zerfledderten Akten vollgestopft war. Charlie nahm ein Kontobuch, riß ein Blatt heraus und kritzelte darauf: »Pappschachtel mit Inhalt, Eigentum von Brock (verstorben).« Davies setzte seinen Namen darunter.

»Was bedeutet übrigens ›sperren‹?« fragte er.

Charlie sah ihn mißtrauisch an. »Was sperren?«

»Sie haben dort drinnen gesagt, Sie müßten sonst morgen die Leute sperren.«

»Ach so. Wenn jemand sich nicht anständig aufführt oder gegen die Hausordnung verstößt, kann ich ihn abweisen. Eine Hausordnung muß sein, wenn man es mit NMs zu tun hat.«

»NMs, Nichtseßhafte Männer«, erläuterte Jemma. Sie griff schnell nach Brocks Pappkasten und klemmte ihn unter den Arm. Charlie sah mißtrauisch drein, als hätte er ihn lieber der Person übergeben, die den Empfang quittiert hatte, sagte aber nichts. Sie gingen in die triefnasse Nacht hinaus, während der Heimleiter die Tür hinter ihnen zuschlug. Mod atmete tief durch. »Die Luft hier draußen ist ein echter Luxus«, meinte er.

»Laß es dir zur Warnung dienen«, sagte Davies, während sie zu dritt, Jemma in der Mitte, den Bürgersteig entlangmarschierten. Die beiden Männer zogen vor dem Wind die Schultern ein, während Jemma aufrecht und energisch ausschritt und nur ab und zu stehenblieb, damit sie aufholen konnten. »Du könntest leicht als NM enden«, fügte Davies hinzu.

»Oder als was Schlimmeres«, ergänzte Jemma. »Vielleicht als VNM - Verwahrloster Nichtseßhafter - oder als NA, als Nichtseßhafter Alkoholiker. Sobald du in den Akten stehst, bist du bloß noch eine amtliche Abkürzung.«

»Wo wollen wir die Schachtel aufmachen?« fragte Davies plötzlich. Die Kneipen waren schon geschlossen. Zu seinem Revier wollte er nicht, das hätte dort nur Aufsehen, vielleicht sogar Mißtrauen erregt. Es gab nicht viele Orte, wo man mit Jemma hingehen konnte, ohne aufzufallen.

»Bei euch oder bei mir«, sagte sie.

»Bei uns nicht«, gab Davies zurück. Das Trio stand auf dem nassen Straßenpflaster. »Damenbesuch ist nicht gestattet. Mrs. Fulljames ist darin eisern.«

Sie lachte ungläubig. »Und da wohnt ihr! Wollt ihr mir vielleicht auch noch erzählen, daß Schwarze nicht geduldet werden?«

Davies wechselte einen Blick mit Mod. »Würde mich nicht wundern, wenn es so wäre.«

»Dann bei mir«, meinte Jemma. »Es ist nicht weit von hier. Als Charlie mir zuerst von der Schachtel erzählt hat, hab' ich nur einen kurzen Blick darauf geworfen, weil er mir über die Schulter guckte und ich ihn nicht so dicht herankommen lassen wollte. Seine Rassenvorurteile pflegen sich bei räumlicher Annäherung in Nichts aufzulösen.«

Sie bog um eine laternenerhellte Straßenecke und blieb vor einer rissigen Fassade stehen. »Da sind wir«, sagte sie leiser als sonst. »Weckt mir nicht die Kinder auf.«

Davies merkte, wie seine Augenbrauen in die Höhe gingen. Er spürte den Blick, den Mod ihm zuwarf. Jemma öffnete die Tür mit dem Schlüssel, und sie gingen auf Zehenspitzen hinein. Das Haus war in mehrere Wohnungen unterteilt. Es gab noch eine Tür, die Jemma aufschloß, und dahinter einen kleinen, hellen Flur und das Wohnzimmer, wo ein Fernseher lief und ein magerer schwarzer Junge gelangweilt einem Fußballspiel zusah. Jemma sagte, das sei Danny. »Wie steht's für uns?« fragte Davies mit einem Blick zum Bildschirm.

»Gewonnen. Drei zu null«, antwortete der Junge, stand auf und schaltete aus.

»War was?« wollte Jemma wissen.

Er zuckte die Achseln. »Nichts gehört. Ich hab' unsere Mannschaft angefeuert.«

Jemma gab dem Jungen seinen Lohn, worauf er sich davonmachte. Sie öffnete die Tür zu dem verdunkelten Schlafzimmer und sagte: »Kommt mal, und schaut euch meine Babies an.«

Mod und Davies setzten sich lustlos in Bewegung. »Babies ... davon haben Sie gar nichts erwähnt«, stammelte Davies.

»Schaut doch mal«, wiederholte sie ernsthaft. Sie öffnete die Tür so weit, daß ein Lichtstrahl hineinfiel; sie sahen ein Gitterbettchen und darin zwei kleine Kinder, ein schwarzes und ein weißes, in tiefem Schlummer.

»Manchmal nehme ich – inoffiziell – meine Arbeit mit nach Hause«, erklärte Jemma. »Ihre Mütter haben sie im Stich gelassen.«

»Schlimm«, murmelte Davies verwirrt, als Jemma sie beide aus dem Zimmer schob. »Wirklich schlimm«, echote Mod.

Ohne zu fragen, goß sie drei Gläser Whisky pur ein. Sie setzten sich um den Tisch und stellten den schmuddeligen Schuhkarton in die Mitte. Er war mit einer Kordel verschnürt, die Jemma ohne zu zögern aufknotete. Ihre Finger waren lang und biegsam, ihre Nägel frei von Nagellack. Sie hob den Deckel.

»Da ist alles mögliche drin«, sagte sie.

Davies nahm ein paar zerknitterte Papiere und Briefumschläge heraus. Zuoberst lag ein kleiner Leinenbeutel. Als er ihn umdrehte, fiel eine angelaufene Medaille mit einem verblaßten Band in Braun und Violett heraus. Er legte den Orden auf die Handfläche und las laut: »›Für hervorragende Tapferkeit vor dem Feind‹.« Dann die Rückseite: »Da steht sein Name drauf. ›Wilfred Henry Brock, 29. Mai 1940.‹«

»Lofty ein Kriegsheld!« rief Jemma. Eins der Kinder nebenan begann zu weinen. Davies reichte Mod die Medaille. Das zweite Kind wurde auch wach. Jemma stand auf und ging ins Schlafzimmer. Man hörte, wie sie die Kinder beruhigte, und es wurde wieder still.

Davies wandte sich erneut der Schachtel zu und faßte jedes Stück darin äußerst vorsichtig an; vielleicht konnte man ein paar Fingerabdrücke retten. Jemma kehrte zurück und sah ihm aufmerksam zu. »Komisches Gefühl. Als packte man etwas Uraltes aus, das jemand vergessen hat«, meinte sie.

»Das jemand nicht vergessen hat«, verbesserte er geistesabwesend. Sie sah zu, wie er die schmutzigen, eselsohrigen Blätter herausnahm, sie ausbreitete und jedes einzelne überflog, bevor er nach dem nächsten griff. »Es stammt aus dem Krieg«, murmelte er. »Lofty war in Deutschland in Gefangenschaft, im Stalag 62. Briefe, Notizen. Seltsam. Hier hat er etwas über seine Kameraden aufgeschrieben. Verräter, Spitzel, Verschwörungen. Und ich dachte immer, sie hätten da ständig Fluchtwege gebuddelt oder Schach gespielt.«

Er packte weiter aus. »Er hat alles aufgehoben«, sagte er. »Hier ist eine Wäscheliste, und hier ...«, er stockte. »Hier ist noch eine Liste. Lofty steht auch darauf. Wilfred Brock, und ein Kreuz dahinter. Es sind noch ein paar andere Namen angekreuzt. Und zuoberst ist ein Totenschädel. Es sieht aus wie eine Schwarze Liste.«

Kapitel 4

Sonntags standen stets ein paar Unentwegte am Kanalufer aufgereiht, um trübsinnig in dem schleimigen Naß zu angeln, in dem sich doch seit Jahr und Tag außer den allerprimitivsten Lebewesen nichts mehr regte. Sie hoben die Blicke gleich Mönchen, die beim Gebet gestört werden, und verfolgten die Ankunft von Davies und den Froschmännern mit unbewegter Miene. Ihr Hobby war keins von denen, die zu Temperamentsausbrüchen führen.

»Morgen allerseits«, rief Davies mit dick aufgetragener Munterkeit. »Beißen heute die großen Fische an?«

Tennant, der in seinem Gummianzug noch schmächtiger aussah, als er war, hielt die Nase über die modrige Brühe. »Das einzige, was man sich hier rausfischt, ist die Cholera«, prophezeite er düster. Er sah sich argwöhnisch um, ob seine beiden Klubkameraden nicht spornstreichs wieder nach Hause gegangen waren. »Ich hab' ihnen ja nicht im voraus verraten, wie schlimm es ist«, flüsterte er Davies zu.

»Sie fühlen sich sicher ganz wohl, wenn sie erst mal drin sind«, meinte Davies ohne viel Überzeugung. Er drehte sich nach der Treppe um, die zur Straße führte. Jemma kam gerade die Stufen herab; sein Hund hüpfte und kullerte vor ihr her.

»Ich mußte ihn mitbringen.« Sie war ganz außer Atem. Sie trug ein leuchtendgrünes Kleid und einen Wildledermantel und auf dem Kopf ein buntes Tuch, das ihr Haar nur unvollkommen bändigte. »Er hat keine Ruhe gegeben. Er wollte unbedingt raus aus Ihrem Auto und dann auf ein paar kleine Kinder losgehen.«

»Er ist ganz versessen auf Kinder«, sagte Davies. »Kann gar nicht genug kriegen.« Er warf dem Hund einen tadelnden Blick zu, den dieser durch seine Stirnzotteln hindurch trotzig zurückgab.

Die beiden anderen Taucher schauten sich kopfschüttelnd um. »Soll das etwa hier sein?« fragte der eine, ein schlanker, etwas vorlauter junger Mensch. Er zeigte verächtlich mit dem Kopf auf das Wasser. »Da drin?«

»Ja. Das heißt, mehr oder weniger«, gab Davies zu. Er warf Tennant einen hilfesuchenden Blick zu. Der zweite Taucher hatte eine geschwollene Nase und tränende Augen, als hätte er sich das Gesicht schon irgendwo angeschlagen. Er lief ein paar Schritte am Ufer entlang und starrte nach unten wie jemand, der versucht, in einen dunklen Spiegel zu sehen. »Wie tief issen das?« fragte er.

»Wie überall im Grand Union Canal«, versetzte Tennant kurz. »Kanäle haben schließlich immer dieselbe Wassertiefe.«

»Die Belohnung geht rauf auf 30 Pfund«, flüsterte Davies schnell, »das heißt, meine Spende für den Unterwasserklub. Leider kommt das Geld ja nicht offiziell aus dem Polizeifonds.«

»Einverstanden«, sagte Tennant. Er ging zu den anderen hinüber. Sie schimpften immer noch vor sich hin, gingen aber jetzt daran, ihre Ausrüstung zurechtzulegen. Davies stellte sich neben Jemma. Kitty lehnte sein Haupt an ihre wildlederne Hüfte. Davies sah den Hund scharf an. Jemma sagte: »Er ist ganz begeistert.«

»Nicht von mir«, meinte Davies. »Sie sollten mal bei mir vorbeikommen und versuchen, das Ungeheuer zu baden oder ihm das Fell zu bürsten. Er ist ein schwererziehbarer Hund.«

Auf der Brücke rief jemand. Mod kam die Treppe herunter. »Ihr philosophischer Freund«, bemerkte Jemma. »Wieso heißt er Mod?«

»Nach dem Bruder von Tschaikowsky«, erläuterte Davies.

»Ach so.«

Mod näherte sich in seinem üblichen Watschelgang. Er drückte die Sonntagszeitungen an sich wie einen Brustharnisch. »Schreckliche Verhältnisse in Afrika«, berichtete er, als seien diese gerade eben eingetreten. »Ich weiß dafür keine Lösung.«

Davies zuckte die Achseln: »Steht's mit dem Rest der Welt denn besser?«

Mod beobachtete die Taucher. »Haben sie schon was gefunden?« fragte er.

»Sie waren noch gar nicht unten«, brummte Davies. »Wir haben auf dich gewartet.«

Jemma sagte: »Sie warten darauf, daß jemand den Anfang macht.«

Mod sah sie gedankenvoll an. »Die Welt ist finster genug«, philosophierte er, »auch ohne daß man sich in die Finsternis stürzt.«

Tennant rief, sie seien jetzt soweit. Der Kleine, Aufmüpfige, Archie genannt, sollte zuerst an der Stelle einsteigen, wo man die Leiche gefunden hatte.

»Kann sein, er ist hier reingefallen und dann mehr oder weniger im Kreis herumgeschwemmt worden«, kommentierte Tennant fachmännisch. »Manchmal ist das so. Der Wagen natürlich auch.«

»Auf geht's«, meinte Archie und machte sich fertig. »Wir suchen also nach einem alten Kinderwagen. Ich wette, davon gibt's da unten mehr als einen.« Er zog die Taucherbrille vors Gesicht, stellte sich ans Ufer, ging in die Knie und hüpfte wie ein Riesenfrosch mit den Füßen voran in den Kanal.

Konzentrische Kreise breiteten sich im schlammigen Wasser aus. Die Angler auf dem anderen Ufer wickelten verärgert die Schnüre auf. »Recht so!« schrie einer wütend, »macht nur weiter, rührt verdammt noch mal das ganze Wasser um! Unverschämtheit!«

»Mitten in der Anglersaison«, fügte sein Nachbar in der Reihe hinzu und starrte in den Schlamm.

»Polizeieinsatz«, rief Davies laut.

»Lord Lukan findet ihr trotzdem nicht, Mann!« bellte einer zurück.

Davies starrte feindselig hinüber. »Und ich habe gedacht, Angler sind Philosophen«, sagte er.

Mod dozierte trocken: »Das Wesen der Philosophie besteht ohne Zweifel in der Fähigkeit, die Gedanken zu ordnen, sie in Kategorien einzuteilen und nach Belieben zu verknüpfen, sie dann zu veröffentlichen, in die Tat umzusetzen oder doch wenigstens zu äußern. Diese Menschen aber hocken dort Stunden um Stunden und gelangen zu keiner Schlußfolgerung. Außerdem werden sie naß.«

Jemma sagte: »Er kommt rauf.« Ein Kräuseln des Wasserspiegels kündigte Archies Rückkehr an. Er tauchte kurz auf, machte ein Handzeichen und verschwand dann wieder. Tennant sagte etwas zu dem anderen Taucher namens Charlie, der immer noch unwillig war, und gab ihm einen kräftigen Schubs in den Rücken, so daß er stolperte und ebenfalls nicht gerade graziös ins Wasser klatschte. Er versank gurgelnd in der morastigen Brühe. Beide Taucher kamen mehrfach an die Oberfläche und ließen sich schließlich von Tennant und Davies - Mod hielt sich als Reserve zur Verfügung - am Seil heraushieven.

»Scheußlich«, verkündete Archie. »Hab' noch nie im Leben so viel Schrott beieinander gesehen. Aber keine Kinderwagen.«

Charlie sagte laut: »Ich will nach Hause.«

»Na schön«, entgegnete Tennant drohend, »wenn du jetzt abhaust, kommst du nicht mit auf den Ausflug nach Bangor.«

Das wirkte. »Meinetwegen«, gab Charlie nach und tippte mit dem Finger auf Tennants trockenen Gummidreß. »Aber du tauchst doch auch?«

»Ich bin nicht in die Klamotten gestiegen, um nur drin zu schwitzen!« fuhr Tennant ihn an. »Ich geh' als Nächster runter.« Er erklärte Davies, er wolle es 100 Meter weiter kanalabwärts versuchen, wo der Uferweg breiter war. Sie sahen von weitem zu, wie er seine Vorbereitungen traf. Es schien ihm peinlich, beobachtet zu werden. Schließlich zog er entschlossen die Brille vors Gesicht und plumpste tolpatschig wie die anderen, mit den Füßen zuerst, ins Wasser.

»Null Punkte für Eleganz«, bemerkte Jemma.

»Vom Standpunkt der Ästhetik sind die Flossen sehr störend«, stimmte Mod zu. Davies drehte sich um. Die Angler packten gerade laut schimpfend ihre Geräte und Körbe zusammen und stapften davon, vorbei an den Zuschauern, die sich inzwischen auf der Brücke angesammelt hatten.

Tennant tauchte auf, winkte aufgeregt mit der Hand und versank wieder. Sie rannten zu der Stelle hin. In dem ekligen Gewässer bildeten sich kreisförmige Wirbel, dann kam wieder ein winkender Arm zum Vorschein. »Was er wohl hat?« fragte Jemma.

»Wadenkrampf«, war Archies Vermutung.

Sie zogen Tennant heraus und wichen vor der übelriechenden Jauche zurück, die er verspritzte. »Stinkezeug«, sagte er, als er die Maske abgenommen hatte. »Widerlich. Aber da unten ist er, der Kinderwagen. Jedenfalls einer, der noch nicht lange dort liegt. Steckt kopfüber drin. Wir können ihn am Haken rausholen.«

Archie und Charlie gingen zu ihrem Kombi, der auf der Straße geparkt war, um Haken und Seil zu holen. Als sie zurückkehrten, kam ein kleiner, dünner Mann hinterher. »Hallo, Shiny«, begrüßte ihn Davies.

»Hallo, Dangerous. Was macht ihr denn hier?«

»Freiwillige Umweltsäuberungsaktion, Shiny.«

Der Neuankömmling nickte und machte kehrt, um zu der Volksmenge auf der Brücke zurückzugehen. »Die Leute wollen alle wissen, was hier los ist«, sagte er.

Tennant schickte sich an, noch einmal zu tauchen und dabei das Tau und den Eisenhaken mitzunehmen. »Shiny Bright«, bemerkte Davies zu Jemma mit einer Kopfbewegung. »Hat mal einen Einbruch versucht und dazu Fausthandschuhe mitgenommen, wegen der Fingerabdrücke.«

Tennant platschte ins Wasser, diesmal mit einer triumphierenden Gebärde. Er kam hoch, sank unter, kam wieder hoch und warf Archie das Tauende zu. Er gab ein Signal, indem er zwei Finger hochhielt, ehe er wieder versank. Archie begann zu zählen. Als er bei 50 anlangte, nickte er dem verkniffen zusehenden Charlie zu, und sie begannen, vorsichtig an dem Seil zu ziehen. Es straffte sich. Davies trat näher, um zu helfen, und Mod – nach kurzem Zögern – ebenfalls. Davies schob ihn weg. »Du stellst dich drüben hin und denkst nach«, befahl er. Die anderen drei zerrten mit aller Kraft. Kitty, der die allgemeine Aufregung spürte, bellte freudig. Sie holten das Seil ein, bis der glatte, ehemals weiße Griff des Kinderwagens in Sicht kam.

»Stop! Festhalten!« rief Davies.

»Weiterziehen«, widersprach Archie. Sie zogen und zogen. Tennants seehundsähnlicher Kopf erschien neben dem Kinderwagen; er umkreiste ihn, um mit den Flossen zu steuern. Langsam kam der Wagen immer weiter zum Vorschein; aus seinem Inneren ergoß sich ein graubrauner Wasserfall.

»Jetzt«, keuchte Archie, und mit einem letzten Ruck zogen sie den Fang an Land, während die Räder sich im Uferlehm eingruben. Der Gestank war umwerfend.

»War's das?« fragte Archie.

»Genau. Das war's«, sagte Davies beschwichtigend.

Archie und Charlie halfen Tennant aus dem Wasser. »Weitersuchen hat keinen Zweck. Zuviel Modder da unten«, prophezeite er.

Jemma tastete mit beiden Händen im Innern des Wagens herum und fand, was sie suchte: vier rostige Klammern. »Es gibt am Boden gewöhnlich eine kleine Klappe und einen Behälter«, sagte sie. »Man kann ein Töpfchen reinschieben.«

Davies steckte die Hände in die Aussparung und holte eine große, eckige Keksdose heraus, die mit mehreren Lagen von Klebstreifen verschlossen war. »Jacob's Cream Crackers«, las er vor.

In Jemmas Wohnung war das schwarz-weiße Babypaar verschwunden, statt dessen hatte sich eine Frau mit Strickzeug in einem Sessel niedergelassen und arbeitete wie wild an einem undefinierbaren Kleidungsstück, das sich um sie herum ausbreitete wie eine Robe. »Idiii«, rief sie, »ich bin Idiii!«

»Das ist Edie«, sagte Jemma.

Davies und Mod zögerten, Edie zu begrüßen. »Was hat sie gesagt, wie sie heißt?« fragte Davies und erhielt dafür einen warnenden Blick von Jemma. Er hielt eine Hand hinters Ohr.

»Idiii! Idiii!« kreischte die Frau.

»Edie wohnt eine Weile bei mir, bis wir einen Platz für sie gefunden haben«, erklärte Jemma.

»Möglichst eine einsame Stätte«, schlug Mod vor.

Jemma sah ihn vorwurfsvoll an. »Ihr braucht euch nicht auf ihre Kosten lustig zu machen«, tadelte sie. »Sie hat eben keine Bleibe.«

Mod sah beschämt drein. Davies betrachtete die Fremde mit ihrem ausgebreiteten Vlies. Er lehnte sich teilnahmsvoll über das Maschenwerk und fragte: »Was soll das werden?«

»Idiii! Idiii!« rief die Frau.

»Sie bringen sie nur in Verlegenheit. Sie strickt - Stricken als Therapie. Es wird nichts Bestimmtes. Meinen Sie nicht, wir sollten jetzt mal in Loftys Dose schauen?«

Davies war einverstanden. Mod lächelte Edie milde an und nickte aufmunternd zum Rattern der Stricknadeln, die sich anhörten wie ein Zweitaktmotor. Dann richteten die drei ihre Aufmerksamkeit auf die Blechdose. Sie war zerkratzt und eingedellt. »König Edward VIII. Krönung«, las Davies und erkannte undeutlich, unter Kratzern wie hinter einer Tüllgardine, die abgebildete Gestalt im Purpurmantel. Jemma holte eine Schere und schnitt vorsichtig das schwarzgewordene Klebeband durch, mit dem die Dose verschlossen war. Dann nickte sie Davies zu, um ihm den Vortritt zu lassen. Er schabte an dem Klebstreifen. Edie hörte auf zu stricken und beugte sich vor. »Gibt's Kekse?« rief sie hoffnungsvoll.

Jemma redete beruhigend auf sie ein. Davies hatte das Band abgezogen und machte vorsichtig den verrosteten Deckel los. In der Dose war ein Holzkasten, eine solide Arbeit mit Messingscharnieren und einem Verschluß, der offen war. In die versiegelte Dose war kaum ein Tropfen Wasser eingedrungen, das Holz war lediglich ein wenig feucht geworden. In dem Kasten befand sich, eingepackt in vergilbtes Zeitungspapier, ein Sammelsurium von Utensilien: ein altertümlicher Rasierapparat und eine Packung Rasierklingen, eine schmuddlige Flasche mit Dr. Collis Browne's Hustensaft, ein stabiles Federmesser, ein Spiegel, der im ungewohnten Licht erschrocken zu blinzeln schien, ein wie eine Kuh geformtes Milchkännchen mit der Aufschrift »Andenken an Clacton-on-Sea«, eine Haarbürste, ein rundes Metallrähmchen mit dem verblaßten Gesicht einer traurigen Frau und eine einzelne Perle in einem abgegriffenen kleinen Etui. Davies nahm die Perle heraus. »Ob sie echt ist?« fragte er. Jemma befühlte sie zwischen den Fingern. »Fühlt sich warm an«, sagte sie. »Die ist echt.«

Sie reichte sie ihm zurück, und er ließ die Perle auf seiner Handfläche ruhen. »Sieh einer an«, murmelte er. »Was wollte Lofty denn mit einer Perle?« Sie sahen stumm auf die Kostbarkeit, die auf Davies' Hand leise zitterte. Schließlich bemerkte Mod: »Edward VIII. ist nicht gekrönt worden, er hat kurz vorher abgedankt. Alle die Keksdosen waren für die Katz.«

Davies nahm die Gegenstände einzeln aus dem Holzkästchen. Das fleckige Gesicht der Frau schaute sie wie aus einem runden Kajütenfenster an. Sie blickte mißtrauisch in die Kamera, als ob sie fürchtete, etwas Schlimmes könne aus dem Objektiv herauskommen. Davies drehte das Bild um, öffnete auf der Rückseite zwei Metallklammern und nahm die Fotografie heraus. »Nichts«, sagte er. »Kein Name. Nichts.«

Er griff sich die zerknüllte Zeitung und strich sie glatt. »13. August 1936«, las er laut. »Der *Daily Express.*«

Er musterte die ärmlichen Habseligkeiten. »Also, wir haben ein Foto, ein Etui, eine Dose, eine Kuh, ein Federmesser, eine Arzneiflasche, eine Zeitung, einen Rasierapparat und eine Haarbürste – und eine Perle.« Er fing an, die Sachen wieder zwischen das Papier zu packen, als er plötzlich stutzte. Er zeigte ihnen die Schlagzeile: »Cricket: Meisterhafter Hunderter von Hammond.«

»Das waren noch Zeiten!« sagte er.

Der Vauxhall Vanguard, in dem der Hund wohnte, logierte seinerseits nur eine Minute vom ›Bali Hi‹ entfernt auf einem Stellplatz im Schutz einer Eisenbahnüberführung. Am Donnerstag, seinem freien Tag, befestigte Davies ein neues Seil an Kittys Halsband und führte ihn durch die regennassen, schlammigen Straßen zur Kanalbrücke und hinunter zum Uferweg. Der Nachmittag war grau in grau, der Himmel genauso schmutzigtrüb wie das Wasser; nur die am Kai gelegenen kleinen Fabrikbetriebe und Lagerhäuser sandten hier und da einen freundlichen Lichtschimmer aus.

Es gab ungefähr ein Dutzend Gewerbeflächen dicht beieinander, drei davon mit einer Seite zum Wasser hin. Die Firmengebäude von ›Shurrocks Industrieuhren‹, ›Blissen Ltd Pharmazeutika‹ und ›Mehr-Sicherheit-Safes‹ waren nach dem gleichen Schema angelegt, nämlich als zweistöckige Backsteinbauten mit Flachdach, oben die Büros, zu ebener Erde die Produktions- und Lagerräume. Jede Firma hatte ein breites Einfahrtstor zu einer asphaltierten Straße hin, die im rechten Winkel auf den Fußweg am Kanal stieß und von diesem durch ein Eisengitter mit einer kleinen Tür getrennt war. Die Uhrenfabrik und die pharmazeutische Großhandlung lagen an der gemeinsamen Zufahrt einander gegenüber, und links davon, mehr zur Stadt und zur Straßenbrücke hin, befand sich die Tresorfirma. Alle drei Firmen schlossen zur gleichen Zeit, fünf Uhr nachmittags, aber die Beschäftigten von ›Mehr-Sicherheit-Safes‹ waren stets die ersten in der Warteschlange für den Bus.

George Williams, Geschäftsführer der Firma ›Mehr-Sicherheit-Safes‹ und außerdem Vorsitzender im Rotary-Klub, Vorsitzender des städtischen Sportkomitees und des Veteranenklubs, war ein vielbeschäftigter Manager. Er schüttelte Davies die Hand und schielte dabei verstohlen auf die Uhr. »Ich werde Sie nicht lange aufhalten«, versicherte Davies. »Ich hab' meinen Hund im Halteverbot angebunden.«

Williams lächelte gequält wie jemand, der sämtliche Witze schon mal gehört hat. Trotz der Jahreszeit war er in Hemdsärmeln. »Um was geht's denn?« fragte er und ließ sich auf einer Handbreit Schreibtischkante nieder. Sein spitzer Schnurrbart sah aus wie ein Paar Miniaturbüffelhörner. Er winkte Davies, auf einem der beiden Stühle des kleinen Büroraums Platz zu nehmen. An den Wänden hing eine Ausstellung von Tresortüren jeder Art, der materialisierte Wunschtraum eines Einbrechers. »Ist es wegen der Konzession?« fragte Williams und schaute diesmal unverhohlen auf seine Armbanduhr.

»Was für eine Konzession?«

»Alkoholausschank im Klub. Im Veteranenklub. Wir hatten schon mal Ärger wegen der Vorschriften.«

»Dafür ist eine andere Abteilung zuständig«, informierte Davies ihn. »Jedenfalls im Moment noch. Nein, was ich gern wüßte – haben Sie einen eigenen Wachdienst für die Nacht?«

»Eigentlich nicht. Es gibt hier nichts zu stehlen außer den Geldschränken, und die haben ja meist ein Tonnengewicht.«

»Aber Sie hatten schon einmal Einbrecher hier, wenn ich mich recht erinnere. Vor etwa zwei Jahren?«

Williams kniff die Lippen zusammen, daß die Büffelhörner wippten. »Erinnern Sie mich bloß nicht daran«, seufzte er. »Die Zeitungsleute bekamen Wind davon.«

Davies nickte. »Ein kleiner Betrag nur, nicht wahr?«

»Stimmt. Bekannte Geldschrankfirma – und dann läßt irgendein Idiot das Kleingeld auf dem Schreibtisch liegen, und es wird geklaut. Ein gefundenes Fressen für die Journalisten.«

Davies schlug sein Notizbuch auf und sagte: »503 Pfund.«

»So? Ich kann mich an den genauen Betrag nicht erinnern. Wir müssen das Geld für irgend etwas gebraucht haben.«

»Jedenfalls nicht bloß für Porto«, meinte Davies.

»Wir haben es für irgend etwas gebraucht«, wiederholte Williams. »Aber wir beschäftigen keinen besonderen Wachdienst hier, das käme verdammt teuer. Wir haben gemeinsam mit den Nachbarfirmen eine Wachgesellschaft beauftragt, doch deren Leistungen sind nicht gerade umwerfend.« Er sah Davies herausfordernd an. »Schließlich hat man dafür ja die Polizei.«

»Ah ja, die gute alte Zeit. Der Bobby an der Straßenecke«, sagte Davies höflich. Er rutschte auf dem Stuhl hin und her. »Nein, ich frage nur, weil ich wissen möchte, ob irgend jemand hier am Abend des 6. Oktober etwas am Wasser gehört oder gesehen hat. Irgend etwas Ungewöhnliches.« Williams blätterte im Kalender auf dem Tisch. Davies fuhr fort: »Ein alter Mann ist in den Kanal ... gefallen. Ertrunken.«

Williams nickte: »Hab' ich gelesen. Zog immer mit einem alten Kinderwagen durch die Gegend. Wahrscheinlich besoffen.«

»Er hat Alkohol nie angerührt«, meinte Davies. Er stand auf. »Ungefähr elf Uhr abends. Es war also zu der Zeit niemand hier, im Gebäude oder auf dem Grundstück?«

»Mit Sicherheit nicht. In dieser Branche gibt es keine Saison, also keine Überstunden. Es läuft alles seinen regelmäßigen Gang. Es war bestimmt niemand hier. Nicht zu solch nachtschlafender Zeit.«

»Vielen Dank«, sagte Davies. »Ich wollte ja auch nur mal fragen.«

Mr. Harrison von ›Blissen Ltd Pharmazeutika‹ befand sich im Urlaub in Las Palmas, schon zum vierten Mal, wie seine hochglanzlackierte Sekretärin Davies voll Stolz mitteilte. Gerade heute morgen war eine Ansichtskarte gekommen. Konnte Mrs. Harrer ihm behilflich sein? Vielleicht ja, meinte Davies. Er wartete in der engen, wie eine Sauna mit Kiefernholz getäfelten, mit Lampen nach dem neuesten Schrei ausgestatteten Besucherzone neben einer in die Ecke gezwängten Palme. Die Empfangsdame, ein blasses, unruhiges Wesen, trug grüne Fingernägel. »Er hat's gut«, sagte sie. »Las Palmas. Ich wünschte, ich wäre in Las Palmas.«

»Ich auch«, meinte Davies und folgte ihrem planlosen Hin und Her mit den Augen. »Wir könnten uns zusammen amüsieren.«

»Sie Schwerenöter«, flüsterte sie und betrachtete wieder ihre Nägel. Die Sekretärin kam zurück, mit klappernden Absätzen und Schenkeln wie Pleuelstangen unter dem hautengen Rock. »Mrs. Harrer wird Sie empfangen«, sagte sie in einem Ton, als habe er einen Preis gewonnen. »Hier lang, bitte.«

Er stieg eine Treppe hinauf und erblickte in einer Türöffnung eine übergroße Frauengestalt, die den Türrahmen fast vollständig ausfüllte. »Ach so«, sagte die Riesin mit einem schweren deutschen Akzent, in den sich zum Überfluß noch ein typisch amerikanisches Näseln mischte. »Die Polizei. Was ist los?«

Erst danach fiel ihr ein, ihm die Hand hinzustrecken. Ihre gesamten Ausmaße wirkten einschüchternd: Sie war eine der voluminösesten Frauen, die Davies je gesehen hatte. Seine Hand verschwand fast in ihrer Pratze.

»Sicherheitsdienst?« fragte sie, als er sein Anliegen vorgebracht hatte. »Jawohl, natürlich. In diesem Haus lagern Arzneimittel, und die sind bekanntlich sehr teuer. Aber Sie kriegen sie ja vielleicht vom staatlichen Gesundheitsdienst.«

Davies bekannte sich bescheiden zu seiner Existenz als Kassenpatient. Dann fragte er: »Wie sind Ihre Sicherheitsmaßnahmen? Haben Sie einen Nachtwächter?«

»Nachtwächter schlafen immer.« Sie zuckte die Schultern. »Wir haben eine Bewachungsfirma. Nachts kommt alle Stunde jemand vorbei.«

Davies zog demütig sein Notizbuch aus der Tasche. »Würden Sie mir bitte den Namen der Firma nennen?« sagte er. »Ich frage danach lediglich, damit wir einen Todesfall aufklären können. Ein alter Mann.«

»Der ins Wasser gefallene? Ist das noch nicht aufgeklärt? Da war ja schon einmal ein Polizist hier, gleich am folgenden Tag. Einer mit blutiger Nase.«

»Ah ja. P. C. Westerman«, nickte Davies.

»Das kann man behandeln«, erklärte sie fachkundig. »Der staatliche Gesundheitsdienst übernimmt das.«

»Ich sag's ihm«, versprach Davies. »Und ... könnte ich jetzt den Namen der Wachfirma haben?«

»Ach so, jawohl.« Sie erhob sich - wie ein Vulkan sich aus dem Meer erheben würde, dachte Davies - und ging zu einem Aktenschrank. Das riesige Rund ihrer Rückseite unter dem gemusterten Rock schwebte wie eine Kugel vor seinen Augen. Als sie sich umdrehte, lächelte sie überraschend sanft. »Da. Ich habe gefunden«, bemerkte sie und reichte ihm einen Briefbogen mit einem Firmenaufdruck. Er übertrug die Adresse genauestens und langsam vor sich hinmurmelnd in sein Notizbuch: »Keystone Sicherheitsdienst, Edgware Mews, London W 1.« Als er aufblickte, war ihr Gesicht schon wieder streng vor Ungeduld. »Verzeihung«, sagte er, »ich muß jetzt gehen.«

»Jawohl, das müssen Sie. Wir haben zu tun, und Sie hoffentlich auch.«

Sie wälzte sich auf ihn zu, so daß er erschrocken zurückwich, und folgte ihm durch die Tür, die Treppe hinab und durch den engen Korridor, in dem sie um ein Haar steckengeblieben wäre. »Wird hier etwas gemacht, ich meine hergestellt?« fragte Davies, als sie beim Ausgang angekommen waren. Das Empfangsfräulein hatte schnell eine Illustrierte unter dem Stuhl verschwinden lassen.

»Nein, wird nicht«, antwortete die Riesenfrau. »Wir sind Teil eines großen europäischen Konzerns, müssen Sie wissen. Wir sind nur für den Vertrieb zuständig.«

Beim Anblick von Kitty, der vor der Glastür draußen angebunden war, fragte sie: »Was ist denn das? Ein Hund?«

»Oh ja«, entgegnete Davies entschuldigend, »das ist meiner.«

»Was für ein unförmiges Tier. Viel zu groß.«

»Ja, sehr unförmig«, bekräftigte Davies.

Davies war sich sicher, daß er Mr. Adrian Shurrock von ›Shurrocks Industrieuhren‹ schon in anderer Umgebung gesehen hatte.

Der schmächtige, junge Mann wußte auch, wo: »Ich spiele Theater, bei einer Laienbühne.«

Davies nahm in dem Büroraum Platz. Auf dem Schreibtisch stand ein halbes Dutzend Chronometer. »Wofür ist das denn?« fragte er, indem er einen Messinggegenstand mit Zifferblatt hochhob.

Der Mann wand sich. »Eigentlich ist das geheim«, meinte er. »Aber wenn Sie von der Polizei ...«

»Nein, nein, verraten Sie's mir nicht«, wehrte Davies ab und hob warnend die Hand. »Die Verantwortung wäre zuviel für mich.« Er klappte sein Merkbuch auf, um - was er gar nicht nötig hatte - aus seinen Notizen vorzulesen. »Am Abend des 6. Oktober ist eine Person im Kanal ertrunken, und wir versuchen jetzt herauszufinden, wie das passiert ist«, sagte er. »Befand sich an dem Abend jemand hier auf dem Grundstück?«

»Ich dachte, das wäre alles ausgestanden«, erwiderte Shurrock. »Die Todesursache ist doch festgestellt worden?«

Davies murmelte unbehaglich: »Ja, wissen Sie, diese Dinge ziehen sich manchmal in die Länge.«

»Na ja, ich verstehe schon. Und Sie wollen wissen, ob jemand hier war, der etwas gesehen haben könnte. Also, wir haben ja den Wachdienst.«

»Ich denke mir«, sagte Davies und spielte wieder mit der Messinguhr herum, »daß solche Uhren als Auslöser dienen könnten. Vielleicht für eine Zeitbombe.«

Shurrock schüttelte schockiert den Kopf. »Wir lagern die heikleren Artikel in unserer Niederlassung in Maidenhead. Dieses Ding wäre für einen Sprengstoffzünder ein bißchen zu groß und unhandlich. Aber wir beschäftigen eine Bewachungsgesellschaft, nämlich den Keystone ...«

»... Sicherheitsdienst, Edgware Mews, London W 1.«

»Eben die. Wir teilen uns die Kosten mit den benachbarten Firmen. Das Wachpersonal patrouilliert die ganze Nacht. Oder sollte es jedenfalls.«

Davies schlug sein Notizbuch zu. Shurrock schien erleichtert und begleitete ihn bis auf den Hof. »Ist das Ihr Hund?« wollte er wissen.

»Ja. Er heißt Kitty.«

»Er ist wirklich riesig«, sagte der junge Mann und reichte ihm die Hand.

Im Gegensatz zu Mrs. Harrers Pranke war die Hand von Mr. Shurrock feucht und kraftlos. »Es hat hier wohl noch nie einen Einbruch gegeben, oder?« fragte Davies, während er Kitty losband.

»Oh nein, nie. Gott sei Dank!«

Als er am gleichen Abend zu seinem Vanguard kam, um Kitty zu füttern und ins Bett zu bringen, klemmte unter dem Scheibenwischer ein Zettel. Jemand hatte ihm eine Mitteilung hingekritzelt: »Heute abend Maida Crescent 143a. Eine Überraschung. Kommen Sie allein.« Die Unterschrift lautete: »Jemand, der Ihnen wohlwill.«

Er schätzte Zettel unter Scheibenwischern genauso wenig wie einsame Treffen mit Unbekannten. Auf diese Weise hatte man ihn schon einmal in eine Falle gelockt und halb totgeprügelt. Als Vorsichtsmaßnahme hinterließ er die Adresse bei Mod und machte sich im Bus auf den Weg.

Das Haus lag im ehemals vornehmen Maida Vale, an einem halbkreisförmigen Platz mit viktorianischen Villen, die dringend der Modernisierung bedurften. An einigen waren schon Gerüste und Bauschilder angebracht, so auch an Nummer 143. Es war ein drohendes Gebäude, dunkel und fensterlos und hinter einem Gitterzaun eingesperrt. Da brächten ihn keine zehn Pferde hinein!

Als er sich nach einem Anbau oder Nebeneingang mit der Nummer 143a umsah, hörte er zu seinem Erstaunen Orgelmusik und Chorgesang. Auf dem Nachbargrundstück stand die Tür zu einem erleuchteten Kirchensaal offen. Der Choral wurde lauter. Er bewegte sich vorsichtig darauf zu. Bei religiösen Versammlungen weiß man nie – er wollte nicht unversehens eine Taufe über sich ergehen lassen. Das Gittertor trug die Nummer 143a. Er ging auf den erhellten Eingang zu.

Er kam in einen Vorraum, dessen andere Tür im Hintergrund geschlossen war. Der Gesang hörte auf, Applaus wurde laut. Die Tür öffnete sich halb und ließ die lebhafte Miene einer silberhaarigen Frau sehen. »Sie kommen zu spät!« tadelte sie. »Sie haben sich sehr verspätet.«

»Oh, Entschuldigung«, murmelte Davies, »das war mir nicht bewußt.«

Sie drückte die Tür weiter auf und kam heraus. »50 Pence«, verlangte sie und trennte eine Eintrittskarte von einer dicken Rolle ab, während er noch nach dem Geldstück kramte. »Schnell jetzt«, mahnte sie, »Sie müssen ganz hinten sitzen, es ist rappelvoll.«

Als er die Tür aufzog, scholl ihm plötzlich wieder Gesang entgegen. Er zögerte, wurde aber von der Kartenverkäuferin vorwärts geschubst. Er setzte sich auf den nächstbesten Stuhl und schaute über die Köpfe hinweg zum Podium am anderen Ende des Saales. Der Chor war im Halbkreis aufgestellt: die Herren mit Smokingschleife, die Damen in schwarzen Abendkleidern. Das kleine Orchester war an einer Seite aufgebaut, der etwas kurz geratene Dirigent stand auf einer Kiste. Davies sah sich um. Wer wollte sich hier mit ihm treffen? Eine der Sängerinnen trat vor und begann mit voller, lieblicher Altstimme zu singen:

»Er weidet seine Schafe
Dem guten Hirten gleich ...«

Es war Jemma.

Davies riß Mund und Augen auf. Sie sah so wundervoll aus in ihrem schwarzen langen Kleid, ihre dunkle Haut schimmerte so warm im Licht. Ein glückseliges Lächeln stahl sich auf sein müdes Gesicht.

»Na, war das eine Überraschung?«

»Die größte, die ich je erlebt habe.«

Sie schob ihren Arm unter den seinen, während sie zum Bus gingen. »Es ist ... wie Engelsgesang«, sagte sie und fing leise an zu singen: »Er weidet seine Schafe ...«

»Tatam, tatam, tatam«, fuhr Davies fort.

»Sind Sie ohne Auto, Dangerous? Meins wollte nicht anspringen.«

»Meins auch nicht. Kitty hat mich nämlich nicht hereingelassen«, mußte Davies zugeben. »Er war schlechter Laune und todmüde. Ich war am Nachmittag mit ihm am Kanal.«

Sie standen an der Bushaltestelle unter dem Schutzdach. Es hatte leise zu regnen begonnen. Sie waren allein. »Dann sind Sie immer noch hinter einer Spur her? Lofty?« fragte sie.

Er zuckte die Achseln. »Es läßt mir keine Ruhe. Ich höre mich um, zum Beispiel heute nachmittag bei diesen Firmen ... ich wollte einfach wissen, ob irgend jemand etwas bemerkt hatte ... Ich unterhalte mich mit den Leuten und merke manchmal genau, daß sie mich belügen. Ich sehe ihnen einfach an, wenn sie mir eine Lüge auftischen. Aber wieso und weswegen – das kann alles mögliche sein. Die Menschen sagen nie die Wahrheit, schon gar nicht vor der Polizei.« Autos zischten vorbei. Die gelben Buslichter tauchten weit hinten im Nieselregen auf.

»Jeder Mensch hat eine Vergangenheit«, bemerkte sie. »Mit Lofty war es nicht anders.« Ihr warmer Arm lag immer noch in dem seinen. Der Bus fuhr an den Bordstein heran, daß die Pfützen hoch aufspritzten. Sie stiegen zum Oberdeck hoch und gingen durch bis zur vordersten Sitzbank. Bis auf zwei Mädchen, die sich mit ihren Kaugummis beschäftigten, war der Bus völlig leer.

Der Schaffner kam herauf, ein Inder, der nicht begeistert war, daß er so weit laufen mußte. »Tschuldigung«, sagte Davies. »Ich spiel' nun mal gern den Fahrer.« Er drehte an einem imaginären Steuerrad. Der Mann lächelte müde.

Als er fort war, meinte Davies: »Das Ganze ergibt einfach keinen Sinn. Die Frage ist doch, warum ist der Alte ins Wasser gegangen, warum gerade an dieser Stelle, und warum hat er den verdammten Kinderwagen mitgenommen?«

»Wo befindet der sich jetzt?«

»Neben meinem Auto.«

Sie stand auf. »Nächste Haltestelle«, kündigte sie an. Er blieb sitzen. »Wollen Sie noch auf einen Kaffee mit zu mir kommen?«

Erst beim Aussteigen erkundigte er sich zurückhaltend: »Wohnt Edie noch bei Ihnen?«

»Sie ist fort. Arme Frau. Sie sollten ein bißchen Mitleid aufbringen. Das kostet nichts.«

Edie war tatsächlich nicht mehr da, aber zu Davies' bitterer Enttäuschung hatte ein alter Mann ihren Platz eingenommen. Er saß im Sessel und kratzte sich.

»Ich wußte nicht, daß er hier ist«, erläuterte Jemma mit einem entschuldigenden Unterton. »Meine Kollegin Betty hat ihn wohl hergebracht, als ich schon gegangen war. Mir war gesagt worden, er hätte ab morgen kein Dach über dem Kopf.«

»Warum hat Betty ihn nicht mit zu sich genommen?« murrte er.

»Sie hat selbst zu Hause Probleme«, sagte Jemma und ging in die Küche. »Sozialarbeiter haben ziemlich oft Probleme.«

Davies folgte ihr bis zur Küchentür. Es war so wenig Platz dort, daß er dicht neben ihr stand. »Kann ich mir vorstellen«, meinte er. Er drehte sich um und beobachtete den alten Mann, der vollauf beschäftigt war, sich den Bauch zu kratzen, dann aber seine Tätigkeit auf die Beine verlagerte und schließlich über seine Schulter hinweg wie mit Spinnenbeinen den Rücken in Angriff nahm. »Wenigstens hält er den Mund«, bemerkte Davies. »Man hört nichts als seine Fingernägel.«

»Sie sind sehr hartherzig«, entgegnete sie leise. »Die Welt ist voller Menschen, die Hilfe brauchen.«

Er legte von hinten die Arme um sie. »Einer davon bin ich«, sagte er. Er schob das Kinn vor, berührte ihren Hals damit und küßte sie auf die Wange. Die Wange kam seinem Mund bereitwillig entgegen. »Sie sind schon ein komischer Kauz, ein altmodischer, Dangerous«, meinte sie. Es klingelte an der Tür. Davies machte ein langes Gesicht. »Wahrscheinlich ein paar Aussätzige«, seufzte er.

Sie ging aufmachen und brachte Mod herein, der sich die Hände rieb. »Hab' ich dich aufgespürt«, sagte er stolz.

Davies sah ihn ärgerlich an. »Das hast du. Du hast dich wohl einsam gefühlt.«

Mod setzte sich in den einzigen anderen Sessel und nahm dankend die Einladung zu einem Kaffee an. »Was fehlt denn dem?« fragte er mit einem Blick auf den sich kratzenden Gast.

»Es juckt ihn am ganzen Körper«, seufzte Davies. »Also, was führt dich her?«

»Logische Schlußfolgerung. Keine schlechte Leistung. Manchmal glaube ich, als Detektiv bin ich besser als du.«

»Wer wäre das nicht?« kommentierte Davies achselzuckend.

»Ich beschloß, dir zu folgen«, fuhr Mod fort. »Ich dachte, du könntest wie gewöhnlich in eine Falle laufen und verprügelt werden oder verletzt oder getötet. In der Kirche habe ich dich gerade eben verfehlt, und deinen Bus habe ich auch nicht mehr erwischt.« Er strahlte vor Selbstgefälligkeit.

»Also gut«, sagte Davies. »Nun rede schon.«

»Ich habe einen Telefonanruf bekommen. Ich hatte Ermittlungen eingeleitet, wie du es nennst, und nun habe ich einen ehemaligen Colonel aufgetan, der in der Gefangenschaft Loftys Vorgesetzter war. Und seinen Sergeant Major.«

Kapitel 5

Beide, Davies und Mod, waren mit ihrem heimatlichen verrußten Stadtteil in Nordwest-London so fest verwachsen, daß sie so gut wie niemals herauskamen. Die Reise nach Yorkshire war für sie ein Abenteuer. Es begann schon vor der Abreise mit der bangen Frage, ob der Vauxhall Vanguard bis zum Ziel durchhalten würde. Er war ein bejahrter Elefant, imponierend groß und kräftig, aber seit Jahren keinem Langstreckentest mehr ausgesetzt gewesen.

Der Mechaniker in der Werkstatt hatte seine Zweifel. »Kann sein, daß er schlappmacht, Dangerous«, meinte er. »Wenn ich du wäre, ließe ich die Finger davon.«

Das andere Problem war Kitty. »Du mußt halt mit«, sagte Davies, während er ihm die Augen auswischte. »Nach Yorkshire, weißt du, wo die Terrier herkommen. Die frische Luft wird dir guttun.«

Als sie im Morgengrauen aufbrachen, hing der Himmel müde über die Dächer herab. Frühaufsteher standen im Halbschlaf an den Bushaltestellen und starrten ihnen nach, während sie die Richtung nach Norden einschlugen.

Mod hatte sämtliche Reiseführer in der Stadtbibliothek gewälzt und alles Wissenswerte von ihrer Route auf Kärtchen notiert. Während sie auf der Autobahn nordwärts rollten, las er vor: »St. Albans. Bischofssitz in Hertfordshire. 52 470 Einwohner. Früher Ladenschluß am Donnerstag. Der Name der Stadt erinnert an Alban, den ersten englischen Märtyrer.« Kitty hatte einmal aus Protest gegen die lange Fahrt und die fremde Umgebung angefangen zu jaulen, sich dann aber zu einem haarigen Knäuel zusammengerollt und zu schnarchen begonnen.

Der Vanguard bekam hin und wieder einen Hustenanfall, hielt sich sonst aber wacker. Davies ließ ihn in gleichmäßigem Tempo unter 60 Kilometern auf der mittleren Fahrspur laufen, was die übrigen Verkehrsteilnehmer mit wütendem Hupen und entsprechenden Gesten quittierten.

An einer Tankstelle gönnten sie dem Wagen eine Verschnaufpause, nahmen eine Tasse Kaffee zu sich und führten Kitty an der Leine ins Gebüsch.

Es dauerte den ganzen Tag und noch einen halben, bis sie in Topling-on-the-Moor ankamen. Die Nacht verbrachten sie in Derbyshire in einer Bed-and-Breakfast-Pension, nur der Hund schlief wie üblich im Auto.

Im Lauf der Fahrt interessierte Kitty sich mehr und mehr für die Schafherden auf der Weide. Er preßte sein massiges Haupt gegen die Fensterscheibe und ließ ein Knurren hören, das sich zum Jaulen und schließlich zu lautem Gebell steigerte.

»Himmelherrgott, bring ihn zur Ruhe«, rief Mod und hielt sich die Ohren zu.

»Wie denn? Kann ich doch nicht!« belferte Davies. »Er hat doch noch niemals Schafe gesehen.«

Da Kitty in gewissen Zeitabständen herausgelassen werden mußte, hielten sie schließlich an einer einsamen, nebligen Stelle an, wo weit und breit kein Schaf zu sehen war.

»Lauf nicht zu weit weg«, ermahnte Davies den Hund, während er ihm die Wagentür aufmachte. »Du fällst womöglich in ein Erdloch.«

Kittys zottige Gestalt schoß vom Rücksitz herunter und verschwand unter Berserkergebell hinter dem nächsten Hügel. »Kitty! Kitty!« brüllte Davies ohne Hoffnung hinterher.

Er erschrak nicht schlecht, als der Hund unverzüglich zurückkam, verfolgt von einer Schwadron wütender Schafe. Der Anführer der Herde, ein mächtiger Widder, senkte schon wutschnaubend die Hörner.

»Nichts wie weg«, rief Mod. Er sprang ins Auto und schlug die Tür zu. Davies schrie: »Schnell, Kitty!« und riß die rückwärtige Tür auf. Kitty sauste den Abhang herunter und warf sich auf die Rückbank, Davies ließ sich auf den Fahrersitz fallen und knallte die Tür zu. Als der Motor aufheulte, schwenkten die Verfolger zur Seite. Eine Weile rannten sie noch neben dem keuchenden Vanguard her, blieben dann aber allmählich zurück. Davies sah im Rückspiegel, wie sie auf der Straße stehenblieben und dem Auto grimmige Blicke nachwarfen. Kitty richtete sich auf und bellte höhnisch durchs Rückfenster.

Es war fast Mittagszeit, als der Anstieg auf die Hochfläche begann, die sich wie ein braunes Wolltuch vor ihnen ausbreitete, und Davies den braven Vanguard zur letzten Anstrengung anspornte. Die Straße führte in Serpentinen den Berg hinauf, während leichter Nebel sie einhüllte und sich zum Sprühregen entwickelte. Mod bemerkte den Steilhang zu seiner Linken und wurde schweigsam. Endlich kam das Ortsschild »Topling-on-the-Moor« in Sicht und dahinter die gezackte Silhouette eines langgestreckten Gebäudes. Mod spähte durch den Nieselregen auf die Inschrift am Tor. »›Topling Hall‹«, sagte er. »Scheint nicht mehr ganz fest auf den Beinen.«

Das Herrenhaus war zur Hälfte verfallen. Einer der beiden Seitenflügel war ein Trümmerhaufen, aus dem Dachsparren und Balken wie Knochen hervorragten. Sie stiegen aus und gingen zögernd auf den Mitteltrakt zu, aus dessen noch intakter Fassade die Fenster sie angstvoll, wie todgeweiht, anstarrten. Ein Warnschild besagte: »Keep out – Dangerous.« Es klang wie eine auf Davies persönlich gemünzte Warnung.

An der steinernen Türeinfassung befand sich ein Glockenzug in der Form einer Nase. Davies zog daran. Ein dumpfes Echo hallte im Haus wider, dem nach einer Weile ein Quietschen von Metall und das Schrappen der Tür folgte. Als sie sich weiter öffnete, regneten Gipsstaub und Mörtel herab. Ein dicker, ungepflegter Mann in einem abgetragenen schwarzen Mantel stand vor ihnen. »Dies Haus ist voller Staub«, sagte er und klopfte sich das weiße Zeug ab. »Kommen Sie doch herein.«

Er führte sie durch eine weitläufige Vorhalle mit Säulen und Deckengewölben und kaum erkennbaren Porträts an den Wänden, die sich wie Spione im Halbdunkel versteckten. »Dieser Teil des Gebäudes ist in Ordnung«, bemerkte er. »Der Mitteltrakt ist nicht ungefährlich. Die Rückseite ist eingestürzt, wie Sie wohl schon bemerkt haben. Ich wollte eigentlich Doppelfenster einsetzen lassen, aber das hat ja nun keinen Sinn mehr.«

Der große, eiskalte Raum, in den er sie führte, hatte einen prächtigen Kamin, in dessen leerer Feuerstelle ein winziges elektrisches Heizgerät widerwillig etwas Wärme spendete. Ein kleiner Sessel war dicht davorgerückt. Ein Hund von der Größe eines Dinosauriers, der daneben am Boden lag, hob bei ihrem Eintritt kurz den Kopf und ließ ihn gleich wieder sinken. »Wir zanken uns um den besten Platz«, meinte der Mann und lächelte erstaunlich fröhlich unter seiner Staubschicht. »Ich bin Robert Ingate«, sagte er und streckte eine Hand aus dem Mantelärmel heraus. »Ich freue mich sehr über Ihren Besuch. Es kommt so selten jemand her. Wie wär's mit etwas zu trinken?«

Davies nannte seinen und Mods Namen. »Sehr freundlich von Ihnen, uns zu empfangen, Colonel Ingate«, bedankte er sich. Er sah sich um. »Sie haben doch sicher viel zu tun.«

Der alte Herr schenkte aus einer Karaffe drei reichlich bemessene Gläser Sherry ein. »Verdammt gutes Zeug«, brummte er, als er sie herumreichte. »Das ist alles, was hier noch übrig ist - der Weinkeller. Was da drunten liegt, reicht noch für zehn bis fünfzehn Jahre.« Er ließ sich in seinem Sessel nieder und winkte ihnen, auf dem fadenscheinigen sechssitzigen Polstersofa Platz zu nehmen. Davies tastete unbehaglich hinter seinem Rücken und zog aus einer Ritze einen großen Knochen hervor. Der Colonel beugte sich vor und nahm ihn ihm aus der Hand. »Den haben wir schon gesucht«, lächelte er. Er hob sein Glas, und sie erhoben die ihren.

»Ich sitze nur meine Zeit ab«, sagte er, als sei er ihnen eine Erklärung schuldig. »Ich versuche, das, was übrig ist, so lange zu erhalten, daß der Rest über mir zusammenkracht, wenn ich sterbe. Wäre eine glorreiche Grabstätte, finden Sie nicht?«

Sie lachten verlegen. Der Colonel fuhr fort: »Ich war froh, als Sie anriefen. Ich bekomme nicht viele Anrufe, heutzutage. Ehrlich gesagt, ich war überrascht, daß der olle Apparat überhaupt noch funktioniert. Ich weiß nicht mal, wann ich zuletzt die Telefonrechnung bezahlt habe.«

Davies sah ihn mitfühlend an. »Wohnen Sie hier ganz allein?«

»Mutterseelenallein«, rief der Colonel munter. »Nur ich und der Köter.« Er stieß den hingestreckten Hund leicht mit der Spitze seines Pantoffels an. »Was soll's. Meine Frau ist vor zehn Jahren eingeschlafen, und ich hatte, ehrlich gesagt, keine Lust, jemand anders um mich zu haben. Bin wunschlos glücklich. Kann keine Dienstboten im Haus ertragen, könnte es mir außerdem nicht leisten. So steht es, und für mich gibt es eigentlich nichts zu tun, als zu warten.«

Mod räusperte sich. »Ich habe Ihre Adresse über den ›Verband der Kriegsgefangenen aus Stalag 62‹ erhalten, Sir«, sagte er. »Der Vorstand läßt Ihnen alles Gute wünschen; ich soll Ihnen ausrichten, daß Sie zum jährlichen Bankett herzlich eingeladen sind.«

»Weiß ich, weiß ich«, seufzte Colonel Ingate. »Aber ich gehe nicht hin. Ich fahre doch nicht nach London, um all diese Mumien über Tote und über längst vergessene Schlachten palavern zu hören.« Er verzog das Gesicht. »Als Soldat lebt man isoliert wie in einem Klub oder wie in Gefangenschaft. Die Menschheit interessiert sich nicht für einen. Nein, ich gehe nicht hin. Es liegt ja auch alles schon so lange zurück.«

Davies beugte sich vor. »Wir hatten die Hoffnung, daß Sie sich an manches noch erinnern. An Einzelheiten aus der Gefangenschaft.«

»Das gute alte Tickety-boo«, schmunzelte der alte Herr.

»Verzeihung, Sir?«

»Tickety-boo, sixty-two. 62. Stalag 62. Der Ausruf für die Nummer 62 beim Housey-housey. Eine Art Bingo, mit dem wir dort die Zeit totgeschlagen haben. Die Boches waren ganz wild darauf.«

»Sie haben sie ... mitspielen lassen?« fragte Davies. »Bingo-Spielen ...? Mit den Deutschen?«

»Meine Güte, ja. So schlimm waren sie schließlich nicht, und sie waren ja dort genauso festgenagelt wie wir. Die Boches waren die einzigen, die irgendwelche Preise stiften konnten, ausgenommen die Dinge, die wir aus Rotkreuzpäckchen und so weiter hatten. Hauptsächlich Zigaretten. Aber Sie sind bestimmt nicht hergekommen, um sich darüber zu unterhalten.«

Davies lächelte. »Es hängt damit zusammen. Wir wüßten gern, ob Sie sich an einen britischen Soldaten namens Wilfred Henry Brock erinnern?«

Der alte Herr schüttelte den Kopf. »Im Lager gab es an die 3000 britische Soldaten ...«, begann er.

»Genannt Lofty«, half Davies nach.

Die Miene des Colonels erhellte sich. »Ah ja ... Lofty Brock! Und ob ich mich erinnere! Ja, ja, der Lofty ...«

Davies beugte sich eifrig vor. Er spürte die spärliche elektrische Wärme im Gesicht. »Alles, an das Sie sich erinnern, könnte uns von Nutzen sein. Er starb vor etwa zwei Monaten, unter ungewöhnlichen Umständen ... vielleicht gibt es eine Vorgeschichte ...« Er zog das Leinensäckchen aus der Tasche und holte die Medaille heraus. »Dies hier befand sich bei seinen Sachen«, sagte er.

»Ah, das Tapferkeitsabzeichen«, bemerkte Colonel Ingate. Er hielt die Medaille behutsam, fast zärtlich, in der Hand. Er drehte sie um und las den Namen. »So, so«, meinte er. »Das wußte ich nicht mehr. Muß kurz vor Dünkirchen gewesen sein. Das ist jetzt lange her.« Er gab das Abzeichen zurück. »Dann hat er also einen schlimmen Tod gehabt? Schade ... Lassen Sie mich nachdenken. Er war nicht sehr lange bei uns; wenn ich mich recht erinnere, gehörte er zu denen, die nach Schlesien mußten.«

»Das heißt, sie wurden verlegt?«

»Ja, das halbe Lager. Abtransportiert, als die Russen näherkamen, Anfang 1945. Es war furchtbar. Viele sind gestorben, und keineswegs alle durch Feindeshand. Innerhalb des Lagers herrschte eine Art Kriegszustand zwischen den Gefangenen aus verschiedenen Nationen. Aber ich erinnere mich an Brock, und zwar deutlich, aus der Zeit, die er mit mir im Stalag 62 war. Er war ja nicht zu übersehen ... Unser Torwart.«

Davies saß da mit offenem Mund. »Torwart?« fragte er. »Beim Fußball?«

»Ja, ja, und sehr gelenkig für einen Mann seiner Größe.« Der Colonel stand plötzlich auf. »Einen Augenblick. Vielleicht habe ich sogar ein Bild von ihm. Ein Gruppenfoto. Hab' eine Menge Krimskrams von damals aufbewahrt.« Er setzte sein Sherryglas ab und stapfte nach nebenan.

Davies warf Mod einen Blick zu. »Torwart?« murmelte er. »Dann muß er eine Sprungfeder im Leib gehabt haben.«

»Oder die Tore waren sehr niedrig.«

Im Nebenzimmer krachte es, man hörte einen gedämpften Aufschrei, und eine Staubwolke drang durch die offene Tür. Davies und Mod sprangen erschrocken auf. Der Colonel erschien, frisch eingestaubt, aber triumphierend, mit einem Album unter dem Arm. »Gefunden«, sagte er. »Ich wußte genau, wo. Unglücklicherweise lag es unter einem Haufen Zeug begraben, der die Wand abstützen sollte. Ich dachte schon, alles bricht zusammen.« Er klopfte sich ab, ohne damit viel zu erreichen, und hielt Davies das aufgeschlagene Fotoalbum hin. »Das ist die Fußballmannschaft«, sagte er. »1944. Lofty Brock ist der da ganz hinten. Sehen Sie, da steht sein Name.«

Davies und Mod starrten überrascht auf das vergilbte Foto. Der Mann im Rollkragenpullover, hinten in der letzten Reihe, der alles überragte, maß mindestens 1,95 Meter.

Kapitel 6

Die Reise nach Botfield stellte geringere Anforderungen. Sie verließen das ›Wickelkind‹ schon zur Mittagszeit, zum ungläubigen Staunen der Gäste und des Personals, und fuhren in das winterliche Hampshire.

»New Forest«, las Mod vor. »Von Wilhelm dem Eroberer im 11. Jahrhundert als Jagdrevier ...«

»Interessant«, murmelte Davies, während er sich auf die ungewohnte Schnellstraße konzentrierte. Sie überholten nur selten ein anderes Fahrzeug. »Und dort, im New Forest, befindet sich der ehemalige Sergeant Major George Bing. Vormals in Schlesien.«

Mod brummte: »Schlesien vor 40 Jahren.« Er widmete sich wieder seinen Kärtchen. »In Stoney Cross, unweit von Lindhurst, ereilte König Rufus ein früher Tod«, las er vor. »Ein Pfeil ins Auge. War es ein Unfall? Da kannst du wirklich einen Fall aufklären, Dangerous.«

»Ich möchte lieber rauskriegen, wer Lofty in den Kanal geschubst hat.«

Mod seufzte. »Ist dir mal der Gedanke gekommen, daß er hineingefallen sein könnte, zufällig, einfach so gefallen? Platsch! Die offizielle Version stimmt vielleicht ja. Findest du nicht, daß deine fixen Ideen manchmal etwas zu weit gehen?«

Die Linien in Davies' Gesicht wurden härter. Er wußte, daß Mod auf diesen Augenblick gewartet hatte. »Nein. Finde ich nicht«, sagte er.

Kitty, der bis jetzt die Reise verschlafen hatte, gähnte beim Aufwachen und blinzelte aus dem Fenster. Sie rollten an Wiesen vorbei und an Bäumen und Dächern, die rot durch die winterkahlen Äste leuchteten. Der Hund fing an zu stöhnen.

»Halt den Mund, du«, sagte Davies grimmig, halb zu dem Hund gewandt. Dann blickte er zur Seite, wo Mod saß. »Es ist verdammt noch mal keine fixe Idee.«

»Dangerous, ich meine doch bloß, du könntest dich irren«, beharrte Mod. »Immer wenn du so einen Floh im Ohr hast, läßt du dich durch nichts zurückhalten. Aber es gibt Fälle, in denen die Erklärung, die am nächsten liegt, auch die richtige ist. Lofty Brock ist in den Kanal gefallen. Wie, wissen wir nicht, aber gefallen ist er.«

»Und du meinst, all diese Nachforschungen sind nichts als Zeitverschwendung?«

»Das vielleicht nicht. Wir kommen ja an die frische Luft. Weg von der Kneipe ... Yorkshire ... Hampshire. Alles gewiß sehr sehenswert.«

»Also eine Art Hobby«, grollte Davies.

»Wenn du so willst. Du hast selbst gesagt, daß jeder Mensch eine Vergangenheit hat. Daß ganz gewöhnliche Leute etwas zu verbergen haben. Wenn man ihre Lebensgeschichte umgräbt, kommt vielleicht ein Stück Dreck zum Vorschein. Die Leiche im Keller. Vielleicht legst du zuviel in Loftys Geschichte hinein.«

»1944 war Lofty Brock 1,95 Meter groß«, wandte Davies gereizt ein. »Und wieso, bitte schön, war er kaum über 1,50 Meter, als er starb? Er kann ja nicht geschrumpft sein.«

»Das bedeutet noch nicht, daß er wegen seiner Vergangenheit umgebracht wurde. Was du machst, Dangerous, ist, daß du dir die Indizien zusammensuchst, um ein Verbrechen daraus zu konstruieren, das es vielleicht gar nicht gegeben hat.«

Die Furchen in Davies' Gesicht vertieften sich. »Dann existiert das alles nur in der wildgewordenen Phantasie eines frustrierten Bullen...«

»Nein, nein. Hör doch mal.«

»... eines Bullen, der alle die miesen, kleinen Jobs kriegt, die sonst keiner machen will und die niemals in der Zeitung stehen. Der letzte Detektiv. Deswegen versucht er irgendwie, den Knüller selbst zu fabrizieren. Er erfindet ein Verbrechen, weil er Spaß daran hat.«

Kitty stimmte wieder sein Gejaule an. »Und du kannst auch den Mund halten«, fauchte Davies nach hinten. »Es gibt verdammt vieles, was du nicht kapierst!«

Sergeant Major Bing a. D. sei Golfspielen gegangen, sagte seine pinkfarben beschürzte Gattin an der Haustür. »Fragen Sie mich nicht, warum«, jammerte sie, »er kann ja kaum mehr einen Fuß vor den anderen setzen. Aber er geht jeden Tag, egal, wie das Wetter ist. Er sagt, er muß ins Freie.«

Der Golfplatz war ganz in der Nähe. Sie ließen den Vanguard und den Hund zwischen den wenigen anderen Autos auf dem kiesbestreuten Parkplatz stehen und gingen in das schlichte Holzhaus, das als Klubzentrum diente. Inzwischen war es Nachmittag und die frühe Dezemberdämmerung schon im Anzug. Ein kräftiges Feuer loderte im Kamin und warf seinen Widerschein auf die Gläser, die der an der Bar beschäftigte Steward des Klubs zum Nachpolieren ins Licht hielt. »Er muß jeden Augenblick hier sein«, meinte er. »Er kann ja den Ball kaum mehr sehen. Sie werden schon hören, wenn er kommt.«

Zehn Minuten später sahen sie im tröpfelnden Zwielicht eine einsame, gebeugte Gestalt zwischen den Bäumen hervortreten. Sie stolperte und zerrte den Caddie hinter sich her wie ein Feldgeschütz. »Gleich können Sie ihn hören«, sagte der Steward. »Er läßt sich ja von keiner Menschenseele helfen. Lieber fällt er tot um.«

Sie beobachteten durch das Erkerfenster, wie der Mann heranwankte. Der Steward riß die Tür zur Bar und die äußere Haustür auf. Jetzt hörte man Mr. Bing stöhnen, während er sich die kleine Steigung hinaufschleppte. »Oh ... oh ... oh Gott ... verdammt ... zum Teufel ... Oh, oh ... fast geschafft ... geschafft.«

Er kam herein, allem Anschein nach dicht vor dem Umsinken, und Davies und Mod sprangen auf, um zu helfen. Lehmfarbenen Antlitzes winkte er sie weg. »Nein, nein danke. Keine Hilfe. Ich komme zurecht.« Sein Caddie war draußen vor der Tür umgefallen, die Schläger waren herausgerutscht wie Pfeile aus dem Köcher. Ohne sich um seine Sachen zu kümmern, taumelte er zu einem Sessel. Sich darin niederzulassen war offenbar eine Tortur. Seine alten Knochen knirschten dermaßen, daß alle zusammenzuckten. »Donnerwetter«, sagte er schließlich, »es tut wirklich gut, frische Luft zu schnappen.«

Der Steward brachte das Tablett mit dem Tee. Bing hatte es irgendwie geschafft, aus den lehmigen Stiefeln auszusteigen, und saß in Socken da. »Hier hat niemand was dagegen«, sagte er und meinte mit seiner Handbewegung den gesamten Klub. Der Steward hob die Schuhe auf und trug sie zum Umkleideraum. »Guter Bursche, der«, kommentierte Mr. Bing, sich vertraulich vorbeugend. »Ehemaliger Marineinfanterist.«

»Spielen Sie allein?« fragte Davies.

»Muß ich ja. Mit mir spielt keiner. Neun Löcher, danach kann man mich zurücktragen. Na, egal, der ganze Klub ist überaltert. Die Flagge steht mehr oder weniger ständig auf halbmast. Der obere Teil der Fahnenstange wird kaum benutzt.« Er lachte und hustete zugleich. »Darum ist auch keiner hier. Wegen des Wetters. Ich zwinge mich dazu. Wenn ich mich erst mal einsperren lasse, ist es aus mit mir. Meine Frau weiß das.«

Der Steward kam an ihren Tisch und goß Tee nach. Sie schauten aus dem Fenster auf die triefnasse graue Landschaft, während die Vier-Uhr-Dämmerung in jede Vertiefung und jeden Spalt des weiten Rasenplatzes kroch. Eine zerzauste Amsel hockte dicht unter dem Fenster im aufgeweichten Gras. »Hier fühle ich mich wohl«, meinte der alte Mann unvermittelt. »Es gibt Schlimmeres.«

Davies begann: »Wie ich schon am Telefon sagte, sind wir gekommen, Sie um etwas zu bitten: daß Sie versuchen, sich an Ihre Kriegsgefangenschaft in Deutschland zu erinnern.«

»Stimmt ja, das haben Sie gesagt.« Er blickte mit einem Ausdruck von Wehmut vor sich hin. »Kommt mir vor, als wäre es gestern gewesen«, bemerkte er. »Wodurch ist das alles denn aufgerührt worden? Und wieso die Polizei?«

»Jemand ist in London unter fragwürdigen Umständen zu Tode gekommen«, berichtete Davies. »Im Kanal ertrunken, vor ein paar Wochen.« Er sah Mod an, bevor er fortfuhr: »Wir sind nicht sicher, daß es ein Unfall war. Da sind ein paar Dinge, die uns Anlaß zur Annahme geben, sein Tod könnte v i e l l e i c h t irgend etwas mit der Vergangenheit zu tun haben.«

»Und Sie meinen, er war im Stalag 62?« fragte Bing. »Aber da waren viele von uns. Ungefähr 3000. Wie hieß er denn? Vielleicht fällt mir zu dem Namen was ein.«

»Brock«, entgegnete Davies leise. »Wilfred Henry. Auch Lofty genannt.«

Bing, der gerade die Tasse an die Lippen gesetzt hatte, verschluckte sich so, daß der Tee heftig überschwappte. Der aufmerksame Steward brachte eine Papierserviette, und der Alte bedankte sich. Er starrte Davies und Mod an. »Lofty Brock? Ausgeschlossen. Lofty Brock ist seit über 40 Jahren tot. Ich war dabei, als er starb.«

»Wir wurden nach Schlesien verfrachtet«, erzählte Mr. Bing. »Es war schlimm. Eisig kalt. Wir mußten Panzergräben und Unterstände ausheben, weil die Russen im Anmarsch waren. Die wurden nur noch vom Winter aufgehalten. Vorher, im Stalag 62, war es nicht so übel. Da haben wir die Zeit totgeschlagen und auf das Kriegsende gewartet. Nichts da mit Ausbrechen und Flucht, all das Zeug, das sie im Fernsehen und in Büchern verzapfen. Wenn jemand es versuchte, zahlten die Deutschen es den übrigen Kameraden heim - verkürzte Rationen und was noch alles. Da ließ man es lieber bleiben. Es gab alle möglichen Typen da, alle möglichen Nationen, die untereinander oft Streit anfingen. Aber es ließ sich ertragen. Der Alte, Colonel Ingate, hatte die Briten ziemlich gut im Griff, hielt Moral und Disziplin aufrecht ...« Er starrte in die geleerte Tasse, als versuche er, in den Teeblättern zu lesen.

»Und weiter, wie war es in Schlesien?« wollte Davies wissen.

»Na ja, es war klar, daß der Krieg nicht mehr lange dauern konnte, sechs Monate allerhöchstens. Die Russen kamen von der einen Seite und die Yanks von der anderen. Aber wir wußten nicht mal genau, wo wir eigentlich waren. Sie hatten uns mit der Bahn nach Osten transportiert und dann mitten in der Wildnis aussteigen lassen. Es war ungefähr 95 Kilometer von Neisse entfernt, aber das wußten wir ja damals nicht. Und die Wachen waren Bestien. Die meisten waren Ukrainer, die für die Hunnen kämpften. Die wußten, wenn die Roten sie erwischten, müßten sie über die Klinge springen, und von der Aussicht waren sie nicht gerade begeistert. Im Lager sind alle möglichen Dinge passiert, und nicht alle nur bei Nacht. Es gab eine Menge interne Streitigkeiten, zum Teil aus persönlichen Gründen, zum Teil aus politischen. Es war schließlich in jeder Hinsicht eine ziemlich verworrene Situation. Man wußte nie genau, wer wem feindlich gesinnt war.«

»Und«, erkundigte sich Davies, »wie ist Lofty Brock zu Tode gekommen?«

»Jemand hat ihm ein Messer verpaßt. Er war schon fast hin, als wir ihn fanden. Hat kein Wort mehr gesagt. Es sah aus, als hätte sich jemand von hinten rangeschlichen, denn er hatte sich anscheinend nicht gewehrt, und er war doch ein großer, kräftiger Kerl. Aber so war es in den letzten Tagen dort. Die Russkis waren nicht mehr weit, und es herrschte überall Panik. Wir fühlten uns auch nicht besonders behaglich; man sagte den Russen nach, daß sie es nicht so genau nahmen, wen oder was sie exekutierten. Die Ukrainer nahmen Reißaus, und wir mehr oder weniger hinterher, immer nach Westen, Richtung Deutschland, in der Hoffnung, auf die Amerikaner zu stoßen. Das ist ja auch den meisten gelungen.«

Davies fragte: »Wäre es einfach gewesen, sich Brocks Identität anzueignen? Sogar für jemand, der ihm nicht entfernt ähnlich sah? Der zum Beispiel einen ganzen Kopf kleiner war?«

Der Alte knetete seine Hände. Die Fingerknöchel waren geschwollen. »Da sitzt es bei mir«, sagte er. Er wendete sich Davies wieder zu. »Es wäre nicht schwer gewesen«, antwortete er. »Es herrschte ja solch ein Chaos. Man konnte sich ohne weiteres andere Papiere verschaffen und sich einen neuen Namen zulegen. Herrgott, das taten ja sogar manche von den verfluchten Nazis. Sie nahmen den Namen von jemand anderem an und kamen damit durch. Ein paar von ihnen lebten monatelang als angebliche Kriegsgefangene und wurden schließlich einfach entlassen.«

»Also hätte jemand ohne Schwierigkeiten Brocks Identität annehmen können?«

»Ohne weiteres. Die meisten von uns, von den Briten, fanden sich schließlich in Wien wieder. Da gab es Tausende. Wie gesagt, herrschte ein einziges Chaos. Und niemand stellte Fragen. Der Krieg war aus, das war das einzige, was zählte. Alle wollten so schnell wie möglich nach Hause und das Ganze vergessen. Manche verschwanden einfach, und einige davon aus gutem Grund.«

»Was war mit den Angehörigen? Denen von Brock?« warf Mod ein.

»Weiß ich nicht.« Mr. Bing schüttelte den Kopf. »Ich kann mich an seine Lebensumstände nicht erinnern. Aber manch einen hielt die Familie zu Hause nicht davon ab zu verschwinden, vielleicht war mancher ganz froh, stiften zu gehen.« Er blickte zu ihnen auf. Seine Augen waren, wie Davies jetzt bemerkte, trübe und hoffnungslos. »Manchmal denke ich, das hätte ich auch tun sollen«, sagte er.

Kapitel 7

Auf Jemmas Wohnzimmertisch stand ein Aquarium. Davies betrachtete die Goldfische mit Zurückhaltung. »Wenigstens kratzen sie sich nicht«, bemerkte er. »Und schreien nicht wie diese Edie.« Die Fische sammelten sich an der Wand des Gefäßes. »Aber sie beobachten uns«, meinte er. »Seht nur, wie sie uns anglotzen.«

»Morgen bringe ich sie nach Hause«, sagte Jemma. »Sowie ihr Besitzer aus dem Krankenhaus entlassen wird.«

»Wer ist nur auf die Idee gekommen«, fragte Mod mit dem Blick auf die Fische, »ein Zoogeschäft zu überfallen?«

Davies glupschte die Goldfische an wie sie ihn: »Vielleicht jemand, der auf Hamster steht.«

»Dieser Jemand hat 3 Pfund 50 geraubt und den Ärmsten krankenhausreif geschlagen«, bemerkte Jemma streng. »Ich kann nur hoffen, ihr erwischt ihn.«

»Oh, den kriegen wir«, versicherte Davies. »Wir waren mit Spürhunden da. Sie haben zwei Tonnen Hundekuchen gefuttert, und einer hat eine weiße Maus vernascht.«

Jemma verschwand in der Küche und kam mit einem Teller Schinkentoast und drei Bechern Kaffee auf einem Tablett wieder. Davies lächelte ihr dankbar zu. »Jedenfalls gibt's bei dieser Aktion anständige Verpflegung«, lobte er. Er biß in seinen Toast und fühlte, wie ihm das Fett warm über das Stoppelkinn lief. Er hatte – im Rahmen seiner dienstlichen Aufgaben – Ermittlungen über Zwischenfälle bei Nichtseßhaften angestellt und sich zu diesem Zweck das Äußere eines Stadtstreichers zugelegt. Leider hatten die meisten der Penner, unter die er sich zu mischen versuchte, ihn auf Anhieb erkannt.

»Ich finde, wir sollten alles noch mal durchsprechen«, meldete er sich nach einer Weile zu Wort. »Die Fakten auf die Reihe bringen und feststellen, wo wir stehen.«

»Begib dich ins Gefängnis«, witzelte Mod mit vollem Mund. »Geh nicht über ›Los‹. Zieh nicht 200 Pfund ein.« Er fing Davies' Blick auf.

»Schon gut, schon gut«, brummte er mit vollem Mund. Sowie er heruntergeschluckt hatte, schaute er so hungrig drein, als hätte er nichts abbekommen. Davies schob den letzten Bissen Toast in den Mund und fing an, die Lebensgeschichte der Person, die sie vorläufig noch Lofty Brock nannten, systematisch durchzugehen.

Die Goldfische im Glas steckten immer noch die Köpfe zusammen, als könnten sie nicht glauben, was es zu sehen gab. »Übrigens«, sagte Davies, »ich bin bei der Wach- und Schließgesellschaft gewesen, die angeblich die Grundstücke am Kanal bewacht. Schöner Name, Keystone - wie aus dem Lustspiel. Ich gehe jede Wette ein, daß nicht die ganze Nacht über kontrolliert wird, wie es eigentlich sein sollte. Einer der Typen hatte Socken mit Löchern an.«

Jemma holte zwei Pappkartons aus dem Schrank. »Die Papiere aus dem Nachtasyl«, sagte sie und stellte den einen auf den Tisch. »Und die Sachen aus dem Kinderwagen.« Sie stellte den anderen daneben.

Als sie sich setzte, wurden alle drei still, und drei Paar Augen hefteten sich auf die beiden Kästen. Schließlich hob Davies den ersten Deckel hoch. Eine seltsame Erwartung lag in der Luft, als ob wie durch ein Wunder gleich die Wahrheit enthüllt werden würde. Aber nichts geschah. Zuoberst lag der Leinenbeutel mit der Medaille. Davies nahm sie in die Hand und strich das braun und violett gestreifte Band glatt. Er drehte die Medaille um. »Ich frage mich«, sagte Mod, »was für eine Strafe darauf steht, wenn jemand sich fälschlich als Inhaber einer Auszeichnung ausgibt?«

»Oder dieselbe klaut«, setzte Jemma hinzu.

»Oder den Eigentümer ermordet«, meinte Davies. Er wog die Medaille in der Handfläche. »Jemand hat den echten Lofty Brock im Gefangenenlager getötet. Auf der Liste in diesem Karton steht neben seinem Namen ein Kreuz. Sergeant Major Bing hatte wohl recht, vielleicht war der Mörder derselbe Mensch, der seine Identität angenommen hat. Lofty Brock der Zweite.«

»Ich wäre schon froh, wenn wir erst mal seinen Namen wüßten«, sagte Mod.

Davies nickte. »Es ist nicht so einfach, einen Namenlosen aufzuspüren. Die halbe Zeit weiß man nicht mal, von wem man spricht.«

Seine Augen wanderten zu Jemma. »Ist wohl kein Schinken mehr da, oder?« fragte er.

Jemma stand auf. »Noch drei Scheiben. Aber macht nicht weiter ohne mich!«

Als sie in der Küche war, sagte Mod leise: »Ich frage mich, wo und wie sie den Zahn verloren hat.«

»Weiß ich auch nicht«, erwiderte Davies. »Ich mag nicht fragen. Vielleicht ist sie vom Fahrrad gefallen.«

Er stand auf und stellte sich vors Bücherregal. *»Aspekte sozialen Verhaltens«,* las er vor. *»Angewandte Psychologie. Methoden sozialer Reintegration, Formen der Verwahrlosung, Kindliches Denken, Stadtentwicklung.«* Er schnalzte anerkennend mit der Zunge. »Wenn du so was lesen würdest, Mod, könnte aus dir noch was werden«, spottete er.

»Ja, ja«, nickte der Philosoph, »und dann müßte ich anderer Leute Goldfische füttern.«

Jemma kam mit Schinkentoast und Kaffee zurück. »Wischt euch die Finger ab, ehe ihr Loftys Sachen anfaßt«, warnte sie. Bevor sie sich ihre Scheibe nahm, öffnete sie die Keksdose und holte das Holzkästchen heraus. Sie breitete den Inhalt auf dem Tisch aus: zuerst das Etui, in dem die Perle lag wie ein kleines Vogelei im Nest, dann die Haarbürste, Rasierapparat und Klingen, die Flasche Hustensaft, das Federmesser und zuletzt das verblaßte, fleckige Foto im Metallrähmchen: das starre Gesicht einer Frau, vielleicht einer Toten.

Jemma legte das Bild in die Mitte, und während sie aßen, konzentrierten sie ihre Blicke darauf wie Spiritisten, die einen Geist auferwecken wollen. »Oh, sprächen diese Lippen doch«, zitierte Mod.

»Sie würden bestimmt um ein Schinkenbrot bitten«, sagte Davies. Er wischte sich die Hände ab und hob das Foto hoch. Er klappte die Rückseite des Rahmens auf, wie damals beim ersten Mal. »Kein Name, nicht mal das Firmenzeichen eines Fotografen«, sagte er. »Nichts.«

»Aber es hat nicht das ursprüngliche Format«, bemerkte Jemma. Sie betrachtete es genauer. »Es ist unten beschnitten worden, damit es in den Rahmen paßt. Mit einer Schere, das sieht man. Der untere Rand ist nicht so glatt wie die anderen Kanten.«

Davies nahm das Bild in die Hand. »Du hast recht«, sagte er. »Oben ist zu viel Abstand, das Gesicht ist nicht in der Mitte.«

»Sie guckt ziemlich grimmig, oder?« warf Mod ein. »Damals lächelten die Leute nicht in die Kamera. Man rief nicht ›cheese‹, sondern war todernst.«

»Stimmt ebenfalls«, fand Davies. »Sie sieht richtig unglücklich aus. Stell dir vor, du ließest dich in dieser Stimmung knipsen. Sie wirkt doch, als hätte sie was dagegen, aufgenommen zu werden.«

»Vielleicht war es so«, sagte Jemma langsam. »Weißt du, Dangerous, es sieht aus wie ... wie ...« Davies dämmerte es.

»Sag's doch«, drängte er.

»... wie ein Knastfoto.«

Kapitel 8

Zu Beginn des Winters hatte das übliche Wetter geherrscht, mal mild, mal mit Nässe auf den Straßen (die Bewohner dieses Stadtteils nahmen das Wetter nur in Straßenhöhe zur Kenntnis; die Augen zum Himmel zu erheben fiel hier selten jemandem ein). Die Lichter der Häuser und Geschäfte verbreiteten das einzige bißchen sichtbare Wärme; das Kraftwerk stieß seine weißen Dampfschwaden aus und trug wie die Fabrikschornsteine und Auspuffgase zu dem nebligen Dunst bei. Aber dann, wie durch ein Wunder, kam pünktlich zu Weihnachten der erste Schnee. Für den häßlichen grauen Matsch unter den Füßen wurde man reichlich entschädigt durch den Anblick der schimmernden weißen Dächer. In der klaren Mondnacht strahlten die Fabrikschlote hell wie Kerzen.

»Einige müssen an Weihnachten arbeiten«, sagte Davies im ›Wickelkind‹. »Ich natürlich. Wie immer.«

»Es wird sich nicht allzuviel tun«, verkündete Shiny Bright. Er war fast zu klein und zart, um sein Guiness zu heben.

»Du bleibst zu Hause im Warmen, Shiny?« fragte Davies interessiert.

»Die Fußspuren, Dangerous«, antwortete Shiny. »Fußspuren im Schnee.« Er stand auf und schlurfte zur Bar.

Jemma erschien, in ihren knallroten Mantel gehüllt und mit Schneesternchen im schwarzen Haar. Die Männer an der Bar drehten sich nach ihr um. Davies spürte, wie ein stolzes Gefühl ihn warm überlief, während Mod mit den Augen rollte zum Zeichen, daß für ihn der Abend einen unerfreulichen Verlauf nehmen würde. Jemma war mit Davies zur Weihnachtsparty der Polizei verabredet, weswegen sie sich nach einem einzigen, an der Bar eingenommenen Drink verabschiedeten. Shiny Bright starrte in sein Guiness und meinte inbrünstig: »Die wäre mein Typ, aber echt.«

Jemma hatte ihr Auto an der nächsten Straßenecke geparkt, einen Kleinwagen, in den Davies sich mit Mühe hineinzwängte. Sie ließ den Motor an, fuhr aber nicht los, sondern schaltete die Scheibenwischer an, um die Frontscheibe freizumachen. »Sie sehen sehr hübsch aus im Schnee«, sagte er verlegen, indem er von ihr weg und aus dem Fenster guckte. »Das macht der Kontrast.«

»Vielen Dank. Obwohl ich nicht weiß, wie ich das auffassen soll.« Sie legte noch immer keinen Gang ein. Davies sagte: »Ich hätte Sie gern mal abends ins Kino eingeladen, zu einem guten Film, aber wir hatten so viel zu tun.«

Zu seinem Entzücken beugte sie sich herüber und gab ihm einen Kuß auf den Mund. Seine Hand wanderte hoch zu ihrem warmen Nacken, um sie an sich zu ziehen. Als sie sich nach dem nächsten Kuß losmachte, blieb ihr Gesicht mit den großen Augen dicht vor ihm. »Wieviel Bier hast du getrunken?« fragte sie.

»Zwei oder drei. Wenn ich geahnt hätte, was passiert, hätte ich ein bißchen Parfüm aufgelegt.«

Sie lächelte, ohne etwas zu sagen, und setzte sich wieder im Fahrersitz zurecht.

Sie fuhr über die schneeglatten Straßen bis zur Mafeking Hall, wo traditionsgemäß - seit der berühmten Belagerung - die Weihnachtsparty der Polizei stattfand. (Ein paar Jahre zuvor hatten sich nämlich ein paar Bankräuber in einem Hochhaus in der Mafeking Street verbarrikadiert, und die Weihnachtsfeier war zwangsweise aus dem Polizeigebäude in die nahegelegene Mafeking Hall verlegt worden, damit die an der Belagerung beteiligten Kollegen trotzdem an der Feier teilnehmen konnten. Schließlich hatte ein Inspector, der sich gerade eine Fleischpastete schmecken ließ, die Gangster überredet, ihren sinnlosen Widerstand aufzugeben.)

Als Davies und Jemma ankamen, ertönte im Saal schon die Musik; die Band bestand aus ein paar jungen Kollegen, die sich den Namen ›Die Knastbrüder‹ zugelegt hatten. Dazu sang eine Politesse mit hennaroter Perücke und in einem extravaganten Kleid, die sich bei ihren Auftritten Dolly Parking nannte, schrill ins Mikrofon. Der Saal war rappelvoll von Polizisten und ihren Damen, die dem Alkohol zusprachen. An der Bar wurde Davies von einem großen, rothaarigen Mann begrüßt. »Hallo, Affie«, erwiderte Davies. Er sah sich nach Jemma um. Sie unterhielt sich gerade mit dem Amtsgehilfen des Coroners. »Wie geht's dir denn im Knast?«

»Die Kerle drin festzuhalten, ist vermutlich schwerer, als sie reinzubringen«, grollte der andere. »Ich wünschte manchmal, ich wäre geblieben, wo ich war, Dangerous. Bei der Polizei hast du es nur zeitweise mit Verbrechern zu tun. Hinter Gittern lebst du praktisch mit ihnen zusammen.«

Davies fragte: »Verstehst du was von Frauengefängnissen, Affie?«

»Nicht die Bohne. Ehrlich gesagt, auch nicht viel von Frauen.« Er sah sich in dem überfüllten Saal um. »Aber da gibt's doch diese alte Lady; sie ist heut abend hier, ich hab' sie gesehen. Hält Fortbildungsvorträge über Frauenstrafvollzug in Geschichte und Gegenwart. Eine Stimme, daß dir die Ohren abfallen.« Er deutete mit seinem Glas in eine Richtung. »Ich hab' sie hier irgendwo gesehen, mit meinem Boss zusammen. Sie heißt Miss Gladstone. Worum dreht sich's denn, Dangerous?«

»Ach, das kam mir nur so in den Sinn. Danke vielmals, Affie«, sagte Davies verbindlich.

Er schlängelte sich unter entschuldigendem Gemurmel so unauffällig wie möglich zwischen den Ellenbogen der Gäste hindurch. Hinter sich hörte er Jemmas Stimme. »Langsam, Dangerous, du bist doch keine Klapperschlange. Wo willst du hin?« Sie strich mit ihrem Glas über sein Ohr.

Er blieb stehen und flüsterte über die Schulter zurück: »Es soll hier eine alte Dame geben, die alles über Frauengefängnisse weiß. Vielleicht fällt ihr was zu dem Bild ein.«

»Dann müßte sie ein fotografisches Gedächtnis haben, und es müßte sehr, sehr weit zurückreichen.«

»Ich weiß. Aber sie ist eine Expertin. Hält sogar Vorträge. Ich denke, ich probier's mal.«

»Hast du das Foto bei dir?«

Davies klopfte auf seine Tasche. »Ich war damit bei Watkins, dem Fotohändler, und hab' gefragt, ob ihm irgend etwas dazu einfällt. Aus welcher Zeit es stammt, womit aufgenommen. Ich hab' mir auch Abzüge machen lassen. Man klammert sich an jeden Strohhalm.«

Er hatte sich zu ihr umgedreht; infolge des Gedränges gerieten sie plötzlich in Tuchfühlung. Die Brustpartie ihres Kleides berührte seine Jackenaufschläge. Er schluckte und wich einen Schritt zurück. Sie lachte. »Du bist süß«, sagte sie. »Einfach süß.«

»Danke schön«, brachte er mühsam hervor. Die Farbe ihrer Augen war verblüffend, selbst in dieser Jahreszeit. Er nahm einen tiefen Schluck und sah sie über den Rand seines Bierkruges hinweg an: »Du bist selbst verdammt süß.«

»Wenn wir mal Zeit haben«, sagte sie, »müssen wir ernsthaft miteinander reden.«

»Ich mache mich jetzt lieber an die Arbeit«, entgegnete er verlegen. »Kann ich dich ein paar Minuten allein lassen?«

»Mach dir keine Gedanken, ich finde schon Gesellschaft. Ich lache mir einen netten Chief Inspector an.«

»Aber kein Wort . . .«

». . . über Lofty«, fiel sie ein.

Davies blickte sie streng an. »Ich will nicht, daß die Polizei sich einmischt«, sagte er. Dann zwang er sich, den Blick von ihr zu lösen und sich umzudrehen. Gleichzeitig spürte er, wie sie ihn mit dem Finger im Nacken berührte. Er stürzte sich in die Menge und arbeitete sich durch das Gedränge, wobei er um sich spähte wie ein Entdeckungsreisender im Urwald.

»Wen suchst du denn, Dangerous? Den Weihnachtsmann?« rief ihm ein beleibter Bewährungshelfer zu. Gerade begannen die ›Knastbrüder‹ wieder einen ihrer nervtötenden Songs.

»Hör mal, Ronnie«, sagte Davies, »du kennst doch alle diese Schreibtischtheoretiker. Ich suche so ein altes Schlachtroß, Miss Gladstone, Strafvollzug.«

»Ach die«, erwiderte der andere, »die hat eine Stimme, daß dir die Ohren wehtun. Fast wie diese Musik.« Wie die meisten Dicken hatte er winzige Augen, die er jetzt über den Saal streifen ließ wie ein Scharfschütze, der sein Ziel sucht. »Da«, er zeigte mit dem Finger. »Da drüben, siehst du sie? In dem Kleid, das wie ein Orientteppich aussieht. Sie unterhält sich mit dem Menschen von der Abteilung für Fingerabdrücke, falls du den kennst.«

»Dabber Donnelly«, nickte Davies. »Vielen Dank, Ronnie. Mach's gut, und führe deine Jungs weiter auf dem schmalen Pfad der Tugend.«

»Man tut, was man kann, Dangerous.«

Gerade, als Davies auf Donnelly und seine Gesprächspartnerin zusteuerte, drehte dieser sich um und nahm von jemandem, der von der Bar zurückkam, zwei volle Gläser entgegen. »Hallo, Dabber«, sagte Davies. Die Dame gab sich reserviert. Donnelly lächelte breit und stellte vor. »Miss Gladstone, das ist Detective Constable Davies. Einer unserer interessantesten Kollegen.«

Miss Gladstone streckte ihm eine Hand entgegen, die so samtweich war, daß er zuerst dachte, sie trüge Handschuhe, was aber nicht der Fall war. »Wieso sind Sie interessant?« fragte sie überlaut. Ihre Augen waren hinter den dicken Brillengläsern nicht zu erkennen. »Sie sehen nicht besonders interessant aus.«

»Bin ich auch nicht«, stimmte Davies schnell zu. »Aber Mr. Donnelly verbringt nun mal seine Tage im Labor. Fingerabdrücke sind seine Welt, und er hält jedes Wesen, das sich außerhalb derselben aufhält, für interessant.« Eine Pause trat ein. Donnelly fragte, ob Davies noch etwas trinken wolle. In der Annahme, daß dies das Rückzugsmanöver war, das der Fingerabdruckexperte seit längerem geplant hatte, gab Davies ihm seine Chance. Er machte dankbar davon Gebrauch.

»Sagen Sie, Miss Gladstone«, fragte Davies, »dürfte ich Ihr fachliches Wissen kurz in Anspruch nehmen? Sie sind doch bekanntlich eine Koryphäe auf dem Gebiet der Frauenstrafanstalten.«

Ihr zerknittertes Gesicht strahlte. »Die Inhaftierung von Frauen ist mein Lebenswerk.« Ihre Stimme war so durchdringend, daß die Umstehenden aufmerksam wurden. »Junger Mann, sicher haben Sie meine Autobiographie *Mein Weg durch die Gefängnisse* gelesen?« Davies mußte seine Unkenntnis eingestehen. »1949 erschienen«, dröhnte sie. »Der Buchhandel hat wohl noch ein paar Exemplare. Sehen Sie zu, daß Sie es auftreiben. Es wird Ihnen gefallen.«

»Oh, natürlich, bestimmt«, erwiderte Davies, als wäre das Buch sein sehnlichster Weihnachtswunsch. »Ich hätte da eine Frage zu den Verhältnissen in der Zeit vor dem Krieg.«

Sie schien ein wenig gekränkt und stürzte ihren Gin hinunter. Donnelly näherte sich gerade mit dem Bier, so daß Davies der alten Dame das Glas abnehmen und es dem Fingerabdruckexperten in die Hand drücken konnte. »Dabber, noch mal dasselbe für Miss Gladstone«, bat er.

»Vor dem Krieg war ich natürlich noch sehr jung«, meinte sie, wieder milder gestimmt. »Es war meine Pionierzeit. Mein erstes Buch, *Mädchen in Gewahrsam,* ist 1937 geschrieben.«

»Das ist die Zeit, die ich meine«, warf Davies schnell ein. »Wie waren die Zustände denn damals?«

»Gesund«, sagte Miss Gladstone entschieden. »Sehr gesund, weit besser als die Verhältnisse, aus denen die meisten Mädchen und Frauen kamen und in die sie ja leider wieder zurückmußten.«

»Oh«, fragte Davies, »gesund ...?«

»Viele Anstalten waren Arbeitslager auf dem Land«, stellte sie, sichtlich fortgerissen von ihrer eigenen Begeisterung, fest. Donnelly kam mit ihrem Gin, und sie kippte ihn mitten im Satz auf einen Zug. »Die Mädchen machten die Feldarbeit. Die frische Landluft und reichlich Bewegung machten sie körperlich müde und sorgten für eine gesunde Gesichtsfarbe. Es war eine ganz neue Erfahrung für sie. Sie wurden ja stets in einer Anstalt in der Nähe ihres Wohnortes untergebracht. Nach der Entlassung konnten manche es kaum erwarten, wieder reinzukommen. In der Haft konnten sie das Leben richtig genießen.«

Davies griff in seine Jackentasche. Er fand, was er suchte, nämlich einen Briefumschlag, und präsentierte schwungvoll wie ein Zauberer das Foto, das er bei Lofty Brocks Sachen gefunden hatte. »Diese Insassin«, meinte er, »sieht mir nicht so besonders glücklich aus. Aber die Aufnahme ist sicherlich gleich am ersten Tag gemacht worden.«

»Hmmm«, brummte Miss Gladstone, hielt das Bild auf Armeslänge von sich und schob die Brille hoch. »Ja, noch bevor sie anfing, sich wohl zu fühlen. Sie sieht ein bißchen bedrückt aus.«

»Ich versuche, festzustellen, wer sie ist«, erläuterte Davies leise und blickte sich um.

»Warum flüstern Sie denn?« rief sie und sah ebenfalls in die Runde. »Hier gibt's doch nur Polizeiangehörige im Saal.«

»Ich möchte nicht, daß die Polizei davon erfährt.« Er gab sich Mühe, es wie einen Scherz klingen zu lassen. »Sonst wollen alle bei dem Fall mitmachen.«

Sie betrachtete das Foto aufmerksam. »Die Aktennummer ist abgeschnitten«, bemerkte sie. »Und ohne Nummer ist es natürlich fast hoffnungslos.« Sie ließ das Bild blitzschnell in ihrer riesigen Handtasche verschwinden und wischte seinen Protest weg, indem sie die Tasche energisch schwenkte. »Keine Sorge, Mr. Davies, ich werde es gut verwahren. Sie haben doch wahrscheinlich noch einen Abzug?« Er gab zu, daß dem so war. »Ich muß in meinen Unterlagen nachsehen«, sagte sie. »Vielleicht kann ich etwas herausfinden.« Ihre Augen funkelten vor Unternehmungslust. »Und jetzt«, verlangte sie, »hätte ich gern noch einen schönen großen Gin.«

Ein paar Stunden später an diesem Abend fing Davies leise an zu singen, nicht allein für sich, aber auch nicht so laut, daß man es in mehr als ein paar Schritt Entfernung hören konnte. Als wäre die Melodie ein Geheimnis.

»Ist das mehr Klage oder mehr Gesang?« wollte Jemma wissen, als sie durch die winternächtlichen Straßen gingen.

Das ›Wickelkind‹ sollte zwar offiziell schon geschlossen sein, man sah aber noch gedämpftes Licht und hörte Stimmengewirr. Davies blieb am Bordstein stehen und sah Jemma von der Seite an.

»Wenn ich lauter singe, gilt es als öffentliches Ärgernis. Außerdem summe ich am liebsten so vor mich hin. Wenn jemand eine Stimme hat wie ich, gehört Singen zur Intimsphäre.«

»Es ist schon nach der Polizeistunde«, sagte Jemma und griff nach seinem Arm. Davies blickte verzweifelt die Straße entlang, erst in der einen Richtung, dann in der anderen, wie ein Soldat, dem der Vormarsch ins feindliche Feuer befohlen wird. »Weihnachten ist der Ausschank verlängert«, behauptete er kühn. »Mod wartet sicher drinnen mit leerem Glas.«

Sie half ihm, die Fahrbahn zu überqueren. »Danke vielmals«, sagte er artig, als sie endlich die Tür zur Bar erreichten. »Ein paar Mal hab' ich gedacht, wir schaffen es nicht.«

Fast alle Gäste waren noch da, obwohl die beiden Iren am Schanktisch unentwegt die Polizeistunde ausriefen und ihre Glocke schwangen, die heute so unbeachtet vor sich hin bimmelte wie eine Läutboje auf hoher See. Mod sah seinen Freund kommen und kippte schnell den letzten Schluck aus seinem Glas. Er saß mit einem Mädchen zusammen, das unter dem dicken grauen Pulli anscheinend zwei Fußbälle mit sich herumtrug. Davies nahm Mod wortlos das Glas aus der Hand. Das Mädchen lehnte seine gemurmelte Einladung ab; sie müsse zurück zu ihrem Freund, sagte sie.

Davies kam ziemlich schnell vom Tresen zurück. »Gerade noch rechtzeitig«, meinte er, indem er Jemma und Mod die Gläser reichte. »Wer war die denn?« fragte er.

»Arbeitet bei Woolworth«, schmunzelte Mod verschämt, den lüsternen älteren Herrn spielend.

»Sieht auch aus wie Woolworth«, sagte Davies.

»Nicht doch«, unterbrach Mod. »In diesem großen Busen schlägt ein großes Herz.« Er lächelte selig verträumt. »Herz – wißt ihr, das Ding, das nachts immer so bummert.«

Davies trank sein Bier aus. »Ich muß zum Revier. Offiziell hab' ich Bereitschaftsdienst«, sagte er.

»Ich sollte dich begleiten.« Jemma sah ihn zweifelnd an. »Für den Fall, daß sie dich zur Ausnüchterung dabehalten wollen.«

Sie gingen wieder in die kalte Nachtluft hinaus und ließen Mod an der Bar zurück, wo die Glocke immer noch vergeblich mahnte und die Barmänner heiser die Zeit ausriefen.

»Schau die Sterne an. Wie sie glitzern.« Davies zeigte nach oben, und Jemmas Blick folgte ihm. »So hoch oben. Sternbilder voll ...«

»Sternhagelvoll«, verbesserte sie. »Du nämlich.« Plötzlich sagte sie: »Heut hat mein Sohn Geburtstag. Ich habe ihn angerufen.«

Davies sah sie an. Ihre Augen schimmerten feucht. »Oh«, sagte er. »Das macht dich traurig. Es tut mir leid.«

»Nächstes Jahr, vielleicht erst Ende des Jahres, bekomme ich ihn zurück. Sein Vater will ihn nicht gehen lassen. Aber irgendwann sehe ich ihn wieder. Es sind schon drei Jahre, die wir nicht zusammen waren.«

»Wein doch nicht«, bat Davies und legte unbeholfen den Arm um sie. »Ich ... zeige dir auch unsere neuen Arrestzellen.«

»Sein Vater hat sich fast nie blicken lassen.« Sie preßte ihr Gesicht an seine Schulter. »Es war nicht fair. Der Mann war monatelang fort, dann jahrelang, und hatte keine Augen für sein Kind. Eines Tages, Dangerous, du glaubst es nicht, kam der Priester zu uns, und ich sagte ›Hallo, Vater‹, und der Kleine geriet völlig außer sich, weil er dachte, es wäre *sein* Vater.«

»Was für eine Enttäuschung«, meinte Davies kopfschüttelnd. »Kein Wunder, daß du dich hast scheiden lassen.«

»Hab' ich nicht. Ich bin immer noch verheiratet. Genau wie du.«

Sie hielt seinen Arm umklammert und blinzelte zu den Sternen hoch. »Was soll's«, sagte sie wie zu sich selbst. Es klang, als hätte sie sich das schon oft gesagt.

Es war Mitternacht, als sie beim Revier anlangten. Der Diensthabende der Nachtschicht war eben erst eingetroffen und nahm gerade seine Butterbrote aus einem schönen, alten Holzkoffer, der Messingecken, ein Messingschloß und metallene Beschläge an dem glattpolierten Griff hatte. Rundherum liefen mehrere Reihen kleiner, glänzender Schrauben, die wie eine Lichterkette aufleuchteten.

»Ein schönes Stück, Lew«, bemerkte Davies. Jemma zeichnete mit dem Finger die Reihe der Schraubenköpfe nach. Der Sergeant freute sich und wünschte ihnen guten Abend.

»Hat mein Daddy gemacht, vor Urzeiten«, entgegnete er und streichelte den Kasten. Er sprach mit einem leichten walisischen Akzent. »Er war Möbeltischler. Ich wünschte, das wäre ich auch geworden.«

»Heute bringen sie dich mal wieder um den Nachtschlaf, was?« sagte Davies. »Mir haben sie auch den größten Teil der Weihnachtstage aufgebrummt. Die meinen, man hat nichts Besseres zu tun.«

»So ist es«, stimmte der Sergeant mit erhobenem Zeigefinger zu. »Bloß weil ich Lewis Emmanuel heiße, denken sie, ich wäre Jude und hätte kein Anrecht auf Weihnachten. Es ist immer dasselbe; jedes Jahr erkläre ich ihnen aufs neue, daß ich aus Wales bin.«

»Pech«, meinte Davies mitfühlend. »Wir haben wohl heute niemand in der Zelle? Keine lieben Gäste?«

»Nicht zum Übernachten. Ein paar Alkis gab's, aber die haben sie gegen Kaution laufenlassen. Sonst ist alles ruhig, Gott sei Dank.«

»Ich werfe nur einen Blick ins Büro, ob da eine Nachricht für mich ist«, erklärte Davies. »Ich hab' ja heute nur Bereitschaft.«

»Okay, Dangerous«, sagte der Sergeant und kehrte zu seinem Proviant zurück.

Jemma wollte mit. Sie gingen durch den Korridor in Davies' Dienstzimmer. Jemma rümpfte die Nase. »Kommt hier niemand zum Saubermachen?« fragte sie.

»Doch, schon«, antwortete Davies. »Aber es wird immer wieder dreckig. Die einzigen wohnlichen Räume in diesem Haus sind die Arrestzellen. Alle kürzlich renoviert. Mit modernem Komfort.«

»Zeig sie mir«, bat sie plötzlich. »Du hast es mir versprochen.«

Er war überrascht. »Oh, na ja, von mir aus.« Er nahm ein Schlüsselbund vom Wandhaken. »Sie sind wirklich gemütlich. Besser als mein Zuhause.«

Sie hakte sich bei ihm unter, und sie gingen in den rückwärtigen Teil des Hauses, dann eine Treppe hinunter, auf der ihre Schritte widerhallten, und durch einen weiteren Korridor. Davies drückte auf einen Lichtschalter, worauf sechs nebeneinanderliegende vergitterte Zellen sichtbar wurden. »Der wärmste Platz im Haus«, sagte er.

»Und was ist hinter der Tür da?«

»Der Hochsicherheitstrakt«, erklärte er mit einem Anflug von Stolz. »Für die wirklich schweren Jungs.« Er fummelte an den Türschlössern. »Nagelneu, gerade erst fertig geworden.«

Er forderte sie mit einer Handbewegung auf, einzutreten. Drinnen waren zwei Zellen, dick gepolstert, jede mit einem Bett, einem am Boden befestigten Stuhl und einem Waschbecken. Zu seinem Erstaunen setzte Jemma sich aufs Bett. »Wirklich bequem«, sagte sie gelassen und schaute zu ihm auf. Davies mußte so heftig schlucken, daß ihm die Luft wegblieb. »Wir ... wir tun unser Bestes«, stammelte er.

»Ich auch«, lächelte Jemma. Sie faßte ihn an der Hand und zog ihn neben sich.

»Wir finden keinen besseren Platz zum Alleinsein«, meinte sie ernsthaft. Sie zog sein verwirrtes Gesicht an sich. Er war so entgeistert, daß er nicht daran dachte, sie zu küssen. Sie küßte ihn. Sie hatte wundervolle Lippen, und er konnte ihre Zahnlücke fühlen. Seine tastenden Hände fanden ihre Brüste. Ihr Mantel war weit offen, und er streichelte ihr Kleid. Jemma entzog sich ihm und sah über seine Schulter hinweg. »Die Tür«, sagte sie. Sie machte sich los und war mit drei Schritten am Eingang des Sicherheitstrakts. Kaum berührt, fiel die Tür mit einem gedämpften Knall zu.

»Jetzt sind wir eingesperrt«, bemerkte Davies vom Bett aus.

»Wir haben ja die Schlüssel«, murmelte sie und kam zu ihm zurück.

»Von innen kann man nicht aufschließen«, belehrte er sie. »Es wäre ja Blödsinn, wenn das ginge.«

»Also sitzen wir fest«, lachte sie unbeeindruckt und sah ihn spitzbübisch an.

»Jedenfalls, bis Sergeant Emmanuel seine Runde durchs Haus macht oder sich fragt, wo wir geblieben sind. Wahrscheinlich denkt er, wir sind durch den Hofausgang raus.« Als er das sagte, waren ihm die Möglichkeiten, die sich boten, noch längst nicht aufgegangen. »Außen an der Tür ist ein rotes Licht«, überlegte er. »Es läßt sich von hier drinnen anschalten. Aber natürlich nützt es uns nur, wenn es draußen jemand bemerkt. Man hat extra kein akustisches Signal installiert, damit die Kerle nicht aus Jux die Polizei in ihrer wohlverdienten Ruhe stören.«

Er stand auf und reckte sich nach einem hoch oben in der Wand eingelassenen Schalter. Ihre langen braunen Finger legten sich fest auf sein Handgelenk. Er sah sie alarmiert an. »Noch nicht, Dangerous«, bat sie. »Wir sind hier eine Zeitlang gut aufgehoben. Warm und ungestört und ...«, sie setzte sich auf das Bett und streichelte die Matratze mit der Hand, »ganz schön bequem.«

»Wir sorgen sehr gut für unsere Delinquenten ... in Anbetracht der Umstände ...« Er verstummte, weil sie ihren Mantel auszog. »So fühle ich mich besser«, sagte sie und untersuchte einen der großen Knöpfe ganz genau. »Ziemlich warm hier.«

Davies konnte immer noch nicht glauben, was ihm jetzt bevorstand. Er machte einen halben Schritt vorwärts, um ihr den Mantel abzunehmen, und hielt wieder inne. Ohne ihn anzusehen, begann sie ihr Kleid aufzuknöpfen, vom Saum an immer weiter aufwärts. Es war, als ob sich ein Vorhang langsam nach beiden Seiten öffnete. Davies war wie versteinert. Nur seine Augen bewegten sich und blinzelten zweimal. An der Gürtellinie machte sie halt und sah zu ihm hoch. Der Vorhang fiel zur Seite und enthüllte ihm die langen, dunklen, bestrumpften Beine und dazwischen wie ein helles Segel ein kleines weißes Dreieck.

»Laß mich dir helfen«, stieß Davies hervor und stolperte vorwärts, so daß er mit den Knien hart auf den Betonboden schlug. Sein Schmerzensschrei wurde unterdrückt, da sie seinen Kopf energisch mit beiden Händen faßte und seinen Mund auf den ihren preßte. Halb erstickt kämpfte Davies sich vorwärts, stemmte die Knie vom Boden hoch und schob sie mit der Kraft eines Bulldozers vor sich her auf das stabile Hochsicherheitsbett. Er warf sich wild strampelnd über sie. Sie küßten sich wie besessen. Sein Kopf schlug schmerzhaft gegen die Zellenwand.

»Warte doch, laß mich los«, keuchte sie. »Hör auf, Dangerous.«

Schweißgebadet machte Davies sich von ihr los. »Tut mir leid«, flüsterte er. Seine Knie schmerzten. »Ich habe mich hinreißen lassen.«

»Das hast du wahrhaftig«, meinte sie liebevoll. Sie beugte sich über ihn und küßte sein Gesicht, wo sie es gerade traf. »Ich auch.« Sie setzte sich auf. »Laß uns langsam machen, nicht solch einen Ringkampf. Wir haben keine Eile. Vielleicht sind wir bis zum zweiten Weihnachtstag hier eingesperrt.«

»Du hast recht«, sagte Davies und lächelte unter Strömen von Schweiß. »Was tun wir als erstes?«

»Also, ich glaube, du solltest etwas von deinen Sachen ausziehen. Dein Mantel riecht nach Kneipe.« Sie sah ihn kokett an. »Du ziehst etwas aus, und dann ziehe ich noch ein bißchen mehr aus, dann bist du wieder dran, und immer so fort. Aber keiner rührt den anderen an, bis wir fertig ausgezogen sind, nackt. Einverstanden?«

»Ich versuch's«, versprach Davies. Er pellte sich aus dem Mantel und dann aus der Jacke und dem Pullover; danach saß er in Hosenträgern da und sah sie auffordernd an.

»Jetzt ich«, meinte sie. Ihre Hände kehrten zu den Knöpfen des Kleides zurück und öffneten sie ohne Hast bis zum Halsausschnitt. Davies sprang auf, dann setzte er sich langsam auf den Häftlingsstuhl. »Mehr?« fragte sie.

»Ein bißchen mehr«, sagte er heiser.

»Okay.« Mit einer anmutigen Pirouette ihres schwarzen Körpers schlüpfte sie aus dem Kleid. Es fiel auf das Bett, und ihre nackten Schultern glänzten im Lampenlicht. Ihre Augen richteten sich auf ihn. »Du bist dran«, forderte sie ihn auf.

Anstatt sich die Hosenträger abzustreifen, machte Davies jeden Knopf daran einzeln auf, so daß das Gummiband über seine Schultern hinweg schnellte und die Wand dahinter traf. Danach zögerte er. Sie nickte ihm zu, er solle weitermachen, und er öffnete den Reißverschluß, was ihm erst beim dritten Versuch gelang, und schickte sich an, die schwere Tuchhose herunterzuziehen. Mittendrin änderte er seine Taktik und zog erst die Stiefel aus.

»Du bist dran«, flüsterte er.

Sie schleuderte die Schuhe von sich, ohne sich zu bücken.

»Los, weiter«, sagte sie.

Davies schloß die Augen, wurde rot und zog mit einem Ruck die Hose herunter, so daß die weißen langen, wollenen Unterhosen zum Vorschein kamen. Jemma bog sich vor Lachen. »Oh nein, Dangerous«, stammelte sie, »wie du aussiehst! Ich hab' noch nie ...«

»Die wird im Oktober in Betrieb genommen, wenn die Sommerzeit zu Ende ist«, brummte Davies trotzig. »Und das bleibt so bis März, bis die Uhr wieder eine Stunde vorgestellt wird.«

»Aber ... doch nicht ein und dieselbe?« Sie hatte die Hände vor den Mund genommen.

»Nein, nicht ein und dieselbe.« Jetzt war er wirklich gekränkt. »Ich hab' vier solche.« Sie kämpfte immer noch mit dem Lachreiz. »Also hör mal«, rief er aus. »Ich war ja auf dies alles nicht vorbereitet ... Sonst hätte ich meinen Tanga mit dem Union Jack angezogen.«

»Nicht doch, verzeih mir«, flüsterte sie. Sie wischte sich die Augen, stand auf und kam auf bestrumpften Füßen auf ihn zu. Er blieb auf dem Stuhl sitzen. Sie preßte sein Gesicht an ihren nackten

Bauch. Dann ging sie in die Hocke, so daß seine zitternde Nase sich aufwärts in die Mulde zwischen ihren Brüsten schob. Ihre Hände zogen an der schweren Unterhose. Seine Hände glitten um ihre Taille herum und dann über ihren Rücken hinunter und zogen ihren Slip mit nach unten. »Du hast nicht viel an, für dieses Wetter«, sagte er.

»Genug«, murmelte sie. Ihre Finger waren jetzt auf seinen Schenkeln und streichelten sie. Davies begann zu stöhnen. Er stand von dem harten Stuhl auf und schob sie, diesmal sehr sanft, zum Bett hin. Nach mehreren vergeblichen Versuchen, ihren BH aufzubekommen, nahm er die Hände weg und ließ sie selbst machen. Ihre schimmernden Brüste kamen ihm entgegen, und er küßte sie.

Dann streckten sie sich aus, um sich aneinander zu erfreuen. Sie bat ihn, sich Zeit zu lassen, und er ließ sich viel Zeit. Als sie schließlich befriedigt nebeneinanderlagen, ihr Kopf in seiner Armbeuge, sagte er, indem er zur Decke blickte: »Übrigens ist dies alles hier Eigentum der Regierung Ihrer Majestät.«

»Alles?« murmelte sie schläfrig. »Ich glaube, was ich soeben gehabt habe, war ganz allein dein Eigentum.«

Dann versiegte das Gespräch. Jemma schlief ein, aber Davies war hellwach. Nach einer Weile begann er, über die Beschläge an Sergeant Emmanuels Holzkoffer nachzudenken.

Kapitel 9

»Rhabarber ...«, sagte Davies und zog das Wort in die Länge. Diese Bemerkung war das erste Wort seit geraumer Weile, das sich über das eintönige Geklapper des Bestecks erhob. Tafelfreuden im ›Bali Hi‹, Furtman Gardens, wurden oft sprachlich gedämpft genossen. »... Rhabarber schmeckt meiner Meinung nach zu dieser Jahreszeit am allerbesten.«

Mrs. Fulljames hob den umflorten Blick von ihrem Teller. Wie üblich tat Doris, Davies' entfremdete Gattin, es ihr nach. Minnie Banks, die Schullehrerin, betrachtete prüfend ihr Kompott, als ob sie bisher etwas daran übersehen hätte. Mod schob sich noch einen Löffel voll in den Mund.

Davies blickte seinerseits die oberhalb der Tischkante sichtbaren Personenhälften eine nach der anderen an. »Der erste Frost, ein bißchen rußgeschwärzter Londoner Regen und ein paar Wegschnecken«, setzte er hinzu, »dann hat er sein feinstes Aroma.« Er musterte nachdenklich das längliche Rhabarberstück auf seinem Löffel, von dem die Fasern herabhingen wie Schiffstaue von einem Wrack.

»Eine Schande, daß man ihn nur in länglichen Töpfen kochen kann«, blödelte Mr. Smeeton, der Alleinunterhalter, und kicherte in sich hinein. Mod betrachtete ihn angewidert.

»Und die Vanillecreme«, fuhr Davies fort und ließ den zähen gelblichen Brei von seinem Löffel tropfen. »Cremig-mild.«

»Hoffentlich meinen Sie das, was Sie sagen, Mr. Davies«, tadelte die Dame des Hauses. »Wem was nicht paßt, der kann mit einer Woche Kündigungsfrist ausziehen.«

Davies gab sich überrascht und schockiert. »Ich meine das ganz ehrlich, Mrs. Fulljames.«

»Er muß die Soße doch deli-kat finden, schließlich leckt er sich alle zehn Finger nach den Deli-quenten«, kalauerte Mr. Smeeton und erstickte fast vor Lachen, worauf Mod stöhnte: »Mein Gott.«

Davies aß seinen Rhabarber auf und wischte sich den Mund mit seinem neuen Taschentuch, dem Weihnachtsgeschenk der Raumpflegerin des Reviers. Dann beugte er sich vor und sagte: »Ich nehme an, Mr. Smeeton, Sie hatten Weihnachten und Neujahr Hochbetrieb.«

»Dreizehn Veranstaltungen, davon zehn für Senioren«, warf der Humorist sich in die Brust.

»Und ich wette, die Senioren wurden reihenweise im Saal aufgebahrt, weil sie vor Lachen in ihren Korsetts erstickt waren.«

»Mr. Smeeton opfert sich auf für Wohltätigkeitsveranstaltungen«, warf Mrs. Fulljames entrüstet dazwischen.

»Aha«, meinte Mod. »Wohl beim Verein für Sterbehilfe.«

»Also wirklich«, rief Doris aus. »Schade, daß gewisse andere Menschen sich nicht mal von ihrem ... Stuhl erheben und sich nützlich machen.« Sie funkelte Mod böse an. Miss Banks bemerkte: »Nächste Woche beginnt die Schule. Ein neues Tertial.«

Dem hatte niemand etwas hinzuzufügen. Feindseliges Schweigen senkte sich auf den Tisch herab. Es wurde nach einer Weile von Doris gebrochen, so, als habe sie vor dem Angriff erst noch zaudernd im Hinterhalt gelegen. Sie richtete sich über die Länge des Tisches hinweg an ihren Verflossenen. »Man hat dich gesehen.«

Davies zog die Augenbrauen über dem Vanillebrei in die Höhe. »Das möchte ich nicht in Zweifel ziehen«, sagte er. »Ich bin ja nicht der große Unsichtbare.«

»Laß mich ausreden«, erwiderte sie scharf. »Man hat dich gesehen – mit einer Schwarzen.«

Davies sah mißbilligend in die Runde. »Sind heute abend noch weitere Enthüllungen zu erwarten?« fragte er. Er lehnte sich wieder nach vorn auf das Tischtuch. »Menschen, Mrs. Davies«, dozierte er streng, »sind nun mal entweder schwarz oder blond, abgesehen von den paar Rothaarigen.« Er starrte beziehungsvoll auf ihre mickrigen Löckchen.

»Ich bin tizianblond«, entgegnete sie hochnäsig. »Und die Schwarze war am ganzen Körper schwarz – mit anderen Worten eine Negerin.«

Davies glaubte zu hören, wie Mrs. Fulljames die Augen aufriß, fixierte aber weiterhin seine Ex-Frau mit strengem Blick. »Dafür könntest du belangt werden. Das Gesetz verbietet rassistische Äußerungen.«

»Trotzdem ist sie schwarz wie die Nacht«, beharrte Doris trotzig. »Daran ändert das Gesetz nichts, es macht sie auch nicht weiß.«

»Auf solche üble Nachrede will ich überhaupt nicht eingehen«, sagte Davies. »Sagen wir einfach, es ist eine Bekanntschaft.«

Er stand auf. Mod schob den Stuhl zurück und verließ mit ihm das Zimmer.

»Gehst du zum ›Wickelkind‹?« fragte er beiläufig.

»Ermittlungen«, erklärte Davies. »Einer bestimmten Art.«

»Oh, ach so. Grüß sie von mir. Ich hab' heute abend sowieso was vor. Ibsen, *Peer Gynt,* im Radio.«

»Fein«, sagte Davies. Er ließ die Haustür zufallen und ging, nur vom Echo seiner Schritte begleitet, durch die nach Weihnachten und Neujahr leerer gewordenen Straßen. Er klingelte an Jemmas Wohnung. Sie rief etwas durch die geschlossene Tür und zog den Riegel zurück. Der Flur war von verlockendem Küchenduft erfüllt. Jemma kam ihm entgegen und küßte ihn.

»Wo ist Mod?« fragte sie. »Im Pub?«

»Heute ist Mittwoch«, antwortete er und schnupperte. »Da gibt's etwas im Radio, das er hören möchte.«

»*Peer Gynt*«, nickte sie. »Ich wollte es auch anschalten, aber dann ist jemand zu Besuch gekommen. Mrs. Wan vom ›China-Imbiß‹, auf der Flucht vor ihrem Mann. Er hat gedroht, ihr den Kopf abzuhacken.«

»Dann bleibt sie also über Nacht.«

»Nur heute. Morgen, sagt sie, kommt ihr Bruder, und der wird ihrem Mann den Kopf abhacken.«

»Na, dann sieh lieber genau hin, wenn du dort das nächste Mal ein Fleischgericht bestellst«, meinte Davies. Er zog den Mantel aus und küßte sie ausgiebig. »Du bist hinreißend«, sagte sie. »Einfach hinreißend.«

»Du bist selbst nicht so übel«, entgegnete Davies. Er sog die Luft ein. »Da kocht anscheinend was Leckeres.«

»Hast du schon gegessen?«

»Na ja, das Essen im ›Bali Hi‹, Furtman Gardens, zählt nicht. Es gab Rhabarber. Schmeckte wie Anmachholz.«

»Wir haben reichlich«, sagte Jemma.

Er sah sie an. »Ich bin gekommen, weil ich einen Blick auf Loftys Sachen werfen wollte«, bemerkte er und wurde rot dabei.

»Jetzt gleich?« fragte sie.

»Am liebsten ja.«

»Gut. Ich glaube, das Essen ist noch nicht soweit.«

»Noch nicht soweit«, rief Mrs. Wan aus der Küche.

Jemma brachte Loftys Habseligkeiten herbei. Davies öffnete die Keksdose und nahm den Holzkasten heraus. »Hier«, sagte er. »Hieran hab' ich denken müssen. Als Sergeant Emmanuel uns seinen Holzkoffer gezeigt hatte. Weißt du noch?«

»Doch nicht während ... du weißt schon ... als wir?«

»Nein. Mein Gott, nein. Hinterher. Post coitum.«

Sie lachte. »Dann sollten wir es öfter tun. Wenn's dir beim Denken hilft.«

»Hängt davon ab, wie die Zellen belegt sind«, meinte Davies. Er drehte das Kästchen in den Händen. »Die Verzierungen an Emmanuels gutem Stück haben mich drauf gebracht. Die Messingbeschläge und all das. Hast du mal einen Schraubenzieher? Diese Dinger stecken ganz fest drin.«

»Mehr als einen«, erwiderte sie. »Wenn man allein lebt, merkt man, daß man sie braucht.« Sie ging in die Küche und kam mit einem Besteckkasten aus Plastik wieder, aus dem sie drei Schraubenzieher herausfischte. Davies suchte sich einen aus und machte sich an die Arbeit. Er kniff die Augen zusammen. »Ein wundervolles Stück, dieser Kasten«, bemerkte er. »Echte Handwerksarbeit.«

Während er vorsichtig eine Schraube lockerte, kam die Chinesin aus der Küche und sah zu. »Schönel Kasten«, meinte sie.

Langsam drehte er die Schraube heraus. »Na so was«, sagte Davies. »Sieh mal ... die ist aus Holz.«

Walter Pitt, der Beerdigungsunternehmer, war gerade »mit einem Kunden beschäftigt«, wie er es taktvoll zu bezeichnen pflegte. Als Davies den Laden betrat und die Türglocke läutete, rief er: »Bin in einer Minute für Sie da«, eine Zusage, die er gleich darauf mit entgegenkommender Miene erfüllte.

»Ah, du bist's, Dangerous«, sagte er. »Komm mit durch.«

Davies betrat die Hinterräume nicht besonders gern; zum Glück war Walter so rücksichtsvoll, im Vorbeigehen einen Sargdeckel zuzuklappen. Allerdings machte er ihn gleich wieder auf, weil er seine Brille vermißte. Der süßliche Geruch nach Schellack und Blumen war überwältigend.

Walter war bekannt für mäßige Preise und anständige Leistung. Er polierte ohne hinzusehen mit einem Lappen an dem Sarg herum, den er gerade in Arbeit hatte; plötzlich hob er den Deckel an, als wolle er nachsehen, ob der Insasse sich auch noch darin befand. Davies war froh, daß er den Deckel wieder zumachte. »Schon wieder weg«, ärgerte sich Walter. »Passiert mir dauernd. Du glaubst nicht, Dangerous, wie viele Kugelschreiber ich schon verloren habe, und zwar da, von wo ich sie nicht zurückbekomme. Ganz zu schweigen von drei Brillen.«

Auf einem kleinen Beistelltisch mit grüner Decke stand ein Tablett mit Teekanne, Teetassen, Zucker und Milch. Walter schenkte zwei Tassen ein. »Im Moment gehen die Geschäfte gut«, meinte er. »Du würdest dich wundern, wie viele Menschen über Weihnachten und Neujahr noch ein paar Tage aushalten. In der ersten und zweiten Januarwoche belebt sich das Geschäft dann wieder.«

»Wie Winterschlußverkauf«, nickte Davies.

»Gewissermaßen. Manche Leute setzen eben alles daran, es noch bis ins neue Jahr zu schaffen.« Er blickte auf. »Kann ich etwas für dich tun, Dangerous, oder wolltest du nur mal reinschauen?«

»Ja, da wäre etwas, Walter«, erwiderte Davies. Er kramte in seiner Manteltasche nach einem Briefumschlag und nahm die Schraube von Loftys Kasten heraus. »Hast du so 'n Ding schon mal gesehen?«

Walters Gesicht leuchtete auf. »Sieh mal einer an«, sagte er und drehte die Schraube zwischen den Fingern. »Aus Holz, und wunderschön.« Er drehte sie dicht vor seiner Nase und brummte dabei anerkennend vor sich hin. Dann sah er auf. »Saubere Arbeit.«

»Hast du so eine schon mal gesehen?« wiederholte Davies. »Ich habe gedacht, wenn jemand etwas davon versteht, bist du's.«

»Danke, Dangerous«, sagte Walter geschmeichelt. »Aber ich muß sagen, gesehen hab' ich so was noch nie.« Er öffnete die Handfläche und ließ die Schraube darauf hin- und herrollen. »Sie ist wohl für etwas ganz Besonderes gedacht oder war es mal, denn sie ist sicherlich ein paar Jährchen alt.«

»Nicht einfach nur, um einen Holzkasten zusammenzuhalten?«

»Für einen ganz besonderen Kasten vielleicht schon. Aber sie ist sehr sorgfältig gearbeitet und so gut wie neu. Man könnte sie heute noch verwenden.« Seine Finger tasteten die Schraube ab. »Sehr stabil«, bemerkte er, »wirklich gut gedrechselt.« Er sah Davies an. »Ist es sehr eilig damit?« fragte er.

»Je eher, desto besser«, antwortete Davies. »Sie stammt von einem kleinen Schmuckkästchen. Es hat im ganzen zwölf Schrauben.«

»Schön, wenn ich diese hier ein Weilchen behalten darf, kann ich mich in der Zunft umhören. Vielleicht weiß jemand was.« Er fing wieder an, die Schraube auf der Handfläche rollen zu lassen und dabei fröhlich vor sich hin zu summen. »So was wird heute nicht mehr gemacht«, sagte er. »Heutzutage nicht.«

Miss Honoria Gladstone, ehemals im Justizvollzugsdienst Ihrer Majestät tätig, wohnte jetzt in einem kleinen, altertümlichen Gebäude mit schmalen Fenstern und einer schweren, eisenbeschlagenen Tür.

»Ursprünglich war es ein Pförtner- oder Gärtnerhaus«, erklärte sie, »aber es erinnerte mich ein bißchen an ein Gefängnis, so daß ich es mir sofort gekauft habe. Nach einem langen Berufsleben in Haftanstalten finde ich es sehr praktisch und behaglich.«

Davies bückte sich auf der Schwelle und folgte ihr fast im Kriechgang durch einen modrigen, engen Gang zu einem Raum, der einer Gefängniszelle nicht unähnlich war. Bücher und Papiere stapelten sich auf dem Boden und an den Wänden; der Schreibtisch vor dem Spitzbogenfenster stand wie in einem Krater zwischen den ringsum aufgehäuften Aktenbergen.

»Die Arbeit geht weiter«, begeisterte sich die alte Dame. »Ich sitze gerade an *Mädchen hinter Gittern.*« Sie legte ihm die überraschend zarte Hand auf den Ärmel und funkelte ihn durch ihre dicken Brillengläser hindurch an. »Es gibt heute nämlich nicht mehr viele, die sich für diese Sache engagieren«, sagte sie mit solchem Eifer, daß er erschrocken blinzelte. »Zum Glück«, setzte sie hinzu.

Sie kämpfte sich zum Schreibtisch durch, indem sie den Gassen zwischen den Büchertürmen folgte wie durch ein Labyrinth. Ein Zeitschriftenstapel kam ins Wanken, und Davies bückte sich ungeschickt, um die Lawine anzuhalten beziehungsweise aufzusammeln.

»Liegenlassen, liegenlassen«, rief Miss Gladstone. »Das ist die Arbeit für das nächste Jahr – *Der Preis ist hoch: Weibliche Kriminalität und Strafe.*« Sie zeigte vage mit dem Finger: »Da drunter muß irgendwo ein Stuhl sein.«

Davies ging in die angezeigte Richtung und förderte unter Büchern einen Holzstuhl zutage, auf dem eine plattgedrückte Katze saß.

»Aha«, sagte Miss Gladstone, »hier hast du dich versteckt.« Sie drohte dem Tier mit dem Finger und sagte zärtlich: »Los, Holloway, verzieh dich.«

Die Katze gähnte und glitt davon. »Manchmal läßt sie sich nicht mal mit Futter aus dem Versteck locken«, erklärte die alte Dame. »Angeborener Fluchtinstinkt.« Offenbar gefiel ihr dieser Ausdruck, denn sie hielt ihn sofort auf einem kleinen Notizblock fest. Davies schob weitere Bücher zur Seite und konnte sich endlich setzen.

»Ich kann mir nicht denken, womit ich Ihnen noch weiter behilflich sein könnte«, meinte Miss Gladstone und spähte wie ein Adler über ihren Schreibtisch. »Ich habe natürlich das Foto aufgehoben und auch darüber nachgedacht, aber obwohl ich hinsichtlich der britischen Frauengefängnisse eine Autorität bin, oder sagen wir *die* Autorität, so heißt das ja nicht, daß ich jede einzelne Inhaftierte kenne oder wiedererkenne.«

»Ehe ich Ihnen auf der Weihnachtsparty das Original in die Hand drückte, hatte ich mir, wie Sie wissen, ein paar Abzüge davon gemacht. Einen davon habe ich vergrößern lassen.« Er nahm das Foto aus dem Briefumschlag. »Auf der Vergrößerung ist ein Detail zum Vorschein gekommen, allerdings vielleicht nur eine Kleinigkeit.«

Er reichte der alten Dame das nun auf 20 mal 30 Zentimeter vergrößerte Bild hinüber. »Hm, eine Schönheit ist sie nicht«, meinte Miss Gladstone. »Die hätte bestimmt nicht an unserem Nähkurs teilgenommen.« Sie sah auf. »Das war immer eine besondere Clique«, erklärte sie.

Davies beugte sich vor. »Was beim Vergrößern herausgekommen ist«, sagte er und zeigte mit dem Finger auf die rechte obere Ecke des Bildes, »ist das hier. Wenn Sie genau hinsehen, fällt dort ein schwacher Sonnenstrahl durch eine Art Kirchenfenster mit einem Rundbogen. Man kann es gerade eben noch erkennen.«

»Chelmsford«, sagte Miss Gladstone ohne Zögern. »Ungefähr 1935 bis 1937. Die Häftlingsfotos wurden in der Kapelle gemacht.«

Er stieß die Tür zum Dienstraum vor Wut so heftig auf, daß Detective Constable Sanderson von dem Stuhl herunterfiel, mit dessen Hilfe er versucht hatte, seinen auf dem Schrank versteckten Tennisschläger herunterzuholen.

»Herrgott, Verzeihung, Sanderson«, sagte Davies und stellte erst den Stuhl und dann den Kollegen auf die Beine. »Ich bin bloß so sauwütend.«

»Deine beiden Kerle?« Sanderson begutachtete eine gerissene Saite in seinem Racket. »Freigesprochen?«

»So gut wie«, schimpfte Davies. Er griff sich drei von den Wurfpfeilen und holte aus. »Verfluch- ... te ... Richter!« rief er und zielte jedesmal auf die Scheibe. Drei Mal daneben. Er ließ sich auf den Stuhl fallen. »Sechs Monate – ausgesetzt auf Bewährung!« grollte er. »Sechs Monate ist schlimm genug. Als der Idiot sagte: ›Bewährung‹, wäre ich beinahe hin und hätte ihn erwürgt.«

»Dafür hättest du 15 Jahre bekommen«, tadelte Sanderson. »Die müssen sich eine gute Verteidigung ausgedacht haben.«

Davies quollen fast die Augen aus dem Kopf. »Verteidigung? Weiß Gott. Sie haben behauptet, sie wären angegriffen worden.«

Das haute selbst Sanderson um. »Angegriffen? Von der alten Dame?« Es war nicht zu glauben. »Wie alt ist sie? 75?«

»78«, sagte Davies zähneknirschend. »Zwei 18jährige Kerle, und die behaupten, sie ist zuerst auf sie losgegangen.«

Er stützte die Stirn in die Hände und bemerkte erst jetzt den Zettel auf seinem Schreibtisch. »Ein Anruf für dich«, erläuterte Sanderson. »Festnahme in Hampstead. Shiny Bright. Er verlangt dich zu sprechen. Sagt, er hat Informationen für dich – was immer das heißen soll.«

»Hampstead? Shiny?« staunte Davies. »Ziemlich exklusive Gegend, für ihn.« Er blätterte nach der Nummer und wählte.

»Bright«, sagte der Sergeant am anderen Ende. »Kennst du den?«

»Dauerkunde, mehr oder weniger«, antwortete Davies. »Worum geht's diesmal?«

»Hauseinbruch. Ist über den Wachhund gestolpert.«

»Typisch Shiny. Und will mich sprechen?«

»Will irgendwen oder -was verpfeifen und bildet sich ein, dann lassen wir ihn mit einem Klaps auf die Finger laufen. Interessiert?«

»Ich komm' gleich rüber. Laßt ihn nicht entwischen.«

»Bestimmt nicht. Die Zellentür hat nämlich offen gestanden, und er hat es irgendwie geschafft, sich von innen einzuschließen.«

Bright saß im Verhörzimmer am Tisch wie ein kleiner Junge mit schlechtem Gewissen.

»Also, Shiny, was soll das?« fragte Davies und zog sich einen Stuhl heran. »Hoffentlich hast du mich nicht den ganzen Weg herkommen lassen, um mir zu erzählen, es tue dir leid.«

»Es tut mir aber leid, Dangerous«, sagte der zierliche kleine Ganove. »Daß ich nämlich auf dem Scheißhund rumgetrampelt bin. Hat mir den Hosenboden zerrissen.«

»Pech. Man sollte eben nicht in fremde Häuser einbrechen. Dafür wirst du nun eingebuchtet, ausgerechnet, wenn die warme Jahreszeit kommt.«

»Ich hab' Informationen, Dangerous.« Bright richtete sich hoffnungsvoll auf. Seine Augen glänzten. »Vielleicht krieg' ich was erlassen.«

Davies beugte sich vor. »Du weißt, daß ich dir nichts versprechen darf, Shiny. Absolut nichts. Andererseits kenne ich da ein paar Richter, die spendieren dir am Ende noch Geld aus der Armenkasse und lassen den Hund einschläfern.« Er streckte den Kopf noch weiter vor. »Was für Informationen?«

»Also, du weißt doch, wie du den Kinderwagen aus dem Kanal gefischt hast. Vor zwei, drei Monaten. Den von Lofty Brock.«

»Ja«, sagte Davies langsam. »Was ist damit?«

»Ich hätte da ein paar Informationen.«

Davies beugte sich noch weiter vor. »Was für welche, Shiny?«

»In der Nacht, als Lofty ertrunken ist . . .«

»Am 6. Oktober«, sagte Davies.

»Meinetwegen. Also, ich wollte in einer Fabrik am Kanal ein kleines Ding drehen. In der, wo die Uhren sind.«

»Ja . . . Shurrock.«

»Genau. Na ja, ich hab' da ein bißchen herumgeschnüffelt. Alles war ruhig. Es war so etwa halb zwölf, daran erinnere ich mich noch, weil ich nämlich rechtzeitig zur *Tele-Universität* zu Hause war. Also, zuerst wußte ich nicht, wie ich reinkommen sollte. Alles fest verschlossen. Dann probierte ich auf gut Glück die Eingangstür, und ich dachte, mich rührt der Schlag, sie ging auf. Einfach so, und ich war drin. Ich dachte, sie haben vielleicht ein bißchen Kleingeld in den Schubladen, also stöberte ich ein wenig herum, war aber nix.« Er sah Davies fragend an.

»Es wurde kein Einbruch gemeldet, Shiny«, sagte Davies, so geduldig er konnte. »Also los. Du hast da etwas gesehen.«

»So ist es, Dangerous, und das will ich jetzt aussagen. Wird es dann vor Gericht berücksichtigt, Dangerous?«

»Sag mir, was du gesehen hast, Shiny.«

»Autos. Zwei oder drei Autos auf der Straße und Scheinwerfer. Türenschlagen und so weiter. Ich konnte nicht genau sehen, wo.

Ich war viel zu aufgeregt, weil ich dachte, es sind die Bullen. Ich weiß auch nicht, wie viele es waren, weil ich mich geduckt hatte. Dann hörte ich etwas röcheln.«

Davies' Augenbrauen gingen in die Höhe. »Röcheln?«

»Wie wenn jemand gewürgt wird. Ich sah gerade noch, wie ein Kerl einem anderen irgendwas auf den Kopf haute. Mensch, ich hab' mir fast in die Hose gemacht. Ich dachte, in was ich da wohl reingeschlittert bin.«

»Hast du sie gesehen? Wie sahen sie aus?«

»Nur schattenhaft, Dangerous, ich konnte ja nicht viel erkennen. Dann hörte man eine andere Art Krach. Stimmen, aber keine englischen. Du kennst doch das Gittertor am Ende von der Stichstraße, am Kanal, ich bin da ja selbst rübergeklettert. Ich hab' gehört, wie es aufgemacht wurde, und dann waren da Schritte und ein Schrei, wie wenn jemand zu Tode erschrocken ist. Später, als ich von Lofty Brock erfuhr, habe ich gedacht, daß er das vielleicht war. Ich hab' etwas ins Wasser klatschen gehört, irgend etwas oder irgend jemand . . .«

Davies starrte ihn an. »Ehrlich«, sagte der kleine Bright, »ich habe mir das nicht ausgedacht.«

»Was war dann?«

»Ich hab' mich versteckt. Ich hab' mich versteckt, so gut wie noch nie im Leben zuvor, ich hatte solches Herzklopfen, daß ich Angst hatte, sie hören es. Ich war zu Tode erschrocken. Ich hab' mich unters Fenster gehockt und mich nicht gemuckst, bis ich die Autos wegfahren hörte. Das war vielleicht fünf Minuten später. Dann hab' ich noch ein bißchen gewartet und schließlich die Nase rausgesteckt. Da waren sie weg, alles war still und dunkel. Da bin ich raus, hab' die Tür hinter mir zugezogen und bin über den Zaun nach Hause.«

Davies sagte: »Und das hast du nicht der Polizei gemeldet?«

Der Knirps sah ihn gekränkt an. »Ich erzähle es dir doch gerade, Dangerous.«

»Hallo, Mr. Shurrock. Ich bin's. Wieder mal.« Davies ließ sich schwerfällig vor dem Schreibtisch nieder, über den hinweg Adrian Shurrock ihn wie ein aufgescheuchtes Kaninchen anstarrte.

»Mr. Davies«, sagte er. »Sie sind es. Was hat Sie hergeführt?«

»Die alte Sache. Was die Polizei als Sonderermittlungen bezeichnet. Was macht das Theater?«

»Ah ... unsere Laienbühne. Witzigerweise haben wir kurz vor Weihnachten das Stück *Ein Inspector kommt* von Priestley aufgeführt. Es wurde sehr gut aufgenommen.«

Davies lachte herzlich. »Bin leider noch nicht zum Inspector aufgestiegen, Mr. Shurrock, aber gekommen bin ich, soweit stimmt's.« Er beugte sich vor. »Es geht um den alten Mann, der letzten Herbst im Kanal zu Tode gekommen ist. Am 6. Oktober, wissen Sie noch?«

»Ja, natürlich. Aber ... sind Sie immer noch hinter der Sache her?«

»Die Aufklärung mancher Fälle dauert eben leider etwas länger. Man findet immer nur Mosaiksteinchen.« Er zückte sein Notizbuch und leckte mit Amtsmiene an seinem Bleistift, worauf der schmächtige, junge Mann mit einem Anflug von Besorgnis reagierte.

»Ich hab' alles gesagt, was ich weiß«, meinte er, als wolle er sich verteidigen.

»So, haben Sie das«, entgegnete Davies. »Haben Sie eine Minute Zeit, damit wir das noch mal durchsprechen?«

»Wir haben viel zu tun«, protestierte Shurrock. Er sah zur Tür, um sicher zu sein, daß sie geschlossen war. »Aber wenn ich Ihnen damit helfen kann.«

»Das können Sie bestimmt«, brummte Davies, während er versuchte, seine handschriftlichen Notizen zu entziffern. »Nun also. Beim letzten Mal, als ich hier war, haben Sie ausgesagt, in dieses Gebäude sei noch niemals eingebrochen worden.« Shurrocks kümmerlicher Schnurrbart begann zu zittern wie die Barthaare einer Maus.

»Ich hab' doch gesagt, wir beschäftigen nachts eine Wachfirma.« Das kam sehr nervös heraus.

»Das ist nicht der Punkt«, fuhr Davies unerbittlich fort. »Gab es irgendwann einen Einbruch? Sie haben das verneint.« Er beugte sich vertraulich nach vorn. »Sehen Sie, ich glaube, daß Sie nicht die Wahrheit gesagt haben. Meiner Meinung nach ist hier jemand genau in der Nacht eingebrochen, von der die Rede ist, nämlich am 6. Oktober. Ich weiß sogar die Uhrzeit. Es war halb zwölf, denn der Einbrecher war rechtzeitig zur *Tele-Universität* wieder zu Hause.«

Shurrocks bleiches Gesicht bekam rosa Flecken. »Gut, gut, da war was«, sagte er. »Aber bis jetzt wußte ich noch nicht mal, daß es sich um einen Einbruch gehandelt hat. Jemand hat etwas gesucht, ein paar Schubladen standen offen, aber es gab nicht das geringste Anzeichen für ein gewaltsames Eindringen.«

»Ja, weil Sie die Eingangstür offengelassen hatten«, versetzte Davies.

Shurrock schlug die Hände vors Gesicht. »Oh Gott, hab' ich das?« stöhnte er. »Das erklärt natürlich alles. Am anderen Morgen waren alle Türen geschlossen.«

»Weil der Einbrecher die Tür hinter sich zugemacht hat.«

»Ja, das ist mir jetzt klar.« Er schielte ein wenig trotzig über die Fingerspitzen hinweg. »Aber man ist ja nicht gesetzlich verpflichtet, jeden Einbruch zu melden, oder? Wenn man es gar nicht will?«

Davies war sich nicht ganz sicher und fragte lieber zurück: »Warum wollten Sie es denn nicht? Warum haben Sie mich belogen, als ich Sie gefragt habe?«

»Ich hatte Gründe dafür«, sagte Shurrock. Er stand auf und starrte aus dem Fenster, als wäre er eingesperrt. »Diese Firma gehört meinem Vater, und der hält nichts von mir. Er nennt mich einen Schlappschwanz und macht sich vor anderen Leuten über mich lustig, daß sie sich halb totlachen. Ich bin hier nur, weil meine Mutter durchgesetzt hat, daß er mir einen Arbeitsplatz gibt.«

Davies schüttelte mitfühlend den Kopf. »Und wenn Sie einen Fehler machen, nämlich die Einbrecher reinlassen, wollen Sie es ihm nicht eingestehen?«

»Er würde mich in Stücke reißen. Ich würde auf der Stelle rausgeschmissen.« Er sah schwach und verloren aus. »Ich wüßte nicht, wohin, jedenfalls nicht zu dem Gehalt, das ich hier bekomme. Er darf es einfach nicht erfahren. Herrgott, hier hat es mal gebrannt, da hat er behauptet, ich sei leichtsinnig gewesen – war wohl auch so –, und als einmal eine ganze Warenlieferung verschwunden war, weg wie in Luft aufgelöst, da hat er mir auch das in die Schuhe geschoben. Dieser Einbruch hätte das Faß zum Überlaufen gebracht.«

Davies seufzte und stand auf. »Vielleicht interessiert es Sie, zu erfahren, daß Sie durch die unterlassene Anzeige und durch Ihr Schweigen, als Sie zum ersten Mal befragt wurden, meine Nachforschungen um mehrere Monate verzögert haben.« Er knallte sein Notizbuch zu.

»Tut mir leid, Mr. Davies. Das Leben ist so kompliziert, nicht wahr?«

»Kann man wohl sagen.« Davies ging in Richtung Tür.

»War's das dann?« sagte der junge Mann. »Ich werde nicht mehr behelligt?«

»Kann ich nicht versprechen«, entgegnete Davies. »Vergessen Sie nicht, abzuschließen.«

Bei ›Blissen Ltd Pharmazeutika‹ saß diesmal eine andere junge Dame am Empfang. Sie zupfte gerade ihre Augenbrauen, bevor sie ihre Arbeit für heute beendete.

»Feierabend?« fragte Davies.

»Um fünf«, erwiderte sie energisch. Sie war pummelig und wenig attraktiv. Davies versuchte zu entdecken, was sich an ihren Augenbrauen verbessert hatte.

»Ist Mrs. Harrer noch da?« erkundigte er sich.

»Na klar!« sagte das Mädchen verächtlich. Es klang ganz so, als würde sie zum Wochenende kündigen. »Und er auch. Mr. Harrison.«

»Gut. Würden Sie mich bitte melden?«

»Kann ich nicht«, war die Antwort. »Telefoniert gerade. Die quasselt noch stundenlang. Ich hab' um fünf Uhr Schluß.«

»Das sagten Sie bereits.«

»Warum gehen Sie nicht einfach rauf? Er ist oben. Der alte Spinner.«

Davies dankte ihr höflich und wünschte alles Gute für den neuen Job, wo immer das sein mochte. »Woher wissen Sie das denn?« fragte sie.

Er ging den Korridor entlang, blieb anstandshalber am Fuß der Treppe stehen und rief hinauf. Ein grauhaariger Mann mit eckigem Unterkiefer ließ sich sehen. »Wer ist da?« knurrte er unwillig. »Wir schließen gerade.«

»Mr. Harrison?« sagte Davies und stieg schwerfällig die Stufen empor. »Wie war's in Las Palmas?«

Der Mann war verblüfft. »Las Palmas? Das ist Monate her. Wer sind Sie?«

»Polizei. Detective Constable Davies«, erläuterte Davies und präsentierte seinen Dienstausweis wie ein Zauberer die Pik-As-Karte. »Ich werde Sie nicht lange aufhalten.«

Nebenan wurde ein Telefonhörer aufgelegt, und gleich darauf ragte die riesige Mrs. Harrer in den Korridor. Sie war anscheinend noch umfangreicher als beim letzten Mal und mußte sich seitwärts durch den Flur schieben.

»Guten Abend, Madam«, sagte Davies. »Sie erinnern sich, ich war schon einmal hier, als Mr. Harrison in Las Palmas war.«

»Ja, stimmt«, bestätigte die Frau argwöhnisch, »und jetzt sind Sie schon wieder da. Wegen etwas anderem?«

Davies schüttelte den Kopf. »Nein, nein. Dieselbe Angelegenheit.«

»Worum handelt sich's?« wollte Harrison wissen. Er drehte den Kopf hin und her, als erwartete er eine stereophone Antwort.

»Ein Betrunkener ist in den Kanal gefallen«, antwortete Mrs. Harrer. »Ich habe Ihnen davon berichtet.«

»Ach so.« Er sah Davies prüfend an. »Das war wohl vor einigen Monaten. Kommen Sie doch herein. Im Flur ist es ein bißchen eng.«

Davies bekam einen wütenden Blick von der Frau zugeworfen, während sie in das Büro stapfte. Als alle drei sich gesetzt hatten, war der Raum bis zur letzten Ecke ausgefüllt.

»Die englische Polizei braucht lange Zeit, um die unwichtigsten Fälle aufzuklären«, kritisierte Mrs. Harrer. Sie hatte sich hinter den Schreibtisch gewälzt, und Harrison saß daneben auf einem Stuhl.

Davies breitete die Handflächen aus. »Gewiß, manchmal dauert es eine kleine Ewigkeit.«

»Was hat das alles mit uns und unserer Firma zu tun?« fragte Harrison. »Ich kann mich an nichts erinnern, nur, daß der Ertrunkene ein Penner war.«

»Mit Ihnen hat es nichts zu tun, außer daß es hier vor der Tür passiert ist.«

»Aber doch in der Nacht?«

»So ist es.«

»Na also. Nachts ist niemand hier«, trumpfte Mrs. Harrer auf. »Das hatte ich Ihnen schon gesagt.«

»Sehr richtig. Aber wird nicht hin und wieder etwas angeliefert? In Lastwagen, nach Einbruch der Dunkelheit?«

Harrison schien überrascht. »Keineswegs«, antwortete er. »Wir bekommen unsere Lieferungen nur während des Tages. Nachts ist ja auch kein Personal zum Ausladen da.«

»Wenn ich mich richtig erinnere ...«, sagte Davies. Er hielt inne und blätterte in seinem Notizbuch. »Sie betreiben in der Hauptsache den Großhandel mit Arzneimitteln aus dem europäischen Ausland.«

»Das ist im wesentlichen das, was wir tun.«

»Wie kommen die Waren hierher?«

»Auf alle mögliche Weise«, meldete Mrs. Harrer sich gereizt zu Wort. »Mit dem Schiff, manchmal auch auf dem Luftweg.«

»Das heißt hauptsächlich über Heathrow?«

»Heißt es nicht«, sagte Harrison. »Heathrow, Gatwick oder Birmingham.«

»Und der Seeweg?«

Harrison wurde allmählich ungeduldig. »Dover, Weymouth und andere Häfen. Aber ich sehe verdammt noch mal nicht, was das mit einem ins Wasser gefallenen Landstreicher zu tun hat.«

Davies klappte sein Buch zu. »Ehrlich gesagt, ich auch nicht«, bekannte er. »Na, dann will ich mal gehen.« Er stand auf. »Uns liegt nur eine Aussage vor, daß in der fraglichen Nacht ein paar Wagen direkt vor dem Grundstück gehalten haben.« Er sah sie beide an. »Aber davon ist Ihnen nichts bekannt?«

»Nicht das Geringste«, sagte Harrison. »Geschäfte werden zur üblichen Geschäftszeit abgewickelt. Wenn hier irgendwelche Autos gehalten haben, dann hatten sie nichts mit unserer Firma zu tun. Sie verschwenden Ihre und unsere Zeit.«

»Sieht so aus«, mußte Davies zugeben.

»Damit ist nicht gesagt, daß sich keine Fahrzeuge auf der Straße befanden«, sagte Harrison. »Kann ja so gewesen sein, was weiß ich. Fragen Sie doch den Mann vom Wachdienst.«

Der Wachmann hatte gerade das Pförtnerhäuschen am Eingang des Industriegeländes betreten, um seine Arbeit zu beginnen. Davies hatte nicht oft jemand gesehen - nicht einmal in den Zeiten, als es bei der Eisenbahn noch uniformierte Gepäckträger gab -, dessen Äußeres derartig schlecht zu seiner Uniform paßte. Der Mann wirkte sehr jung, klein und mager, hatte ein Milchgesicht und runde, randlose Brillengläser. Er trug eine Mütze, die ihm zu groß war, und eine braune Uniformjacke. Er sah aus, fand Davies, wie ehemals die deutschen Hitlerjungen.

Sein Auftreten hatte jedoch nichts Anmaßendes. »Ich wollte eigentlich zur Polizei«, vertraute er Davies an. »Leider fehlte es ein bißchen an der Länge.«

»Ah ja«, sagte Davies. »Es gibt eine Mindestgröße.«

»Man könne ja denken, daß ich für diesen Job hier auch nicht besonders geeignet bin, kräftemäßig. Aber ich kann gut schreien. Meine Stimme ist in Ordnung.« Draußen neigte sich der feuchte, windstille Februarnachmittag seinem Ende zu. Durch die Straße bewegte sich ein Strom von Lichtern.

»Dann wollen wir mal sehen«, meinte Davies und schlug sein Notizbuch auf. »Nach Aussage Ihres Arbeitgebers hatten Sie am 6. Oktober letzten Jahres Dienst.« Er las den Namen ab: »Edwin Francis Curl.«

»Als der alte Mann in den Kanal gefallen ist«, entgegnete der Mann ohne Zögern. »Ja, das war ich. Ich bin danach gefragt worden, als Sie sich voriges Mal hier umgehört haben.« Er schielte unter der Brille hervor. »Dauert lang, bis Sie was rausfinden, oder?«

Davies seufzte. »Langsam, aber sicher«, erwiderte er. »Es ist also so, daß Sie die Aufsicht hatten.«

»Stimmt. Es war kein Wochenende, also muß ich hier gewesen sein. Ich mache den Job seit August.«

»Sie kommen um fünf.«

»Ja, gleich nach der Arbeit.«

»Und Sie bleiben bis acht Uhr morgens ... halt, was soll das heißen, gleich nach der Arbeit?«

Curl wurde verlegen. »Das hätte ich nicht sagen sollen«, tadelte er sich selbst. »So eine Dummheit.« Er blickte Davies flehentlich an. »Müssen Sie das weitergeben?«

»Wüßte nicht, warum«, sagte Davies achselzuckend. »Was ist denn Ihr regulärer Beruf?«

»Werkschutzmann«, war die Antwort. »Bei einer anderen Firma. Blaue Uniform. Besserer Job als hier. Natürlich muß man den ganzen Tag wach bleiben, weil es hauptsächlich um Personenkontrolle geht – wer rein und raus will und so weiter.«

»Also schlafen Sie nachts?«

»Muß ich ja. Hier gammelt man doch nur rum, wenn das Tor zu ist. Nach Mitternacht kann ich mich ein bißchen langmachen. Ich bringe mir sogar ...«, er wühlte in der großen Reisetasche, die er bei sich hatte, »meine Luftmatratze mit.«

»Müssen Sie denn nicht alle Stunde oder so Meldung machen?« fragte Davies.

»Hab' meinen Wecker«, setzte Curl selbstzufrieden hinzu, als er ihn herausholte.

»Aha. Ich verstehe.«

»Mit dieser Firma hier ist in punkto Sicherheit eh nicht viel los«, meinte der Kleine im Braunhemd verächtlich. »Beschäftigen ein paar ziemlich ungeeignete Typen, Vorbestrafte zum Beispiel ...«

»Und Sie? Vorstrafen?« fragte Davies schnell.

»Ich? Na ja ... ich hatte schon mal Ärger ... Pferderennen und Windhunde und so. Macht nichts, wenn ich Ihnen das sage, oder? Sie erfahren das ja wohl alles von Ihrem Computer.«

»Mit Leichtigkeit«, meinte Davies. »Wann nehmen Sie sich denn Zeit zum Essen?«

Curl breitete die kleinen Hände aus. »Wenn sich die Gelegenheit ergibt«, erwiderte er. »Ich muß zugeben, manchmal laufe ich schnell zum Fish-and-Chips-Laden.«

»Um welche Zeit?«

»Gewöhnlich so gegen neun.«

»Auch an dem bewußten Abend? Am 6. Oktober?«

»Weiß ich nicht mehr, aber ich würde denken, ja. Ich nehme jeden Abend eine andere Sorte Fisch.«

»Könnte es sein, daß Sie an diesem Abend zwischen, sagen wir, 10 Uhr 30 und 11 Uhr 30 nicht hier waren?«

»Der Fischladen macht um zehn zu.« Sein bartloses Gesicht sah plötzlich um Jahre gealtert aus. Die Augen hinter den blanken Brillengläsern bettelten Davies an. »Verraten Sie mich nicht, Mr. Davies, wenn's nicht sein muß. Ich brauche das Geld für meine drei Frauen.«

»Drei!«

»Ach, wissen Sie, es führt eben eins zum anderen.«

An der Tür bewegte sich etwas. Davies drehte sich um. Williams, der Manager der Geldschrankfirma, hielt einen Schlüssel aus seinem Wagenfenster heraus. Seine Miene verschloß sich, als er Davies erblickte. »Schon wieder Probleme?« fragte er.

»Gleiche Angelegenheit«, sagte Davies.

»Herrgott noch mal, immer noch der alte Knabe mit dem Kinderwagen?«

»Immer noch. Ich wollte gerade zu Ihnen, aber Sie sind offenbar auf dem Weg nach Hause.«

»Allerdings.« Der Wächter nahm den Schlüssel entgegen und ließ das Schiebetor hochgehen.

»Könnte ich Ihre private Telefonnummer haben? Ich würde Sie gern mal bei Gelegenheit anrufen.«

Williams blickte verärgert drein. »Aber ... ich sehe nicht ein, was ... na, gut, steht sowieso im Telefonbuch.«

Davies notierte die Ziffern, die Williams ihm angab. Der Manager wandte sich ohne ein weiteres Wort ab und fuhr durch das Tor hinaus.

»Der war nicht besonders begeistert, oder?« bemerkte Curl. Ein zweites Auto fuhr vor. Davies konnte Mrs. Harrer erkennen, die ihn vom Beifahrersitz aus kritisch ansah. Am Steuer saß Harrison. Davies ging die zwei Stufen hinunter. Die Riesendame kurbelte die Scheibe herunter. »Überstunden?« fragte sie säuerlich.

»Pflichtgefühl«, lächelte Davies mühsam. »Ich hätte Sie beide gern um Ihre private Telefonnummer gebeten.«

»Wozu?« Der harte deutsche Akzent wurde immer deutlicher. »Was ist los?«

»Vielleicht muß ich Sie mal nach Geschäftsschluß anrufen«, sagte er freundlich.

»Meine Nummer steht hier, auf dieser Karte«, sagte Harrison ungeduldig. Mrs. Harrer zögerte einen Moment und reichte dann ebenfalls eine Visitenkarte heraus. »Aber rufen Sie nicht zu nachtschlafender Zeit an.«

Curl setzte das Tor in Bewegung und winkte, während der Wagen sich langsam in den Verkehrsstrom einfädelte. »Sie machen die Leute ganz schön nervös«, bemerkte er.

Davies sagte: »Edwin, mein Lieber, lassen Sie sich einen guten Rat geben. Vielleicht nützt er Ihnen mal. Niemand läßt sich gern nach seiner privaten Telefonnummer fragen. Es verunsichert die Leute, macht sie unruhig.«

»Ach so«, meinte Curl. »Die Telefonnummer von dieser Mrs. Harrer hätte ich auch gern. Ich steh' auf so was.« Er sah Davies ein bißchen verschämt an. »Alle meine Frauen sind stattlich«; flüsterte er.

Davies sagte: »Ich möchte mich gern mal auf dem Gelände umsehen.«

»Jetzt?«

»Jetzt. Allein.«

»Ja, na ja, ist ja wohl in Ordnung. Ich meine, wenn ich Ihnen nicht vertrauen kann, wem dann?«

Kapitel 10

Die vielen Hautfarben, Religionen und Kulturen, die sich in dieser nordwestlichen Ecke von London zusammendrängten, hatten im Lauf der Zeit so manches in ihrem Lebensstil voneinander übernommen. Nirgendwo war dies deutlicher zu sehen als im Restaurant von Monsieur François Ramchand, der aus Auroville bei Pondicherry im ehemaligen Französisch-Indochina stammte, seine Ausbildung als Chef de cuisine in Kalkutta, Paris und Hendon erhalten hatte und sein Lokal ›Côte du Ganges‹ nannte.

Es war Montag abend; ein großer Tisch war frei, an dem sie das Curry à la maison zu sich nehmen und dann die Kärtchen ausbreiten konnten, die Mod mitgebracht hatte. Es waren Katalogkarten aus der Bibliothek, auf welchen Mod die spärlichen Anhaltspunkte in Druckschrift notiert hatte.

»Wie ein Quartettspiel«, meinte Davies pessimistisch, und Jemma sagte: »Nur daß nichts und niemand zusammenpaßt.«

Sie mischten die Karten noch einmal und versuchten es erneut, aber es ergab sich kein Zusammenhang, keinerlei Verbindung. »Es sei denn«, sinnierte Mod, »wenn wir diese neben diese legen ...« Er ordnete die Reihe neu an. »... und diese dahin. Dann haben wir eine Story, daß Mrs. Harrer einen Vater hatte, der Bewacher in einem Kriegsgefangenenlager in Schlesien war ...«

»Eine Frau wie ein Berg«, sagte Davies träumerisch. »Zum Beispiel das Jungfraumassiv.«

»Und ihr Vater«, fuhr Mod fort, »ermordete den echten Lofty Brock, wurde der Busenfreund von Sergeant Major Bing, lebte dann bis zum Ende seiner Tage in Clacton-on-Sea und kurierte seinen Husten mit Dr. Collis Browne's Hustensaft.«

Davies tippte niedergeschlagen auf die Karte mit der Aufschrift »Geschenk aus Clacton-on-Sea«. »Das Milchkännchen aus Clacton und das Gefängnis von Chelmsford, keine 50 Kilometer voneinander entfernt, das ist die einzige Andeutung von einem Zusammenhang. Die übrigen ...«, er schob die Karten auf dem Tisch durcheinander, »ergeben keinen Sinn. Wir haben das Häftlingsfoto der Dame ohne Namen. Aber alle Akten des Gefängnisses in Chelmsford sind im Krieg durch deutsche Bomben zerstört ...«

»... bombardiert vom Onkel der Jungfrau, einem Luftwaffenpilot«, phantasierte Mod.

Mod steckte seine Karten ein, und sie gingen auf die windige Straße hinaus. Es war jetzt März, eine mondhelle Nacht, und der Dampf über den Kühltürmen des Kraftwerks wurde wie langes Silberhaar am Himmel verweht. Mod wollte noch zum ›Wickelkind‹, und Davies begleitete Jemma nach Hause.

»Hast du dir mal überlegt, daß alle diese Fakten vielleicht wirklich nicht zusammenhängen?« fragte Jemma und hakte sich bei ihm ein.

»Du glaubst, daß ich mir einen Mordfall, ein Geheimnis konstruiert habe, wo es in Wahrheit kein Verbrechen gegeben hat; daß ich den großen Detektiv spielen will, weil ich in Wirklichkeit nur ein ganz kleiner bin«, sagte er niedergeschlagen. »Du hast mit Mod gesprochen.«

»Da die Kunst der Detektivarbeit nun mal auf Logik beruht: Meinst du nicht auch, daß aus der Tatsache, daß Lofty Brock eine bewegte, möglicherweise sogar kriminelle Vergangenheit gehabt hat, keinesfalls zwangsläufig folgen muß, daß diese Vergangenheit ihn in der bewußten Nacht eingeholt hat? Und wenn er noch so viele Geheimnisse gehabt hat – vielleicht ist er in den Kanal einfach reingefallen?«

»Er war aber eben nicht Lofty Brock«, beharrte Davies. »Er war jemand anders. Er wurde erst in der Gefangenschaft zu Lofty – wer weiß, aus welchem Grund.«

»So was ist, wie dir der alte Krieger erzählt hat, in Gott weiß wie vielen Fällen geschehen. Die Menschen haben die Gelegenheit benutzt, zu verschwinden und unter neuem Namen wieder aufzutauchen.«

»Aber Shiny Bright«, widersprach Davies bockig, »der hat an jenem Abend am Kanal etwas gesehen und gehört.«

Sie schob die Unterlippe vor. »Shiny Bright – nicht gerade ein zuverlässiger Zeuge.«

»Es gibt eine Antwort«, sagte Davies, während er neben ihr her trabte. »Es muß sie geben. Und irgend etwas auf diesem Gelände stimmt nicht. Ich habe mich da gründlich umgesehen.«

»Niemand läßt sich gern beobachten und ausfragen«, meinte Jemma energisch. »Die Leute bekommen es mit der Angst, sie verhalten sich auffällig, sie schauen dich komisch an. Das heißt noch lange nicht, daß sie Mörder sind. Was passiert eigentlich, wenn Harrison und Harrer oder Shurrock oder Williams zu deinen Vorgesetzten marschieren und sich über die Belästigung beklagen?«

»Hör auf«, sagte Davies und schloß die Augen. »Hör auf!« Er stolperte über einen Spalt im Straßenpflaster. Sie waren fast bei ihrer Tür angelangt. Sie drehte sich um und schlang die Arme um ihn. »Du bist wie Don Quichotte«, sagte sie. »Vielleicht kämpfst du gegen eingebildetes Unrecht.«

Er sah sie aufgebracht an, aber unter ihrem Lächeln schmolz seine Zornesmiene. »Vielleicht hast du recht«, seufzte er. »Ich bin halt nur dazu da, die kleinen Diebereien aufzuklären.« Er legte den Kopf an ihre Brust. »Hast du wieder Logiergäste?« fragte er.

»Heute nicht«, lächelte sie. »Übernachtung mit Frühstück ist noch zu haben.«

Sie küßten sich, und er sagte: »Danke.« Als sie die Wohnung betraten, läutete das Telefon. Sie nahm den Hörer ab. »Okay«, sagte sie schließlich, »wenn ich helfen kann ...«

Sie drehte sich zu ihm um und sah ihm die Enttäuschung an. Er stand im Flur an die Tapete gelehnt. »Kein Problem«, versicherte sie ihm. »Die Angelegenheit ist geregelt. Eine Zigeunerfamilie.«

»Oh«, sagte Davies, »vielleicht bringen sie ihr Pferd mit.«

»Halt den Mund«, lachte sie. »Hol uns lieber was zu trinken.«

Er sah ihr nach, wie sie ins Schlafzimmer ging. Im Wohnzimmerschrank war eine Flasche Scotch. Er schenkte zwei Gläser ein und füllte mit Wasser auf. Sie kam in einem pastellfarbenen Morgenrock zurück. Er reichte ihr den Scotch, und sie umarmten sich mit den Gläsern in der Hand. »Es wird langsam Bettgehzeit«, sagte sie dann.

»Mir recht«, meinte er. »Die Zigeuner können jeden Moment aufkreuzen.«

Sie kicherte wieder und zog ihn mit ins Schlafzimmer. Sie setzte ihr Glas ab und fing an, ihm Pullover, Schlips und Hemd auszuziehen. »Jetzt bin ich dran«, sagte er und schob die Hosenträger zur Seite. »Du wirst Augen machen.«

Er ließ die schwere graue Hose zu Boden gleiten und präsentierte sich in der langen Unterhose.

»Blau«, rief Jemma, »und hauteng!«

»Skifahrer tragen so was«, verkündete Davies stolz. »Hat der Verkäufer jedenfalls gesagt.«

Er setzte sich aufs Bett, schob sie ein Stückchen zur Seite und fing an, die langen Schläuche herausfordernd langsam herunterzukrempeln. Dabei pfiff er den Refrain des *Stripper*-Songs vor sich hin, verdrehte die Augen und rollte das blaue Baumwollzeug von den blassen Beinen, bis er es schließlich mit der großen Zehe von sich schleuderte.

»Oh, Dangerous!« Jemma fiel vor Lachen rücklings aufs Bett. Als sie das eine Knie anzog, ging ihr Morgenrock auf. Er legte sich neben sie und umarmte sie. »Du bist zu komisch, Dangerous«, sagte sie, solange sie noch etwas sagen konnte.

»Und du«, erwiderte er ernsthaft, »du bist zu schön. Du ... als wenn man eine goldene Uhr gewinnt.« Sie schlangen die Arme umeinander. Das Telefon schrillte.

»Die Zi-Za-Zigeuner«, trällerte Davies.

»Lassen wir's klingeln«, flüsterte sie. »Die können später anrufen.«

Er küßte sie zärtlich. »Geh nur hin«, seufzte er. »Sie mögen es sicher nicht, wenn man sie warten läßt.«

Sie ließ ihn nicht aus den Augen, während sie den Arm zum Telefon auf dem Nachttischchen ausstreckte. Dann reichte sie ihm den Hörer. »Für dich. Es ist Mod.«

»Dangerous«, sagte Mod. »Ich bin im ›Wickelkind‹. Bist du beschäftigt?«

»Ach, woher denn. Ich fing gerade an, mich zu langweilen.«

»Der Bestattungsmensch, dieser Wally Pitt, hat nach dir gefragt. Er hat was über die Schraube herausgefunden.«

Davies setzte sich mit einem Ruck auf. »Die Holzschraube? Und was hat er gesagt?«

»Nichts. Er will es dir selbst erzählen.«

»Gut. Ich ...« Er bemerkte die nackte Jemma. »Ich ruf' ihn morgen früh an. Danke dir, Mod.«

Er legte den Hörer auf. »Wally Pitt ...«, begann er.

»Ich weiß, ich hab's gehört«, sagte Jemmy. Sie fing wieder an zu lachen. »Weiß Gott, Dangerous, das letzte, was mich im Moment interessiert, ist eine Holzschraube.«

»Wally?«

»Hier Bestattungsinstitut Pitt.«

»Ist Wally, eh, Mr. Pitt, zu sprechen? Hier ist Detective Constable Davies.«

»Die Polizei?«

»Hm ... ja.«

»Er ist bei einem Kunden. Ich sag' ihm Bescheid.«

Davies war allein im CID-Dienstzimmer. Ein dünner Strahl der Frühjahrssonne stahl sich durch das verstaubte Fenster. Davies rutschte ein wenig zur Seite, um ihn einzufangen.

»Dangerous, hier ist Wally.«

»Hallo, Wally. Tut mir leid, wenn ich dich von der Kundschaft weghole.«

»Die kann warten. Das ist bei uns so. Weißt du, ich hab' mich mit dieser seltsamen hölzernen Schraube verlustiert.«

»Hab' ich gehört. Und?«

»Ich weiß noch nichts Näheres. Aber es gibt jemand, der dir bestimmt weiterhelfen kann. Wir haben unsere vierteljährliche Versammlung gehabt, in der Innung. Bei unserem üblichen Quiz – Diskussion diverser Fragen – habe ich die Schraube herumgehen lassen, ob jemand schon mal so eine gesehen hat. Natürlich habe ich angenommen, wenn eine Antwort kommt, dann von den Möbeltischlern. Aber nein, es meldet sich ein Sargkollege aus Paddington, Ben Phipps, und behauptet, sein Vater, von dem er das Geschäft übernommen hat, hätte mehrere solcher Schrauben besessen. Soweit Ben sich erinnert, waren sie aus einer Leiche herausgefallen.«

Davies fühlte, wie ihm selbst das Kinn herunterfiel. »Aus einer Leiche?« wiederholte er. »Herausgefallen?«

»Das hat er gesagt. Sonst kann er sich an nichts weiter erinnern. Es liegt wohl Jahre zurück.«

»Danke vielmals«, sagte Davies. »Es ist jedenfalls etwas. Ich weiß nur nicht genau, was.«

»Ich habe drüber nachgedacht, als ich wieder zu Hause war. Es gibt jemanden, der dir vielleicht ein bißchen mehr verraten kann. Hat mal im vorigen Jahr auf unserer Versammlung einen Vortrag über den Schwarzen Tod gehalten. Er heißt Kinlock, Dr. Christopher Kinlock, Medizinhistoriker. Er wohnt irgendwo an der Themse, im Dockland, da, wo man so schick renoviert hat. Du kannst ihn bestimmt ausfindig machen.«

Dr. Kinlock machte selbst die Tür auf. Anstelle einer Klingel gab es einen ungewöhnlich geformten Klopfer. »Das Haus hat vor 200

Jahren einem Apotheker gehört. Jetzt bin ich der glückliche Besitzer.« Er zeigte auf den gekrümmten eisernen Türklopfer. »Das«, sagte er stolz, »ist eine drei Generationen alte künstliche Hüfte, eine Prothese. Eignet sich hervorragend als Türschmuck, finden Sie nicht?«

Davies murmelte etwas Zustimmendes. Der Doktor führte ihn in die holzgetäfelte Diele und durch eine Glastüre in ein Zimmer, in dessen Kamin ein Gasfeuer loderte.

Ringsum an den Wänden waren in Vitrinen Teile der menschlichen Anatomie zur Schau gestellt. Durch eine offenstehende Tür konnte Davies in eine Bibliothek hineinsehen, wo ein Knochenmann unter Glas vor sich hingrinste. Es gab noch mehr Schädel und anderes Gebein, unbezeichnete Sammelstücke in Einmachgläsern und die Totenmaske eines glatzköpfigen Mannes. »Ein ungewöhnlicher Raum«, bemerkte Davies, während er vom Doktor einen Scotch entgegennahm.

»Eine ungewöhnliche Facette der Stadtteilsanierung«, lächelte Kinlock. »Es gibt ja nicht nur die ausgebauten alten Lagerhäuser.« Er war ein kleiner Schotte mit rötlichen Augenbrauen. »Eine gute Gelegenheit, interessante Objekte aus der Geschichte der Medizin zu sammeln. Ich mache dauernd neue Funde. Diese Totenmaske stammt von Michael Bakunin, dem Vater der modernen Anarchie, und ist eine von nur zwölf Exemplaren. Eines Tages möchte ich mir gern die Hoden von Napoleon kaufen.«

»Ein sehr begehrenswertes Objekt«, stimmte Davies zu.

»Aber Sie wollten mir eine Nuß zu knacken geben. Keine allzu harte für mich, denn ich glaube, ich weiß schon aus unserem Telefongespräch, worum es sich handelt.«

»Um diese hier«, sagte Davies. Er hatte zwei weitere Schrauben aus Loftys Holzkasten herausgedreht und sich die eine von Walter Pitt wiedergeben lassen. Er hielt die drei Schräubchen in der offenen Hand.

Kinlock pickte sich eins heraus. »Raffiniert gemacht«, erläuterte er mit einem nachdenklichen Lächeln. »Es wäre heutzutage nicht leicht, so etwas angefertigt zu bekommen. Es müßte ja ein sehr hartes Holz sein, und außerdem natürlich eins, das auf keinen Fall toxisch wirkt.«

»Wofür«, fragte Davies, »hat man sie verwendet?«

»In der Orthopädie«, sagte Kinlock lebhaft. »Man hat Knochen damit zusammengeschraubt.« Er drehte die Schraube zwischen den

Fingern, während er sich umdrehte und Davies in das nächste Zimmer voranging. Dort nahm er ein dickes rotes Buch aus einem Regal, setzte sich eine Brille auf und begann, die Seiten umzublättern. »Entwickelt«, faßte er zusammen, »in den 20er Jahren. Bahnbrechende Neuerung in der orthopädischen Chirurgie.« Er setzte erneut das Gewinde in drehende Bewegung. »Raffiniert«, wiederholte er.

Davies fragte vorsichtig: »Wie ... weit waren sie damals verbreitet?«

»Nicht sehr. Kurz darauf kam ja die Schraube aus Edelstahl auf. Die setzte sich natürlich durch, weil diese kleine Lady hier ziemlich knifflig und teuer in der Anfertigung war.« Er sah Davies fragend an. »Ich habe übrigens keine rechte Vorstellung, warum die Metropolitan Police das alles wissen will. Eine Geheimsache?«

»Nicht im geringsten. Entschuldigung. Ich hätte es vorweg erläutern sollen.«

»Nehmen Sie noch einen Scotch?«

»Danke, gern. Ich komme nicht oft hier herunter ins Dockland.«

Sie gingen in den anderen Raum zurück, und Davies erzählte dem Doktor beim Whisky von Lofty und seiner Schatulle. Kinlock schüttelte den Kopf. »Ich habe offen gestanden noch nie davon gehört, daß man sie für Holzarbeiten verwendet hätte, aber warum eigentlich nicht. Es wäre allerdings ein ziemlich teurer Kasten geworden.«

»Außer«, sagte Davies, »wenn man die Schrauben bei der Hand und keine andere Verwendung für sie hatte. Und wenn man die Arbeit aus Freude machte.«

»Zugegeben. Wie gesagt, Holzschrauben waren nicht sehr verbreitet, weil sie nur während eines relativ kurzen Zeitabschnitts verwendet wurden und weil die Operation sehr aufwendig war. Lassen Sie uns nachschauen, wer in den bewußten Jahren zu den Knochenklempnern gehörte und so prominent war, daß er als Erfinder einer neuen Technik in Frage käme.« Er stand auf und führte Davies zum zweiten Mal in seine Bibliothek. »Es gab damals weniger Spezialisten auf diesem Gebiet als heute«, sagte er. »Wir wollen mal sehen.«

Er nahm denselben Band vom Bücherbrett und las die Eintragung noch einmal durch. »Hier kommen ein paar Namen: Mr. Bernhard Helmer, Mr. John Cope – Cope war ein großartiger Mann –, Sir Thomas Hands, Sir Cyril Linder, Sir John Stanton.«

Er schrieb die Namen auf einen Block, während er sie vorlas. »Und jetzt schlagen wir im medizinischen *Who was who* nach. Die stehen alle da drin, weilen vermutlich sämtlich nicht mehr unter den Lebenden. Man muß ja mindestens 50 sein, um es bis zum ›Sir Cyril Linder‹ gebracht zu haben – jedenfalls war es früher so.« Er blätterte weiter. »Cope«, las er vor. »John Grey.« Er schob Davies das schwere Buch hin. »Schauen Sie selbst«, sagte er, »vielleicht fällt Ihnen etwas auf.«

Es dauerte zehn Minuten, bis er zu Sir Cyril Linder gelangt war. Er las laut: »Wohnsitz: Cape House, Frinton-on-Sea, Essex.« Und weiter unten: »Hobbies: Naturgeschichte und Archäologie, Antiquitäten, Möbeltischlerei. Vorsitzender der Ostenglischen Archäologischen Gesellschaft und der Denkmalschutzvereinigung in Essex; Präsident (auf Lebenszeit) des Vereins für Gefangenenrehabilitation.«

»Das ist er«, sagte Davies leise. »Denke ich jedenfalls.«

»Bestens«, meinte Kinlock. »Schön, daß wir Ihren Mann gefunden haben.« Er ließ Davies allein, damit er sich Notizen machen konnte. Dann tranken sie noch einen Scotch zusammen. Als Davies sich verabschiedete, fragte Kinlock bescheiden: »Ich wüßte gern, ob ich, wenn die Sache abgeschlossen ist, eine dieser Schrauben für mein Museum bekommen könnte. Ich hatte diese Dinger bis heute noch nie mit eigenen Augen gesehen.«

»Nehmen Sie alle drei«, entgegnete Davies und drückte sie ihm in die Hand. »An dem Kasten sind noch mehr. Sie haben mir sehr geholfen. Behalten Sie den ganzen Satz.«

Die Chorsaison hatte begonnen. Jemma mußte ihren Part in *Zadok The Priest* für ein Osterkonzert in Cricklewood einüben. Sie hatte sich bereit erklärt, Kitty vorübergehend bei sich aufzunehmen, und seitdem lagerte der Hund auf dem Sessel, der zuvor von Edie, dem sich ständig kratzenden Mann und anderen Unbehausten mit Beschlag belegt worden war. In seinem Revier hatte es plötzlich zahlreiche kleinere Einbrüche gegeben, und zeitraubende Nachforschungen waren nötig gewesen, so daß zehn Tage vergingen, ehe Davies einen Urlaubstag beantragen und nach Frinton-on-Sea fahren konnte.

»Seebad, altmodisch, aber exklusiv«, trug Mod aus dem Reiseführer vor, als sie im Vanguard ostwärts rollten.

»Beinah wie du«, sagte Davies. Auf der Rückbank stand eine Reisetasche mit Loftys Holzkasten.

Cape House, der Vorkriegswohnsitz des Chirurgen Sir Cyril Linder, war, wie Mod telefonisch herausgefunden hatte, in ein kleines Hotel umgewandelt worden. Bernard Linder, der Sohn von Sir Cyril, hatte als einziges Familienmitglied dort noch eine Wohnung.

Das Hotel war im Winter geschlossen, aber Mr. Linder hatte gesagt, man möge mehrfach klingeln. Sie versuchten es, im Februarregen die Schultern einziehend, ein paar Minuten lang, bis endlich eine Gestalt in wehender Robe durch mehrere Glastüren hindurch wie ein Gespenst sichtbar wurde.

Die Türen mußten der Reihe nach aufgeschlossen werden, und sie sahen durch die nassen Scheiben hindurch zu. Schließlich stand Mr. Linder ihnen gegenüber, eine verblaßte Erscheinung in einem langen, gemusterten Morgenmantel. »Tut mir leid, tut mir leid!« rief er liebenswürdig, als er endlich die Tür aufbekommen hatte. »Haben Sie lange gewartet? Ich stehe vor Ostern meistens überhaupt nicht auf.«

Sie folgten ihm in die feuchte, verlassene Hotelhalle. Die Ansichtskarten vom letzten Sommer wellten sich in ihrem Gestell, die Schlüssel hingen leblos an der Wand. Das Mobiliar war größtenteils mit Tüchern zugedeckt, nur im Speisesaal standen die Stühle auf den Tischen, als hätten sie Angst vor Mäusen.

»Sie sehen das Haus von seiner besten Seite«, sagte Bernard Linder mit einer Handbewegung über die trostlose Szene. »Wenn erst die verdammten Touristen kommen, ist es nicht mehr schön. Nichts als Tennisschläger und Kindergeschrei«, brummelte er und führte sie die breite Treppe hinauf.

»Seit wann ist dies ein Hotel?« fragte Davies.

»Seit 30 Jahren«, erwiderte Linder achselzuckend. »Am Anfang hatte es ein gutes Publikum, aber dann ist es traurig bergab gegangen. Ich denke mit Schrecken an Ostern. Sobald ich kann, ergreife ich die Flucht nach Frankreich und komme erst im Oktober zurück.« Er öffnete eine schwere, getäfelte Tür und lächelte gedankenverloren: »Aber dann habe ich das Haus wieder für mich.«

Er führte sie in ein weitläufiges, unaufgeräumtes Wohnzimmer mit großen Erkerfenstern, die auf die eintönige Meeresfläche hinausgingen. »Manchmal im Januar«, sagte er, »sitze ich im Bett und schaue stundenlang aus dem Fenster. Ich sehe kein Land, nur das Meer, das leere graue Meer. Oft ist nicht einmal ein Boot zu erkennen. Alles, was ich von der Außenwelt höre, ist das bißchen Straßenverkehr, der Bus nach Clacton. Er fährt jede Stunde.«

Sie setzten sich, während er ihnen einen trockenen Sherry einschenkte. Davies dachte an Colonel Ingate in seinem einstürzenden Haus in Yorkshire. Es gab viel Einsamkeit auf der Welt. »Tut mir leid, daß wir Sie stören«, murmelte er.

»Keine Ursache. Ich muß mich sowieso langsam aufraffen, wir haben schon bald März. Sie wollten etwas über meinen verstorbenen Vater erfahren?«

Davies öffnete die Reisetasche und holte den Kasten heraus. »Ich wüßte gern, ob der Ihnen bekannt vorkommt.«

Linder stutzte. »Sieh da, sieh da«, sagte er und streckte die Hand danach aus. »Ich hätte nicht gedacht, daß mir einer von denen noch mal unter die Augen kommt.« Er hob den Kasten vorsichtig hoch und drehte ihn hin und her. »Seine Holzschraubenperiode«, meinte er.

»Könnten Sie ...«, Davies zögerte. »Könnten Sie uns etwas darüber sagen?«

»Wo haben Sie das Ding bloß her?« fragte Linder.

»Von einem alten Mann, der unter einem falschen Namen gelebt hat und im letzten Oktober unter ungewöhnlichen Umständen gestorben ist. Ich dachte, der Kasten könnte einen Hinweis auf seine Vergangenheit und seine Identität bedeuten.«

»Tatsächlich?« Linder sah auf. Seine blaßblauen Augen nisteten zwischen tiefen Runzeln. »Die Polizei gibt sich wahrhaftig viel Mühe, finde ich.«

Davies fing Mods Blick auf und räusperte sich. »Wir ... wir gehen den Dingen gern auf den Grund«, erwiderte er.

»Aber wie sind Sie denn auf mich gekommen? Clever, clever, muß ich schon sagen.«

»Das gehört zum Beruf«, sagte Davies und schluckte bescheiden. »Durch die Holzschrauben. Ich habe festgestellt, daß Ihr Vater zu den Chirurgen gehörte, die sie in den 20er Jahren vorwiegend verwendet haben. Der Fall scheint in mehr als einer Hinsicht mit der Gegend hier zusammenzuhängen – Clacton und das Frauengefängnis von Chelmsford.«

»Ach so. Ja, die Rehabilitation von Strafgefangenen – oder der Versuch dazu – war ein Hobby meines Vaters. Er hat mehrfach solche Leute in seinem eigenen Haus beschäftigt. Nicht mit hundertprozentigem Erfolg, wie mir heute scheint. Ich habe schon als Schuljunge von unserem Butler gelernt, wie man ein Türschloß aufbricht.«

»Das ist ja interessant«, warf Davies ein und beugte sich vor.

»So wie dieser Kasten«, meinte Linder. »Ich hatte früher mehrere dieser Art, habe mich aber von vielen Dingen getrennt, als das Haus zum Hotel wurde. Ich besitze nur noch einen einzigen.« Er stand auf und stellte umständlich sein Glas aus der Hand. »Als ich noch zur Schule ging, hatte ich eine Insektensammlung. Mein Vater hat mir die Kästen dafür gemacht. Einen davon habe ich noch.« Er ging in sein Schlafzimmer.

Während er draußen war, flüsterte Mod: »Hast du nicht manchmal das Gefühl, Dangerous, daß du durch einen langen, dunklen Hohlweg wanderst, der kein Ende hat?«

Davies nickte. »Ich sage mir immer wieder, daß es ein Ende gibt«, entgegnete er ebenso leise.

Bernard Linder kam wieder herein. »Der hat seit Jahrzehnten an der Wand gehangen«, erläuterte er und zeigte ihnen einen kleinen Rahmen aus Holz. Davies nahm ihn in die Hand, und dabei löste sich eins der mit Nadeln aufgespießten Geschöpfe von der Rückwand des Kastens.

»Entschuldigung«, sagte er verlegen. »Da ist etwas heruntergefallen.«

»Macht nichts«, erwiderte Linder. »Eine Wasserjungfrau. Diese Libellen sind unglaublich zart und zerbrechlich. Schauen Sie mal, wie schön der Rahmen gearbeitet ist.«

Davies nickte und fühlte die abgeschrägten Kanten mit der Hand. Er betrachtete die Eckverbindungen. »Hölzerne Schrauben«, sagte Linder an seiner Stelle. »Ich war ungefähr zwölf. Ich weiß noch, wie ich mich damals darüber gefreut habe.«

»Er benutzte also immer diese orthopädischen Schrauben aus Holz?« fragte Davies.

»Und solche aus rostfreiem Stahl«, ergänzte Linder. »Die Dinger lagen bei uns überall herum, wahrscheinlich hat er sie in der Klinik mitgehen lassen. Und als die Holzschrauben aus der Mode kamen, hat er ganze Schachteln voll davon mit nach Hause gebracht.« Er schüttelte den Kopf. »Er war ein sehr geschickter Bastler. Oft hat er aus Spaß gesagt, ein Chirurg sei fast dasselbe wie ein Tischler. Er machte Möbel, Bilderrahmen, alle möglichen Sachen, manche davon ganz exquisit, und er produzierte ständig Kästen in verschiedenen Größen, die er dann verschenkte. Er fertigte Briefschatullen in der Art des vorigen Jahrhunderts und allerlei Behälter für die Damen – für Parfüm, Taschentücher und dergleichen. Sogar winzigkleine Pillenkästchen. Er fand, daß diese Art von Arbeit ihn in der Übung hielt, besonders später, als es ihm gesundheitlich schlechterging.«

»Sie sagten, Ihr Vater habe gelegentlich Leute beschäftigt, die im Gefängnis gewesen waren.«

»Ja. Er war ein altmodischer Idealist«, nickte Linder. »Er wollte den Leuten eine Chance geben – einen fairen Start, pflegte er zu sagen. Leider waren die Betreffenden nicht alle so idealistisch wie er. Es gab ein paar sehr unglückliche Vorkommnisse, Diebstähle und dergleichen. Aber er hat den Glauben an die Menschen nie verloren.«

»Das will etwas heißen«, sagte Davies aus tiefem Herzen. Er faßte in seine Tasche und holte den Umschlag mit dem Gefängnisfoto der jungen Frau heraus. »Diese Person kennen Sie nicht zufällig, Mr. Linder?« Er reichte ihm das Bild hinüber. Bernard Linders Gesicht wurde starr. Er griff sich an den Hals.

»Gott im Himmel«, flüsterte er. »Nanny.«

Kapitel 11

»Prenderley, Mavis Anne. Verurteilt wegen Diebstahl«, las Mod vor. »Da haben wir's, Dangerous.« Er schlug den dicken Registerband so heftig zu, daß der Staub wie ein Atompilz bis zur niedrigen Kellerdecke aufwirbelte. Davies prallte hustend und blinzelnd rückwärts gegen die eisernen Aktenregale der Grafschaftsbibliothek. »26. März 1936«, sagte Mod. Er kniff die Augen hinter den dicken Brillengläsern zusammen und bewegte sich im Krebsgang an den spärlich beleuchteten Fächern entlang. Die roteingebundenen, goldverzierten Bände des Zeitungsarchivs standen kerzengerade aufgereiht im Halbdunkel wie eine verzauberte Parade von Spielzeugsoldaten, vergessen unter dem Staub der Zeit. »Dieser muß es sein.«

Er wuchtete den schweren Ordner von seinem Platz im Regal, trug ihn zu einem Tisch unter der Lampe und pustete den Staub in die Richtung von Davies, der zum zweiten Mal das Gesicht verzog und einen Schritt zurücktrat. Mod bemerkte nichts und fing an, die vergilbten Seiten umzublättern. Es hörte sich an wie Segelflattern im Wind. »Der 12., 19. . . ., hier kommt's, der 26. März. Jetzt weiß ich nicht mehr, welche Seite es war.« Er sah Davies hoffnungsvoll an. »Schlag noch mal im Register nach, Dangerous. Es ist ganz leicht.«

»Sogar für mich?« fragte Davies. Er schob sich rückwärts durch die engen Gänge zwischen den Eisenständern und suchte den großen Band heraus.

»Ich hab's!« rief Mod. »Schon gut, spar dir die Mühe. Hier steht's.«

Davies rückte, wie ein Soldat im Schützengraben, in seinen eigenen Fußspuren wieder vor. Mod hatte den Zeitungsband vor sich auf dem Tisch liegen. »Hier«, sagte er, »›Diebin macht Landhäuser unsicher.‹« Davies schob ihn zur Seite, um besser zu sehen, und beide überflogen die Zeitungsspalten, während Davies murmelte:

»›... nahm Stellung an ... gute Zeugnisse ... kundschaftete das Haus aus und ließ ein Fenster offenstehen für bislang noch unbekannten Komplizen.‹ Na schön, wenn der kleine Lofty zu irgendwas Talent hatte, dann zum Fassadenkletterer.« Er las weiter. »Hier steht, daß man ein paar von den gestohlenen Sachen bei ihr gefunden hat. Damals nannte man das ›Sore‹, erinnerst du dich? In den Comic-Heftchen unserer Jugend waren die Einbrecher immer maskiert und trugen Streifenpullis und hatten einen Sack bei sich, auf dem stand ›Sore‹.«

Mod rümpfte die Nase. »Wir haben aber den *Essex Chronicle* vor uns.«

»Schmuck und Tischsilber. Fünf Einbrüche an drei verschiedenen Orten«, sagte Davies. »18 Monate hat sie dafür bekommen.« Plötzlich beugte er sich dicht über die Seite. »Aber hier, warte, das ist interessant. ›Pfarrer Michael Jones, Gemeindepastor in Purwell-by-Sea, der die Prenderley und ihre Familie seit mehreren Jahren kennt, sagte zu ihren Gunsten aus. Sie sei einem skrupellosen Verführer in die Hände gefallen, der sie ausgenutzt habe, den sie aber trotzdem nicht nennen wolle.‹«

»Wo ist Purwell-by-Sea?« fragte Mod.

»Vermutlich nicht weit weg«, entgegnete Davies. Seine Nase hob sich, als schnupperte sie schon die Salzluft. »Wie wär's mit einem Ausflug ans Meer?«

Die steife Brise, Windstärke acht, kam über die Nordsee angebraust und schüttelte alles, von den Möwen bis zum Strandgras, gehörig durch. Schwarzsilberner Schlick erstreckte sich vom flachen Ufer bis zum aufgewühlten Wasser. Weit draußen trotzte ein einzelner Mann dem Wind und grub nach Angelwürmern, ohne nach rechts oder links zu sehen.

»Nicht gerade das richtige Wetter, um Sandburgen zu bauen«, meinte Davies zu dem Gastwirt.

»Sandburgen – hier?« fragte der Mann. »Sand haben wir schon seit vielen Jahren nicht mehr. Die Tide hat die Richtung geändert und schwemmt den Sand weiter unten an der Küste an. Purwell-by-Sea? Eher schon Purwell-away-from-the-Sea.«

»Aber der Fisch ist gut«, sagte Davies und zeigte auf den weißen Bissen auf seiner Gabel, wozu Mod zustimmend nickte. »Von hier?«

»Tiefkühlware«, erwiderte der Wirt gleichgültig. »Die Pommes auch.«

»Die Zeiten ändern sich eben«, bemerkte Davies philosphisch. »Nichts ist mehr wie früher.«

»Der Tisch da drüben ...«, der Wirt nickte zum anderen Ende des Raums hin. »Schauen Sie mal, wie stabil der ist. Früher haben die Männer in Holzschuhen darauf getanzt.«

»Sind Sie schon lange hier?« fragte Davies.

»Zehn Jahre. Das wird mein letzter Sommer.«

Der einzige andere Gast, ein Mann mit brauner Mütze, saß an dem stabilen Tisch. »Ich kann mich an den Holzschuhtanz erinnern«, rief er. »Und an die Wettkämpfe im Penny-Ditschen.«

Davies wandte den Kopf. »Erinnern Sie sich auch an eine Familie Prenderley?« fragte er den Mann, ehe er wieder den Wirt ansah. »Mit einer Tochter namens Mavis?«

»Zu meiner Zeit nicht«, meinte der Wirt. »Kennst du sie, Bert?«

»Wie lang soll das her sein?« fragte Bert zurück. »Ich hab' das Gefühl, den Namen kenne ich.«

»Vor dem Krieg«, entgegnete Davies. »Und wahrscheinlich sogar noch eine Weile nach '45.«

»Mir ist so, als hätten sie oben bei der alten Küstenwache gewohnt«, sagte Bert. »Aber genau weiß ich das nicht. Mein Gedächtnis ist auch nicht mehr, was es mal war.«

»Hier wohnen nicht mehr viele Leute von früher«, warf der Wirt ein. »Es hat sich viel geändert, allein schon zu meiner Zeit.« Er sah Bert an. Beide waren offensichtlich erfreut, daß Davies das Thema angeschnitten hatte. »Old Tommy müßte mehr darüber wissen.«

»Ja, ja, Old Tommy weiß Bescheid«, bestätigte Bert.

»Und wo finden wir Old Tommy?« fragte Davies.

Der Wirt lehnte sich über die Theke. »Drehen Sie sich mal um, und schauen Sie aus dem Fenster, da können Sie ihn sehen. Ganz weit draußen. Er gräbt nach Würmern.«

»Der ist uns schon aufgefallen«, sagte Davies, dem das Herz sank. »Wie lang bleibt er denn draußen?«

»Bis zum Abend«, erläuterte Bert. »Wenn er einmal draußen ist, bleibt er da, bis es dunkel wird oder die Flut kommt.«

»Die kommt um sechs«, sagte der Wirt stoisch. »Frühestens.«

»Kann man ihn nicht irgendwie benachrichtigen?« fragte Davies. »Vielleicht ... mit einem Sprachrohr?«

»Oder einen Jungen schicken, dem der Modder nichts ausmacht?« fiel Mod ein.

»Nach dem würde Tommy sich nicht mal umdrehen«, meinte der Wirt. »Ist es denn so eilig?«

Davies entschloß sich zu einem Risiko. »Polizei«, sagte er und zog den Dienstausweis aus der Tasche. »Wir müssen zurück nach London.«

»Hab' ich mir gleich gedacht«, brummte der Wirt.

»Ich auch«, schloß sich Bert an.

»Gibt es denn einen Weg da hinaus?« fragte Davies. »Einen sicheren?«

»Es gibt einen Weg durch das Watt«, nickte der Wirt. »Auf dem geht der Alte raus. Quer durch den Schlick. Ich hab' zwei Paar alte Stiefel, die kann ich Ihnen leihen.«

Mod hob die Hand. »Ein Paar genügt. Ich gehe nicht mit.«

»Hab' ich gewußt, daß du nicht mitkommst«, grollte Davies. Er bedankte sich bei dem Wirt, der auf Bert zeigte.

»Er kennt den Weg da raus«, sagte er. »Er würde wahrscheinlich mitgehen.« Berts schrumpliges Apfelgesicht zog sich noch mehr zusammen.

»Hab' mich zur Ruhe gesetzt«, meinte er.

»Zehn Pfund«, bot Davies.

»Dann geh' ich nach Hause, meine Stiefel holen«, sagte Bert.

Mod hatte sich in einer offenen Strandhütte niedergelassen, von wo man auf das Watt hinaussah. Hin und wieder wanderte ein mickriger Sonnenstrahl über die öde Landschaft, aber davon wurde der trübe Nachmittag auch nicht freundlicher.

»Hast du es dir gemütlich gemacht?« erkundigte Davies sich sarkastisch. »Oder möchtest du noch eine Wolldecke und eine heiße Thermosflasche?«

»Beides wäre nicht übel«, erwiderte Mod. »Andererseits bin ich bereit, ein gewisses Maß an Entbehrungen auf mich zu nehmen, so wie du.« Er sah dem Freund zu, der sich mit den riesigen grünen Gummistiefeln abmühte. »Ich warte hier«, versprach er.

»Halbe Stunde brauchen wir«, sagte Bert. »Hin und zurück.« Er setzte die dünnen Beine in den Wasserstiefeln steif, aber entschieden voreinander wie ein hochbeiniger Seevogel. Der Wind schnitt ihnen ins Gesicht. Davies knöpfte seinen altgedienten Mantel bis oben zu. Bert überquerte die karge Wiese und betrat den steinigen Strand. Davies folgte ihm nach einem letzten langen Blick zurück zu Mod, der ihm liebevoll nachwinkte. Davies fluchte.

Die Kieselsteine knirschten wie Nußschalen unter seinen Schritten, Möwen kreischten und ließen sich in den Himmel tragen, der Wind kam angebraust wie ein Hagel von Pfeilen. Bert kämpfte sich vorwärts. »Bleiben Sie hinter mir«, rief er über die magere Schulter gewandt, aber der Wind verschlang die Worte, kaum daß sie gesprochen waren. »Wenn Sie einsinken, müssen Sie rufen.« Er hatte auf Vorauszahlung bestanden.

Davies musterte den leeren Horizont mit zusammengekniffenen Augen. Schlamm, nichts als bleigrauer, mattglänzender Schlamm, soweit das Auge reichte. Es gab kleine Rinnsale, trügerisch glatte Wassertümpel wie tote Augen und runde Löcher, in denen es tintenschwarz blubberte. Weit, weit draußen, viel weiter entfernt, als es zuerst den Anschein gehabt hatte, sah man die nach Würmern suchende Gestalt von Old Tommy.

Bert fand geschickt den Weg über unsichtbaren festen Untergrund, über kleine Felsbrocken und über Strecken, wo Trittsteine ausgelegt waren, die eine Art Fußpfad bildeten. Arme und Beine sternförmig von sich gestreckt, um das Gleichgewicht zu halten, den kleinen Kopf in der Strickmütze hierhin und dorthin wendend, ging er voran, während Davies sich abmühte, ihm zu folgen. Der rauhe Wind sichelte über die Wattflächen, wirbelte Davies' Mantelaufschläge hoch, reizte Nase und Augen zu Wasserströmen und brannte auf der Haut. Zweimal stolperte Davies in den saugenden Schlamm hinein und schrie unwillkürlich auf, aber der Wind trug den Schrei nach hinten weg. Jedenfalls erreichte er Bert nicht, der, wenn auch schwankend, unbeirrt vorausstapfte wie ein geübter Langläufer, der einen Anfänger mühelos hinter sich läßt.

Davies spürte die Anstrengung immer stärker. Das Gewicht der hohen, enganliegenden Wasserstiefel, das Marschieren gegen den Wind und auf schwankendem Boden, das alles zehrte an der Kraft des eingefleischten Stadtmenschen. Auf der Hälfte des Weges drehte er sich um und sah Mod behaglich in der Strandhütte sitzen. Er schwenkte zornig die Faust, worauf Mod, die Geste mißdeutend, freundlich zurückwinkte.

Bert war einige Minuten vor Davies bei dem Wurmsammler eingetroffen und stand bereits, nachdem er sich durch einen Rundumblick orientiert hatte, neben Old Tommy, der jedoch kein Interesse zeigte und sich weiter mit seinem Spaten abgab. Groß und naß wie ein Walroß blieb Davies stehen und beobachtete die beiden Gestalten vor dem weiten, blasser werdenden Himmel.

Schließlich gelangte er an eine Art Felsrücken, den Ebbe und Flut flach geschliffen hatten, und legte die letzte Pause ein. Noch ein paar Schritte durch den Schlick in Berts Fußstapfen, und er hatte die beiden erreicht, keuchend zwar, doch triumphierend. Die zwei Einheimischen standen wortlos beieinander. Old Tommy grub, und Bert starrte den Horizont an, wie um zu ergründen, was dahinter lag. Auch Davies' Ankunft erregte keine besondere Aufmerksamkeit. Old Tommy schaute kaum zu ihm hin, als er endlich dastand, die Stiefelschäfte zu drei Vierteln mit Schlamm bedeckt, der Mantel bespritzt, mit schmerzenden Rippen und brennendem Gesicht, während sein Mund sich lautlos öffnete und schloß. Schließlich hatte sich Davies soweit gefangen, daß sein Schrei gegen den gellenden Wind Bert erreichte: »Haben Sie ihn gefragt?«

Bert sah leicht gekränkt aus. »Was gefragt?« brüllte er zurück.

»Nach den Prenderleys?« schrie Davies.

»Ach so. Ich dachte, Sie fragen ihn selbst.«

Davies begann, zornig zu werden. »Vielleicht kann er mal einen Augenblick mit Graben aufhören?«

»Wenn er will«, kreischte Bert. Er legte seine Hand auf Old Tommys kräftigen Ellbogen. Der Wurmsammler richtete sich widerstrebend auf. Für einen so alten Mann war er sehr groß und kräftig, sein Gesicht zerfurcht, die Augen schienen blutunterlaufen.

Er drehte dem Wind den Rücken zu. »Was wollen Sie?« bölkte er.

Davies wich zurück und verlor fast den Halt, blieb aber auf den Beinen und schrie, so laut er konnte: »Ich bin Detective Constable Davies ...«

»Was?«

»Detective Constable ... Herrgott ... was für ein Wind! ICH BIN – – – POLIZEI!« Einen Moment lang glaubte er, sich verständlich gemacht zu haben, denn der Alte blickte Bert an und runzelte die Stirn. Dann aber kehrten seine Augen zu Davies zurück.

»POLIZEI!« brüllte Davies gegen das Sturmgeheul.

»Er hört nichts«, sagte Bert mit fast normaler Lautstärke zwischen zwei Windstößen. »Stocktaub, schon jahrelang.«

Davies fiel beinahe rücklings in den Schlamm. Er sah den schmächtigen Alten entgeistert an. »Taub?« gröhlte er. »Mann Gottes, warum haben Sie das nicht gesagt?«

»Sie haben mich ja nicht gefragt«, rief Bert, ein wenig schuldbewußt. Er sah erst auf Tommy, der sich mit dem Inhalt seines Wurmeimers beschäftigte, und dann auf den verdämmernden Horizont. »Aufs Festland«, meinte er. »Locken Sie ihn an Land. Haben Sie einen Fünfer?«

»Wofür?«

»Winken Sie ein bißchen damit.«

»Ach so ... ich verstehe. Meinetwegen. Mein Gott, was für ein Theater!« Auf unsicheren Beinen im Schlick stehend, brachte Davies es fertig, eine Fünf-Pfund-Note aus der Brieftasche zu ziehen. Er hielt sie noch zögernd in der Hand, als ein plötzlicher Windstoß, der im Hinterhalt nur darauf gewartet hatte, sie ihm aus den Fingern riß. Davies schrie auf, und Bert sah unbewegt zu, wie der blaue Geldschein über das Watt davonsegelte. »Verdammt und zugenäht«, fluchte Davies.

»Da hinten ist er«, zeigte Bert. »Meilenweit weg.« Und mit einem Anflug von Mitleid: »Den kriegen Sie nicht wieder.«

Inzwischen hatte Old Tommy, der anscheinend nichts von dieser dramatischen Einlage gemerkt hatte, die Würmer in seinem Eimer gezählt. Er richtete sich auf, ergriff Spaten und Eimer und machte sich, ohne ein Wort oder eine Geste zu verschwenden, auf den Rückweg. Bert nickte Davies zu und kehrte ebenfalls um, und Davies, müde und geschlagen, wie er war, bildete das Ende des kleinen, langsamen, heimwärts ziehenden Heeres. Den Wind hatte er nun im Rücken und fühlte sich von hinten geschoben wie von jemand, der die Ermutigung ein bißchen übertreibt. Er hielt dagegen und setzte seine Schritte mit Vorsicht. Er wand sich geschickt zwischen nacktem Gestein und trügerischen Prielen hindurch und dachte gerade bei sich, er stelle sich immer geschickter an, als er plötzlich ins Wanken kam und der Wind ihn durch einen heimtückischen Stoß zwischen die Schulterblätter zu Fall brachte. Er fiel auf die Knie und versank mit den Armen bis zu den Ellbogen im eiskalten Schlamm. Sein Aufschrei erreichte Bert, der sich lässig umdrehte, aber keine Anstalten machte, ihm zu helfen, sondern abwartend stehenblieb. Er sah tatenlos zu, wie Davies seine Arme mühsam aus dem Watt zog und, von Angst und Zorn getrieben, schließlich aus eigener Kraft wieder auf die Füße kam.

»Sieht mir so aus, daß Old Tommy Ihren Fünfer entdeckt hat«, plauderte Bert unbefangen, als Davies ihn eingeholt hatte. »Da schauen Sie, dort drüben.«

Der Ködersucher hatte einen Haken geschlagen und hüpfte wie ein Jüngling über Lachen und Wasserrinnen. Jetzt bückte er sich und hob den Geldschein auf, der in einem Tümpel schwamm und wie ein Schiff an der schützenden Mole an einem Steinbrocken angelegt hatte. Mit einer schnellen Armbewegung schob Tommy den Schein in die Tasche und setzte seinen Weg zum Ufer fort.

»Wenn einer taub ist, kann man schlecht mit ihm streiten«, bemerkte Bert philosophisch.

Er stakste vorsichtig weiter, Davies voll Erbitterung hinterher. Dunkelheit und die Tide waren im Anzug, das Wasser spülte schon um die Gummistiefel. Davies spähte nach der Schutzhütte am Strand, wo er Mod gerade noch erkennen konnte. Zwei schemenhafte Gestalten saßen neben ihm. Old Tommy hatte das Grasland erreicht, und Bert befand sich dicht davor. Als Davies näher trat, erkannte er, daß die beiden Neuankömmlinge Polizeiuniform trugen. Tiefer konnte ihm das Herz kaum sinken. Langsam ging er auf sie zu, während der Boden unter seinen Füßen fester wurde. Ein Streifenwagen stand vor dem Wirtshaus; der Fahrer sah ihn und setzte über Funk eine Meldung ab.

Davies war ein Eisklotz, durchnäßt, zerschunden und mit Schlamm bedeckt. Seine Zähne klapperten, und er hatte das Gefühl, sich keinen Schritt mehr weiter schleppen zu können. Old Tommy verschwand mit seinem Eimer in der Richtung, aus der das letzte Tageslicht leuchtete, und auch Bert verdrückte sich in der wesenlosen Dämmerung. Einer der beiden Polizisten, die rechts und links von Mod saßen, erhob sich und kam Davies entgegen. Ein Sergeant.

»Guten Abend, Sir«, sagte er. »Haben Sie Angelwürmer gesucht?«

Aus dem Innern seiner Schlammpackung warf Davies ihm einen haßerfüllten Blick zu. Seine Arme und Beine fühlten sich wie gefrorenes Holz an. »Nein«, entgegnete er sarkastisch, »ich bin nur eben mal von Dänemark herüberspaziert.«

Kapitel 12

»Wer sich breitschlagen läßt, das Polizeifest zu organisieren«, jammerte Inspector Joliffe im Polizeipräsidium der Grafschaft Essex, »hat nicht alle Tassen im Schrank.« Er hatte die Arme vor sich auf der Tischplatte verschränkt und blickte Davies so kummervoll ins Auge, als rechne er fest auf Mitleid, welches dieser, nach anfänglicher Überraschung, sich zu äußern beeilte.

»Ganz meine Meinung, Sir«, sagte er. »Polizisten haben an allem etwas auszusetzen.«

»Gestern abend, die Party in Southend«, stöhnte Joliffe. »Für mich war es jedenfalls das letzte Mal. Ich kann Ihnen sagen, ich war ganz schön erleichtert, als es Zeit war für den letzten Walzer. Oder für den letzten Seufzer, was mich betraf. Von den Tombolagewinnen war die Hälfte spurlos verschwunden, die Kapelle war zum Verzweifeln, und eine der miteingeladenen Ehefrauen hat eine Polizistin geohrfeigt.«

Davies wiegte teilnahmsvoll das Haupt. »Die sind oft rabiat. Wir mußten bei uns sogar mal die Polizeistreife rufen.«

»Wir brauchen sie nicht zu rufen, die warten sowieso vor der Tür mit den Pusteröhrchen«, regte Joliffe sich auf. »Das sind mir feine Kollegen, drücken sich vom Betriebsfest und vermasseln auch noch den anderen das Vergnügen.« Er hämmerte hilflos mit den Unterarmen auf die Tischplatte ein.

Davies sagte: »Sie haben völlig recht, Sir. Sie lassen einen pusten, und dann hat man nichts zu lachen. Solche gibt's bei uns auch.«

Der Inspector schüttelte den Kopf und nahm die Arme vom Tisch. Das erinnerte ihn anscheinend daran, daß er hier saß, um Davies zu verhören. »Also, worum ging es?« fragte er. Er nahm ein Schriftstück in die Hand und hielt es hoch, so daß Davies sein Gesicht nicht mehr sehen konnte. »Was Polizisten angeht, die ein wenig zu eigenmächtig handeln«, sagte er hinter seinem Papiervorhang. »Wir mußten Sie festnehmen.« Das Blatt Papier senkte sich. Seine Augen wirkten beunruhigt. »Worum ging es denn nun?«

»Nachforschungen«, antwortete Davies hilflos.

»Nachforschungen?« wiederholte Joliffe energischer als bisher. »Aber Sie können doch nicht einfach herkommen und Nachforschungen anstellen. Nicht so ohne weiteres. Es gibt den Dienstweg. Wir können der Metropolitan Police nicht erlauben, so einfach ohne unsere Zustimmung in Essex, auf unserem Grund und Boden, zu ermitteln. Sie wissen doch, daß es so etwas wie eine Genehmigungspflicht gibt.«

»Jawohl, Sir, selbstverständlich«, murmelte Davies zerknirscht.

»Das würde ja sonst ausufern. Da war der alte Herr in Frinton, Mr. Linder. Sie sagen ihm, Sie kommen von der Polizei, aber er sieht Sie in einer Rostlaube wegfahren, die ganz offensichtlich kein Polizeifahrzeug ist, und natürlich ruft er uns an. Übrigens, Sie haben doch hoffentlich die Bescheinigung über die vorgeschriebene technische Fahrzeugüberprüfung?«

»Oh ja, Sir. Die muß irgendwo sein.«

Joliffe kritzelte etwas auf den Rand des Berichts. »Die zeigen Sie bitte vor«, brummte er, »zusammen mit Führerschein und Versicherungskarte. Bei Ihrem nächstgelegenen Polizeirevier.«

»Jawohl. Natürlich. Wenn ich das nächste Mal zum Dienst gehe«, sagte Davies. »Eigentlich hätte ich heute vormittag im Büro sein sollen, ich mußte mich telefonisch entschuldigen. Deswegen wollte ich gestern abend die Sache aufklären.« Ihm fiel auf, daß er in denselben plump-vertraulichen Ton verfallen war, den jeder kleine Gauner anschlägt, wenn man ihn in die Enge treibt. »Ach, übrigens«, bemerkte er, »zufällig kenne ich einen Freund von Max Bygraves. Wenn Sie nächstes Jahr das Polizeifest ...«

Joliffe hob den Kopf und sah Davies aufmerksam an. »Max Bygraves?« fragte er. »Ob Max Bygraves wohl herkommen würde? Vielleicht, wenn Sie mal anfragten?«

»Möglich«, murmelte Davies halbherzig. »Bei diesen Leuten weiß man nie. Vielleicht, wenn er auf der Durchreise nach irgendwohin ist ...«

»Hier draußen gibt's kein ›irgendwohin‹«, sagte Joliffe und starrte auf die Landkarte an der Wand, als wolle er ganz sicher gehen. »Nur Ipswich. Und nach Ipswich wird er ja wohl nicht reisen, oder? Und außer Ipswich gibt's hier herum nichts, nur Watt.«

»Ich weiß«, sagte Davies mit Nachdruck, »ich habe dringesteckt.«

»Ah ja. Darüber wurde gestern abend auf dem Ball herzlich gelacht.« Er musterte Davies, als ob er erwartete, Schlammspritzer zu sehen. »Die Kollegen haben Sie wohl gesäubert.«

»Oh ja. Sie waren sehr nett.«

»Und verpflegt.«

»Ja. Und übernachten durfte ich im Aufenthaltsraum. Die Arrestzellen waren vermutlich belegt.«

»Ja, ja. Wir sind gar kein so übler Haufen«, lächelte Joliffe. »Bei den Festivitäten wird leider das Schlechte nach oben gekehrt, sage ich mir immer.« Er seufzte nachdenklich. »Unglücklicherweise ist dieses ...«, er tippte bedauernd auf den Bericht, »schon in die Maschinerie geraten, in den Computer. Und Sie wissen so gut wie ich, daß man es dort nicht wieder herausbekommt. Selbst wenn Sie die Rolling Stones nach Chelmsford brächten, könnten wir nichts für Sie tun. Wenn es einmal in der Mühle steckt, bleibt es drin für immer und ewig.«

»Ich werde Schwierigkeiten bekommen«, gestand Davies.

»Was hatten Sie eigentlich vor? Sie sind ja nicht gerade sehr taktvoll vorgegangen. Erst erschrecken Sie den alten Knaben in Frinton, dann marschieren Sie in die Kneipe in Purwell-by-Sea und erzählen lauthals, Sie kämen von der Polizei. Der Wirt hat uns ebenfalls angerufen.«

»Dabei hat er mir seine Gummistiefel vermietet«, entrüstete sich Davies.

»Was haben Sie denn da draußen im Watt gesucht?«

»Einen Einheimischen, der beim Angelwürmersuchen war. Ich wollte ihm ein paar Fragen stellen. Aber er war stocktaub.«

»Was für Fragen? Was wollten Sie wissen?«

»Es geht um einen gewissen Lofty Brock«, sagte Davies. »Obwohl ... das war nicht sein richtiger Name. Er ist tot. Ertrunken in einem Kanal.«

Joliffe drehte den Bleistift zwischen den Fingern zum Zeichen, daß ihm solche Geschichten nur allzu bekannt waren. »Wenn das so ist, warum haben Sie sich nicht an die Vorschriften gehalten?« fragte er. »Die Ermittlungen hätten wir übernommen. Wir können schließlich auch die Leute verhören, genauso gut wie die Metropolitan Police.«

»Es war nicht offiziell«, druckste Davies herum. »Eher eine private Untersuchung.«

»Ach, so ist das«, sagte Joliffe kopfschüttelnd. »Auf eigene Faust. Das ist nicht erwünscht. Bei uns nicht.«

»Bei uns auch nicht«, nickte Davies düster.

»Und Sie waren in Purwell, um sich nach diesem Toten zu erkundigen, diesem Brock?«

»So ist es. Ich suche eine Familie Prenderley. Ich dachte, der alte Mann, dieser Tommy, würde sie vielleicht kennen.«

»Und ob er sie kennt«, sagte Joliffe. »Seine eigene Sippschaft.«

Als Davies endlich hinter dem Steuer des Vanguard saß und auf die verregnete Straße starrte, machte er seinem Herzen Luft. »Seine eigene Sippschaft. Der taube alte Hurensohn ist ein Prenderley. Warum hat mir das in der Kneipe keiner gesagt? Die stecken alle unter einer Decke, und diese Decke ist so schmutzig wie der verdammte Schlamm, in dem sie leben.«

Mod fragte vorsichtig: »Erinnerst du dich genau, was sie gesagt haben, Dangerous?«

»Ja, ja, sprich nur weiter. Erzähl mir, was ich falsch gemacht habe - wieder mal.«

»Es fällt mir erst in diesem Augenblick auf«, meinte Mod. »Als du in der Kneipe die Frage nach den Prenderleys gestellt hast, war es einen Moment still, und dann hat der Wirt den Mann in der Ecke gefragt ...«

»Den guten alten Bert«, warf Davies zähneknirschend ein.

»Eben. Und Bert hat davon gesprochen, daß die Prenderleys bei dem Küstenwachhaus gewohnt hätten. Dann hat der Wirt zu Bert so etwas gesagt wie ›Old Tommy müßte das wissen‹, und Bert hat geantwortet, ja, das müßte er wohl. Natürlich mußte er - weil er ja zu der Sippe gehörte. Aber da gab es etwas, das sie dir nicht mitteilen mochten. Das sollte Tommy, falls er wollte, dir selbst sagen.«

»Zufälligerweise tobte jedoch ein Sturm, und der Alte war stocktaub«, brummte Dangerous.

»Ist er der letzte lebende Prenderley?«

»In der Gegend hier ja. Sie stammen von hier. Der Inspector, dieser Joliffe, hat mir gesagt, daß es in Southend noch einige Prenderleys gibt. Es ist, oder war mal, eine bekannte Familie.«

»Oder eine berüchtigte. Immerhin war eine von ihnen im Kittchen, weil sie Silber gestohlen hat.«

Davies seufzte, und aus dem Seufzer wurde ein Stöhnen der Entrüstung. »Und die ist es, die den Mann kennt, den wir Lofty Brock nennen«, sagte er. »Oder gekannt hat. Vielleicht ist sie längst tot.« Aus lauter Frust trat er so heftig auf das Gaspedal, daß der Wagen auf dem nassen Straßenpflaster schlingerte und schlidderte.

»Langsam, langsam«, warnte Mod. »Das war weit über 60!«

»Wir werden es niemals erfahren«, lamentierte Davies, während er den Wagen wieder in den Griff bekam. »Wenn ich nur noch einmal meine Nase in deren Jagdrevier stecke, dann gute Nacht. Ich kriege ohnehin genügend Ärger.«

»Was können sie dir tun?«

»Dafür, daß ich die Autorität untergraben habe? Daß ich ohne offiziellen Auftrag in fremdes Gebiet eingedrungen bin – und mich habe erwischen lassen? Vergiß nicht, wir waren zusammen in Yorkshire und Hampshire, und ich bin allein nach Bedfordshire gereist, um die Gefängnistante auszuhorchen. Alles zusammen kann leicht dazu führen, daß ich mich demnächst hinter dir in der Schlange beim Sozialamt anstellen muß. Andererseits, vielleicht drücken sie ein Auge zu und stecken mich wieder in die Uniform.«

»Degradieren?« Mod war entsetzt. »Ach, Dangerous«, klagte er. »Ich dachte nicht, daß die Situation so ernst ist. Kann ich irgendwas für dich tun?«

»Ja«, sagte Davies mißmutig, »versuche, nicht darüber zu lachen.«

Er hatte sich ordentlich zurecht gemacht, sein Haar gründlich gebürstet und den Blazer herausgeholt. In der halben Stunde, die sein Vorgesetzter ihn warten ließ, versuchte er im Dienstraum der Kriminalpolizei vergebens, sich mit einer alten Ausgabe der *Police Gazette* abzulenken. Auch die bot ihm keinen Trost: Auf den Beförderungslisten war offenbar jedermanns Name verzeichnet außer seinem eigenen.

Als Superintendent Vesty ihn endlich holen ließ, war er gerade auf der Toilette, und es entstand eine weitere Verzögerung, während man überall nach ihm rief. In der Eile rutschte ihm der Hosenträger aus der Hand und traf ihn heimtückisch mitten ins Auge. Als er bei seinem Vorgesetzten eintrat, liefen ihm die Tränen über das Gesicht.

»Sie lassen sich Zeit, was, Davies?« tadelte Vesty. Vor ihm stand ein Aktenordner mit der Aufschrift »Boxsport«.

»Verzeihung, Sir. Ich war austreten.«

»Was haben Sie denn am Auge?«

Davies tastete nach seinem Taschentuch, fand es nicht und wischte die Tränen mit dem Handrücken ab. »Bißchen erkältet, Sir.«

Vesty, ein Mann mit gebeugtem Rücken und abstehenden Ohren, fragte nicht weiter. Er beugte sich über die Akte. »Kennen Sie Wilfred Gamage?« wollte er zerstreut wissen. »Jugendlicher, schwarz. Glaubt, er kann boxen.«

»Ja, Sir, ist mir bekannt. Genannt Wilful Damage.«

»Es geht um den Boxkampfabend der Polizei.« Vesty trommelte auf dem Aktendeckel herum. »Er möchte gegen einen Polizisten antreten.«

Davies merkte, wie er erbleichte. »Dafür bin ich ein bißchen zu alt, Sir«, flüsterte er heiser.

Vesty sah ihn entgeistert an. »Mein Gott, Sie doch nicht, Davies. Sie lassen sich ja oft genug im Dienst zusammenschlagen.« Dann fiel ihm anscheinend der Zweck der Audienz wieder ein, und er griff nach einem maschinengeschriebenen Brief mit ein paar angehefteten Zetteln. Er seufzte und fragte: »Was zum Teufel haben Sie jetzt wieder ausgeheckt?«

»Ist es die Sache in Essex, Sir?«

Der Rücken des Superintendents schien noch gebeugter als sonst. »Was denn sonst? Haben Sie noch was auf dem Kerbholz?«

»Oh nein, Sir. Es hat sich alles nur etwas unglücklich entwickelt.«

»Hören Sie, Davies«, sagte Vesty nachdrücklich. »Sie wissen ganz genau, daß niemand – ich wiederhole, niemand – in einer anderen Grafschaft herumtrampeln darf ohne ausdrückliche Genehmigung. Sie wissen doch, wie empfindlich manche Leute sind. Wir hätten das auch nicht gern. Wenn einer von den Chelmsforder Kollegen sich einfallen ließe, plötzlich hier bei uns herumzuschnüffeln, würden wir ihm die Hölle heiß machen.«

»Ja, Sir.«

»Und weswegen das Ganze, wenn man fragen darf?« Er tippte auf den Brief in seiner Hand. »Was soll all das Gerede über Brock?«

»Lofty Brock«, verteidigte Davies sich. »Sie erinnern sich, im Kanal ertrunken, voriges Jahr im Oktober. Aber ich glaube nicht, daß es ein Unfall war ...«

Vesty knallte das Papier auf die Tischplatte. »Also wirklich, Davies! Sie wissen so gut wie ich, daß Sie sich die Dinge nicht einfach aussuchen können. Der Fall Brock ist ordnungsgemäß – das belegen die Akten – eröffnet und abgeschlossen worden. Es hat eine gerichtliche Untersuchung gegeben.«

»Ja, Sir. Todesursache ungeklärt.«

»Das Urteil ist mir scheißegal! Was mich angeht, ist, daß Sie sich an Orten herumgetrieben haben, wo Sie nichts zu suchen haben. Haben Sie hier nicht genug zu tun? Dieses Wochenende ist ein halbes Dutzend Parkuhren ausgeraubt worden – aufgebrochen, anscheinend mit einer Axt. Das sind wohl zu kleine Fische für Sie?«

»Nein, Sir. In der Sache Brock habe ich in meiner Freizeit ermittelt.«

Diesmal knallte Vesty die Faust auf den Tisch, und zwar so heftig, daß er selbst zusammenzuckte. »In der Freizeit! Das wird ja immer schöner.« Er stand auf, beugte sich vor wie ein umkippender Baum und drohte Davies mit dem Finger. »Sie haben wohl den Verstand verloren! Hören Sie damit auf, Davies, und zwar sofort. Auf der Stelle!«

Davies sah ihn unbehaglich an. »Ja, Sir ... hab' ich schon. Jetzt gerade. Mehr oder weniger.«

»Nichts da mehr oder weniger!« explodierte der Superintendent. »Sie sitzen in der Scheiße, Mann, das können Sie mir glauben. Ich habe das nicht mehr in der Hand, ich muß es nach oben weitergeben.« Er sah Davies giftig an. »Sonst noch was? Haben Sie noch was zu Ihrer Entschuldigung zu sagen?«

»Nein, Sir, nichts«, murmelte Davies. »Gar nichts.«

Der Seufzer, mit dem Vesty sich wieder hinsetzte, kam so laut heraus wie das Gas aus einem Ballon. »Wenn so etwas häufiger vorkäme, würde die Metropolitan Police, wie wir sie kennen, zusammenbrechen«, sagte er laut. »Hoffen wir, daß man Sie gnädig davonkommen läßt.«

»Das hoffe ich auch, Sir«, entgegnete Davies. Er stand auf. Vesty starrte schon wieder zornerfüllt auf den Brief.

»Sie sind wirklich nicht bei Trost!« wiederholte er. »Gibt's nicht genug Verbrechen, ohne daß Sie noch welche dazuerfinden?«

Als Davies am Abend dieses Tages im ›Bali Hi‹, Furtman Gardens, zum Essen herunterkam, sank ihm das Herz beim Anblick seiner ganz allein in steifer Haltung am Eßtisch sitzenden Ex-Gattin. Mod hatte nämlich eine Vorladung vom Arbeitsamt bekommen, der er mit schwerem Herzen gefolgt war; Minnie Banks befand sich in ihrem Abendkurs über »Kosmetik und persönliche Ausstrahlung«, Mr. Smeeton hatte ein Engagement zu ungewöhnlich früher Stunde, und Mrs. Fulljames befand sich, in kulinarische Dunstschleier eingehüllt, in der Küche.

»n' Abend«, sagte Davies höflich und setzte sich auf seinen Platz am anderen Tischende. Das schmutzigweiße Tischtuch lag wie ein Abgrund zwischen ihnen. »Ganz ordentliches Wetter für diese Jahreszeit«, bemerkte er.

»Du hast mein Leben zerstört«, versetzte Doris und sah auf ihr Gedeck nieder. »Völlig zerstört.«

»Bitte nicht jetzt«, flehte Davies. »Ich hatte einen grauenvollen Tag auf dem Revier.«

»Für mich ist jeder Tag grauenvoll«, schnupfte sie. Sie nahm das Tischmesser in die Hand und legte es wieder hin. »Du hast mein Leben zerstört.«

»Das sagtest du bereits. Aber warum das jetzt aufwärmen? Es ist viele Jahre her.«

»Viele Jahre«, nickte sie. »Getrennt, im selben Haus. So können wir nicht weitermachen.«

»Ja, aber ...«, Davies versuchte, ihre Logik zu erfassen. »Es ist doch bisher gutgegangen. Für alle beide. Wir treten uns nicht gegenseitig auf die Zehen.«

»Denkst du nicht mehr daran«, kam es plötzlich ganz leise, »wie wir beim Tanzturnier in Finchley die Gewinner beim Tango waren? Bedeutet dir das nichts? Damals warst du anders als jetzt. Es hat alles mit der Versetzung zur Kripo angefangen. Du hast die Uniform ausgezogen und zu trinken angefangen.«

»Trinken ist leichter ohne Helm auf dem Kopf«, erklärte er. »Es fällt auch weniger auf.«

»Mach du nur Witze«, gab sie zurück, »mach nur weiter so«, und brach in Schluchzen aus.

»Nicht weinen, Doris«, sagte Davies aufrichtig bekümmert. »Nicht hier.«

»Wo denn sonst«, jammerte sie, »etwa in meinem Schlafzimmer?«

»Du tust mir leid. Ehrlich.«

»Tu' ich ja gar nicht. Du gehst immer noch mit der Negerin.«

»Das ist eine Berufsangelegenheit. Und außerdem ist es meine Sache«, sagte er fest.

»Meine auch. Du bist mit mir verheiratet.«

Die Realität traf ihn wie ein Schlag. Fast hätte er gesagt: »Ja, das bin ich.« Statt dessen fragte er: »Würde die Scheidung dich glücklicher machen?« Darauf ließ sie den Kopf hängen. Die Tränen, die sich an ihren Wimpern angesammelt hatten, tropften auf das Tischtuch.

»Scheidung?« schniefte sie. »Scheidung? Wir können uns nicht scheiden lassen. Niemals. Die Schande würde ich nicht überleben.«

Sie putzte sich mit der Papierserviette geräuschvoll die Nase. Minnie Banks kam von ihrem Kosmetik- und Persönlichkeitskursus nach Hause, so farblos und X-beinig wie eh und je. Sie sagte schüchtern guten Abend und verschwand zum Händewaschen. Mrs. Fulljames trat aus der Küche mit zwei Tellern brauner Windsor-Suppe, die sie auf Armeslänge von sich weghielt wie rauchende Bomben. »Eine kleine Aussprache, ja?« sagte sie und stellte einen Teller vor Doris und den anderen vor Davies hin. »Es ist immer gut, sich auszusprechen, finde ich. Es reinigt die Atmosphäre.«

Doris schneuzte sich zum Abschluß so gewaltig, daß sich in ihrem Suppenteller die Wellen kräuselten.

»Sie klammert sich an das treibende Wrack«, seufzte Davies.

»Das tut ihr beide«, entgegnete Jemma. Sie saßen im ›Wickelkind‹ und warteten auf Mod.

»Das kann schon sein. Es klingt komisch, ich weiß, aber wir leben seit Jahren so. Im selben Haus. Sie war da, und ich war da, und wir haben kaum ein Wort miteinander gewechselt. Es war nicht besonders schwierig oder peinlich, nicht so wie jetzt.« Er sah in ihre unergründlichen Augen, die ihn nüchtern anblickten. »Daß es dich gibt, das macht den Unterschied.«

Jemma legte die Finger auf die Hand, mit der er sein Bierglas umfaßt hielt. »Dangerous«, sagte sie ernsthaft, »es gibt keinen Weg, wie du und ich je zusammenkommen können. Heiraten, meine ich.« Sie schien verlegen, was gar nicht ihre Art war. »Selbst wenn du auf die Idee kämst, mich darum zu bitten. Ich kann dich nicht nach Martinique mitnehmen.«

»Nein, das wohl nicht«, brummte Davies, als hätte ihn die Frage seit langem beschäftigt. »Nein, nicht nach Martinique.«

Mod kam herein, ein breites Grinsen über seinem Mantelkragen.

»Hast es geschafft, was?« fragte Davies und stand auf, um Getränke zu holen. Der Tresen war nur einen Schritt entfernt. »Es besteht also keine Gefahr, daß du persönlich zur Senkung der Arbeitslosenquote beiträgst.«

»Nicht die geringste«, antwortete Mod höchst befriedigt. »Und von jetzt an bin ich nicht nur arbeitslos, sondern auch unvermittelbar.« Er zog ein Bündel Papiere aus dem Mantel. »Meine Akte«, kommentierte er stolz. »Ich bin nach dem Gespräch noch einmal zurückgegangen, weil mir auf halbem Weg nach draußen ein weiterer mildernder Umstand eingefallen war, den ich zu erwähnen vergessen hatte. Und wie ich in das Zimmer komme, ist niemand da, der Mensch und seine Sekretärin sind verschwunden, und die Akte liegt auf dem Tisch.«

»Was du soeben eingestehst, ist eine strafbare Handlung«, tadelte Davies und setzte die Gläser auf den Tisch.

»Es ist ja meine Akte«, meinte Mod.

»Ich will kein Wort mehr hören«, warnte Davies. »Und ich habe nichts von dem gehört, was du da eben erzählt hast.«

Mod entgegnete unerschüttert: »Vorher haben sie mich in einem anderen Raum eine halbe Stunde warten lassen.«

»Und was hast du da mitgehen lassen, vielleicht die Krankenkassenunterlagen der Königin?«

»Nein, aber dieses«, sagte Mod und langte in die Manteltasche. »Dort lagen nämlich die Telefonbücher von ganz England herum. Also habe ich mir die Zeit damit vertrieben, die Prenderleys in Essex nachzuschlagen. Es ist so, wie der Polizeifritze in Chelmsford gesagt hat: Es gibt nur eine Sippschaft dieses Namens, und die leben alle in Southend, ausgenommen Old Tommy in Purwell.« Er reichte Davies einen Zettel. »Da«, sagte er. »Vier von ihnen haben Telefon.«

Davies nahm die Liste entgegen. »Nachforschungen sind mir gerade untersagt worden«, brummte er. »Ich hatte heute eine ungemütliche Aussprache mit dem Super. Er war nicht zufrieden mit mir. Wildern in fremdem Revier. Er muß es nach oben weitergeben. Vielleicht schmeißen sie mich raus.« Er lächelte Jemma an. »Vielleicht wandere ich aus. Nach Martinique oder sonstwohin.«

Jemma sagte: »Mein Kirchenchor fährt nächste Woche nach Southend.«

Der Reisebus rollte und schlingerte im Takt, denn auf der Fahrt wurde von Kensal Rise an unaufhörlich gesungen. Davies, der nur ein paar von den Melodien und keinen der Liedertexte kannte, saß neben Jemma am Fenster und tat, als sänge er mit, bis ihm die Lippen weh taten. Jemma hatte nur den Dirigenten Mr. Swingler in Davies' wahre Identität eingeweiht; für die Chormitglieder war er ein durchreisender Tenor aus Wales, der nur walisisch sang. Davies bewegte die Lippen und stieß gelegentlich ein paar pseudowalisische Laute aus, während er beständig zum Fenster hinaussah, wo die Vororte vorbeizogen und schließlich das ländliche grau-grüne Umfeld von Southend-on-Sea kurz in den Blick kam.

Es war wahrhaftig kein günstiger Tag für einen Ausflug an die See. Der Wind trieb den Nieselregen gegen die Fensterscheiben. Ausflügler, die auf ein Ende des Regens hofften, duckten sich in den Schutz der Häuser. Davies machte das Wetter wenig aus, so wenig wie die bizarre Situation, die Tatsache, daß er sich am Gesang nicht beteiligen konnte und ihn die pantomimische Anstrengung allmählich ermüdete. Das alles war nicht wichtig, denn Mavis Prenderley, früher Kindermädchen in Cape House in Frinton und ehemalige Insassin im Frauengefängnis von Chelmsford, war noch am Leben, und er war auf dem Weg zu ihr.

Der Bus hielt vor dem fahnengeschmückten Gebäude, in dem das Sängerfest stattfinden sollte. Die Fahnen flatterten wie Segel im Wind, der vom aufgewühlten Meer her kam. Die Sänger und Sängerinnen hüpften aus dem Fahrzeug wie eine Fußballmannschaft, lockerten ihre Muskeln oder versuchten einen kurzen Sprint auf der Promenade, um die frische Seeluft zu inhalieren und sie in Form von Tonleitern und Bruchstücken einer Kantate wieder auszustoßen.

»Warte, bis alle im Saal sind«, flüsterte Jemma, »dann zischst du ab. Sei um sechs wieder hier, sonst fährt der Bus ohne dich.«

Sie folgten den anderen in das Gebäude. Die Beleuchtung war noch nicht komplett angeschaltet; im Halbdunkel wanderten die Sänger wie Schatten umher, beklagten sich über die staubige Luft und probierten die Akustik aus, indem sie von der Bühne zu den Kollegen hinabsangen, die sie an strategischen Punkten im Saal verteilt hatten. Alle waren beschäftigt. Jemma gab Davies ein Zeichen mit den Augen, er solle verschwinden.

Halb gebückt schlich er sich aus dem Saal in den grauen Nachmittag hinaus. Byron Street, wo Mavis wohnte, war nur zehn Minuten zu Fuß entfernt, er benötigte also nicht einmal ein Taxi. In der flauen Saison neigten die Taxifahrer allzu leicht dazu, ihre Nase in Dinge zu stecken, die sie nichts angingen.

Er hatte den Mantelkragen hochgestellt, wegen der Kälte und um nicht erkannt zu werden, aber er schritt zielsicher aus wie jemand, der nichts zu verbergen hat. Ein Polizist bog um die Ecke, einer von diesen scheinbar ziellos umherwandernden Hütern des Gesetzes, die ohne erkennbaren Grund im ungeeignetsten Moment zu erscheinen pflegen. Davies zwang sich, nicht auf die andere Straßenseite auszuweichen, vergrub sein Gesicht noch tiefer in den Mantelkragen und schritt etwas weniger forsch aus. Zum Glück blieb der Polizist vor dem Schaufenster eines Secondhandladens stehen, um die Auslage zu betrachten.

Byron Street bestand aus Reihenhäusern, die klein und alt waren, aber optimistisch bunt angestrichene Türen, saubere Vorhänge und Grünpflanzen in den Fenstern aufwiesen. Vor dem Haus Nummer 43 blieb er stehen, klappte den Kragen herunter und klopfte an. Sie machte sofort auf; vielleicht hatte sie schon hinter der Tür gewartet, dachte er. Er sah sie wohl ein wenig zu forschend an, so daß ihr eine altjüngferliche Röte ins Gesicht stieg. »Mr. Thompson?« fragte sie. »Kommen Sie herein. Bleiben Sie doch nicht draußen stehen.«

Da er nun einmal mit der Lügerei hatte anfangen müssen, murmelte Davies eine Antwort und zog den Kopf ein, als er über die Schwelle ging. Man stand direkt in der engen, vollgestopften, altmodischen Wohnstube: Schondeckchen auf den zwei roten Sessellehnen, eine laut tickende Uhr zwischen zwei keramisch versteinerten Hunden auf dem Kaminsims, der billige Glaslüster mit einer einzigen Glühbirne, Damastvorhänge vor den bescheidenen Fenstern. Es gab eine farbige Brücke mit abgetretenen Stellen und einen schweren, dunklen Eßtisch mit vier Stühlen. Über dem Kamin, in dem das noch unruhig zuckende Gasfeuer anscheinend soeben erst angezündet worden war, hing eine wildromantische Gebirgsszene, und auf dem Sims stand die gerahmte Fotografie eines lachenden jungen Mannes. Er versuchte, nicht allzu auffällig hinzusehen. War er es? War es Lofty Brock? Er schluckte so laut, daß die Frau es bemerkte.

»Verzeihung«, sagte er. »Das kommt davon, wenn man es auf der Straße so eilig hat.« Um von der Peinlichkeit abzulenken, streckte er die Hand aus. »Harry Thompson von der Premier Versicherungsgesellschaft«, stellte er sich vor. »Sehr freundlich, Miss Prenderley, daß Sie mir ein wenig von Ihrer Zeit opfern wollen.«

»Zeit?« meinte sie. »Zeit bedeutet nichts. Ich habe viel Zeit. Wie das so ist, wenn man älter wird.« Sie bedeutete ihm, am Tisch Platz zu nehmen. »Ich mache Ihnen eine Tasse Tee«, bot sie an. »George Prenderley ist vorbeigekommen und hat mir von Ihrem Anruf erzählt. Von seinem Zweig der Familie hatte ich seit Jahren kein Sterbenswörtchen gehört. Jetzt haben sie wohl das Wort Versicherung mitgekriegt und gedacht, es könnte was für sie abfallen.«

Sie ging in die Küche, und Davies hörte, wie sie Wasser in den Kessel füllte und das Gas anzündete. Er stand auf und betrachtete das Foto auf dem Kaminsims aus der Nähe. »Anders konnten wir Sie nicht finden«, sagte er laut. »Wir wußten nur, daß Sie in der Nähe von Southend wohnen, deswegen habe ich meinen Mitarbeiter die Prenderleys in der Gegend anrufen lassen.«

»Wir wohnen alle hier«, rief sie zurück, »im Umkreis von zwei oder drei Kilometern. Aber wir sind eigentlich gar keine richtige Familie mehr. Keiner redet mit dem anderen. Nur mein Bruder Tom lebt ein bißchen weiter weg, in Purwell. Jedenfalls glaube ich, daß er noch lebt. Die lassen alle nur von sich hören, wenn einer stirbt.«

Sie kam mit einem Tablett herein. Die Teekanne hatte die Form eines Bauernhauses mit der Aufschrift »Souvenir aus Clacton«. »Ist mal eine Abwechslung«, meinte sie, während sie ein besticktes Deckchen auf den Tisch breitete und das Tablett daraufstellte. »Daß Sie hier sind, meine ich. Ich bekomme nicht oft Besuch. Wenn wer kommt, will er mir entweder meine alten Sachen und meine Möbel für'n Pappenstiel abkaufen, oder er erzählt mir was vom lieben Gott.« Sie goß den Tee ein.

Davies zeigte auf das Foto. »Wer ist denn das?« fragte er so beiläufig wie möglich.

»Billy«, antwortete sie. »Billy Dobson. Im Krieg gefallen. Oder verschollen. Er war . . .«

Sie hielt inne und sah Davies direkt ins Gesicht. »Sie sind doch wohl nicht wegen Billy . . .? Ist er etwa wieder aufgekreuzt?« Unbeweglich hielt sie die Teekanne in der Hand. »Ich habe immer gedacht, daß so etwas passieren würde.«

»Wie kommen Sie darauf?« fragte Davies vorsichtig.

»Billy? Der hätte sich aus einer Kondensmilchbüchse wieder rausgeschlängelt!«

»Hat er tatsächlich«, sagte Davies.

Ihr aufgedunsenes Gesicht wurde blaß. »Ich hab's ja gewußt«, zischte sie wütend. »Hab' gewußt, daß der Schuft wieder antanzen würde.« Ihre Miene wurde hart. »Also ist er nicht tot«, murmelte sie. »Hat sich aber nie gemeldet.«

»Erzählen Sie mir von Billy«, bat Davies. »Wenn es Ihnen nichts ausmacht.«

»Es macht mir nichts aus«, erwiderte sie langsam. Ihren Augen sah man an, daß sie sich weit zurückversetzte. »Warum sollte es?« Davies wunderte sich, daß sie überhaupt nicht gefragt hatte, wozu er gekommen war oder in wessen Auftrag; es schien, als hätte sie seit Jahren darauf gewartet, sich bei ihm auszusprechen. Sie redete zwar langsam, aber der Ausdruck ihrer Augen veränderte sich. »Er war ein richtiger Plagegeist«, berichtete sie fast schon eifrig. »Die Mädchen waren alle in ihn verliebt. Aber ich war die einzige, die er heiraten wollte, und ich hab' ihm einen Korb gegeben.«

»Und warum?«

»Zu klein für mich«, sagte sie prompt. »Das war das eine. Und zum anderen führte er ein ziemlich unstetes Leben. Einbrüche am laufenden Band. Man wußte ja nie, wann er nach Hause kam und ob überhaupt. Bei mindestens der Hälfte der Villen in Essex ist er durch die Fenster ein- und ausgestiegen. Angeblich hat er es sogar in Sandringham geschafft, wo der König wohnt. Der König war sogar gerade zu Hause. Edward VIII., wissen Sie, der dann abgedankt hat.«

»Er hatte wohl große Rosinen im Kopf?« fragte Davies und setzte hinzu: »Billy.«

»Weiß ich nicht«, antwortete sie beinahe verträumt. »Er machte es gern auf die elegante Tour, immer auf die gleiche. Zuerst freundete er sich mit einem von den Dienstmädchen an. Er war, wie gesagt, nicht sehr stattlich, aber er hatte so freche Augen und hübsche weiße Zähne, und er kriegte alle Mädchen rum. Er schwatzte nämlich das Blaue vom Himmel herunter und tat ihnen schön. Sonntags führte er sie aus, meistens zur Promenade in Clacton, zu den Karussells und den Schaubuden, und auf dem Rückweg im Bus noch Fisch und Chips, mehr war nicht drin. Er konnte sogar singen. Die machten alles, was er verlangte. Ich muß es wissen, ich hab' es ja auch getan. Und ehe man so recht kapierte, was man tat, hatte man ein Fenster für ihn offengelassen.« Sie wachte jäh aus ihrem Tagtraum auf. »Da erzähle ich Ihnen das alles«, sagte sie beschämt, »und weiß nicht mal, warum und wozu. Sie sagen, er ist noch nicht tot?«

»Jetzt ja«, versetzte Davies melancholisch. »Vorigen Oktober ist er umgekommen. In London, in einem Kanal.«

»Er konnte nicht schwimmen«, bemerkte sie kopfschüttelnd. »In Clacton wollte er nicht mal bis zu den Knien ins Wasser. Klettern konnte er, aber schwimmen nicht.«

»Die letzten Jahre hat er in einem Männerheim gewohnt«, nahm Davies behutsam den Faden wieder auf. »Sonst wußte kaum jemand etwas über ihn. Er war nach dem Krieg wieder auf der Bildfläche erschienen, aber unter anderem Namen – er nannte sich Brock. Wilfred Henry Brock. Genannt Lofty.«

Ein weiches Lächeln überzog ihr rosa Gesicht. »Lofty«, sagte sie, »ausgerechnet.«

»Nach seinem Tod«, fuhr Davies fort, »sah die Heimleitung seine Habseligkeiten durch. Viel war es nicht, aber dies hier war dabei.« Er nahm einen Briefumschlag aus der Tasche und holte das Mädchenbild in dem Blechrahmen heraus. Sie streckte sofort die Hand danach aus, wie ein Kind, das nach einem Spielzeug greift.

»Oh«, flüsterte sie, als ihr eigenes Jugendantlitz ihr entgegensah. »Mein Foto aus Chelmsford.« Sie hob glückstrahlend den Blick. »Das hat er aufbewahrt«, sagte sie.

»Es war in einem Umschlag mit Ihrem Namen drauf, Mavis Ann Prenderley«, entgegnete er. »Aber keine Adresse dabei, nichts. Darum habe ich so lange gebraucht, Sie zu finden.«

»Nur um es mir zurückzugeben?«

»Nicht nur das.« Jetzt mußte er sich beim Lügen in acht nehmen. »Da war noch etwas.«

Auf einmal wurde ihr die Sache peinlich. »Ach je!« Sie hob die rosafarbenen Hände an den Mund. »Jetzt wissen Sie, daß ich in Chelmsford war, im Knast. Es ist mir so rausgerutscht. Ich hab' es keinem je erzählt.«

»Keine Aufregung«, sagte er und klopfte begütigend auf die eine Hand, die sie wieder in den Schoß gelegt hatte. »Es ist ja alles lange her, und es bleibt unter uns.«

»Ich mußte es absitzen, weil es nicht das erste Mal war«, bekannte sie. »Ich hatte ja mehrmals für Billy die Fenster aufgemacht. Wir hatten schon ziemlich lange zusammengearbeitet. Ich verschaffte mir den Job bei den reichen Leuten, und Billy klaute das Silber. Erst als ich in Chelmsford saß, fing er an, mit den anderen Mädchen zu arbeiten.« Sie sah das Foto liebevoll an. »Geknipst haben sie immer in der Kapelle«, erinnerte sie sich.

»Die wurde nur am Sonntag für die Andacht gebraucht, die übrige Zeit stand sie leer. Der Fotograf ließ einen auf das Altarkreuz gucken, dann drückte er ab. Daher die Stielaugen.«

In Davies' Innerem regten sich Besorgnis und Schuldgefühle. Als vor dem Haus Schritte und Stimmen laut wurden, sah er unwillkürlich zur Tür hin, als könnte Inspector Joliffe jeden Augenblick an der Spitze eines Polizeitrupps aus Essex hereingestürmt kommen. »Dies hier war auch dabei«, sagte er und zeigte ihr den Beutel mit der einzelnen Perle.

Zum zweiten Mal stieß sie einen Überraschungslaut aus. »Das gibt's doch nicht!« rief sie. »Ich hätte nie gedacht, daß ich die noch mal zu sehen bekomme!«

»Es ist das einzig Wertvolle, das er hinterlassen hat ... oder das er besessen hat.«

Ihre Finger stahlen sich über den Tisch und tasteten nach der Perle. »Billy hat immer vorgehabt, sie mir zu schenken.«

Davies hielt eilig die Hand auf. »Leider«, stammelte er, »kann ich sie Ihnen nicht so ohne weiteres überlassen.«

»Ach, das weiß ich doch«, erwiderte sie ernüchtert und gab ihm die Perle zurück. »Ich will sie gar nicht haben. Ich weiß ja, woher er sie hatte. Es liegt zwar viele Jahre zurück, aber gestohlen bleibt gestohlen.«

»Das war alles, was er besaß«, sagte Davies und steckte die Perle wieder ein. Er sah erneut auf das gerahmte Foto, das zwischen ihnen auf dem Tisch lag. Sie tat, als ob sie seinen Blick nicht bemerkte, griff aber doch danach und reichte es ihm.

»Alles uralt und vergessen«, meinte sie. »So wie ich.«

»Was hat er mit dem übrigen angefangen?« fragte Davies. »Mit dem Erlös aus den gestohlenen Sachen? Er scheint nicht viel Geld ausgegeben zu haben.«

»Nicht mal für seine Mädchen«, bestätigte sie. »Fisch und Chips im Bus auf dem Weg von Clacton nach Hause kann man nicht gerade als Luxus bezeichnen, oder?« Sie sah ihm ins Gesicht. »Er hat es irgendwie beiseite gebracht. Irgendwo versteckt, ich weiß aber nicht, wo. Ich wette, niemand weiß es, jetzt, wo Billy tot ist. Er hielt nichts davon, die Sachen zu früh loszuschlagen, zu schnell. Du wirst viel zu leicht erwischt, sagte er immer, und verdirbst dir die Preise. Er wollte alles verstecken, notfalls jahrelang. Als er zu den Soldaten mußte, dachte er, so könnte er Gras über die Sache wachsen lassen und sich hinterher das Zeug holen.«

»Dann hat er wohl vorgehabt, unter einem anderen Namen zurückzukommen?« wollte Davies wissen. »Wieder ganz neu anzufangen, die paar Wertsachen rauszuholen und zu verkaufen? Aber es ist dann anders gekommen. Er lebte in fast völliger Armut.«

»Vielleicht ist ihm jemand zuvorgekommen«, sagte Mavis Prenderley. »Das einzige, was ich weiß, ist, daß ich es nicht gewesen bin.«

Es wurde Zeit für ihn. Er erhob sich und schüttelte ihr die Hand. »Sie hören von mir, wie's weitergeht.« Die Lüge blieb ihm wieder fast im Hals stecken. »Wegen der Versicherung. Vielleicht haben Sie was davon.«

Sie lachte ihn an. »Sie sind doch bei der Polizei, stimmt's?« fragte sie.

Davies war wie vor den Kopf geschlagen. Sein Mund öffnete sich, brachte aber nur unzusammenhängende Worte heraus. »Ich? ... Was? Polizei?«

»Die Bullen erkenne ich drei Meilen gegen den Wind«, sagte sie. »Macht nichts. Mir kann niemand was anhängen, ich habe seit Jahren nichts verbrochen.«

»Tut mir leid«, murmelte Davies. Sein Gesicht brannte.

»Schon gut«, versicherte sie. »Ich hatte Sie ja erwartet, Inspector Joliffe aus Chelmsford hat mir gesagt, daß Sie vielleicht hereinschauen.«

Davies' Lippen waren immer noch wund von seiner lautlosen Vorstellung in dem singenden Bus. Er spürte den Schmerz, wenn er sie an den Rand seines Bierglases drückte. »Den ganzen Hinweg«, beschwerte er sich bei Mod, »und den ganzen verdammten Rückweg dazu. Und die haben ja in den zwei Stunden dazwischen auch gesungen. Die müssen alle ein Maul haben wie ein Rhinozeros.«

»Ausgenommen Jemma«, sagte Mod provozierend.

»Ausgenommen Jemma«, nickte Davies, »denn sie singt ja nur die Solostücke.«

Sie tranken aus und machten sich in Richtung ›Bali Hi‹, Furtman Gardens, auf den Weg. Abends blieb es schon länger hell, demnächst mußte die Uhr umgestellt werden. Bald wurde es Zeit, die langen Unterhosen abzulegen. Sie hatten das ›Wickelkind‹ zu ungewöhnlich früher Stunde verlassen, weil Davies sich um seinen Hund kümmern wollte; dieser hatte an dem Tag, an dem sein Herrchen in Southend weilte, einen Wutanfall bekommen, war aus der Garage ausgebrochen und hatte auf der Straße einen griechischen Wettbürokassierer über den Haufen gerannt. Der Mann war gestürzt, das Kleingeld war davongerollt, und die Wettscheine hatte der Frühlingswind in alle Richtungen verstreut. Die Frühaufsteherin unter den Strichmädchen, die Davies »Venus, der Abendstern« zu nennen pflegte, war Zeugin des Vorfalls gewesen und hatte seitdem nicht aufgehört, sich darüber zu erheitern. Der Hund hatte sich widerstandslos von ihr festnehmen lassen, wodurch weiteres Unglück verhütet worden war.

Kitty saß auf dem Rücksitz des Vanguard, bei offener Tür, wie ein Soldat im Schilderhaus. Er knurrte zuerst wie gewohnt, als er der beiden Männer ansichtig wurde, aber dann rieb er seinen Zottelkopf an Davies, zu dessen größter Freude, und schleckte ihn mit seiner feuchten rosa Zunge ab.

»Sieh mal«, stellte Davies stolz fest. »Sieh mal, er liebt mich.«

»Dann hat er sechs Jahre gebraucht, bis er es gemerkt hat«, meinte Mod. »Ich glaube eher, er schämt sich wegen der Randale von gestern. Der Grieche hat sich ja fast den Schädel eingeschlagen.«

»Dann kriege ich wohl noch Scherereien«, sagte Davies. Er tätschelte den Hund, froh über die Gelegenheit, solange Kittys sanftmütige Stimmung anhielt.

Mod hielt das für unwahrscheinlich. »Dieses Mädchen, die Venus, übt einen gewissen Einfluß auf den Griechen aus. Ich mag mir gar nicht ausmalen, was für einen. Als der Hund auf sie zulief, war die Sache erledigt.«

»Hat sich der böse Griechenmann dir einfach in den Weg gestellt?« fragte Davies und beugte sich zu dem Hund hinab. Kitty erklärte seine gute Laune für beendet und ließ ein langgezogenes Grollen hören. Davies entschuldigte sich und ging das Abendessen anrichten.

»Warum, meinst du, hat die Polizei von Essex der Prenderley gesagt, daß du kommen würdest?«

»Das war Joliffe, nicht die Polizei von Essex. Und er hat nur gesagt, ich käme *vielleicht*. Und er hat ihr nicht verraten, warum. Es war nur so ein Einfall von ihm.« Er brachte den Futternapf bis an die Autotür, worauf Kitty majestätisch herabstieg, um sein Dinner einzunehmen.

»Joliffe«, fuhr Davies fort, »ist eine ausgemachte Spürnase.«

»Wie du«, meinte Mod.

»Ja, nur daß er auch die Mittel hat, die Spur zu verfolgen, wenn er etwas wittert«, brummte Davies. Mod hatte Kittys Wasserschüssel aufgefüllt, und nun sagten sie ihm zum Abschied förmlich gute Nacht. Der Hund blickte nicht einmal auf.

Als sie den Garagenplatz verließen und in Furtman Gardens einbogen, sagte Davies: »Ich glaube, Joliffe hat so eine Ahnung im Hinterkopf, daß an der Sache etwas dran ist. Ich habe ihm zwar nur ein paar Fakten genannt; was ihn daran interessiert, ist jedenfalls nicht der Tod von Billy Dobson alias Lofty Brock. Aber ein guter Bulle hat eine Nase für das, was sein könnte. Die Prenderleys wohnen seit einer Ewigkeit in dieser Gegend, und es würde mich wundern, wenn ihr Name nicht hin und wieder bei der Polizei aufgefallen wäre.«

»Wo Rauch ist, ist auch Feuer.«

»Genau. Ich gehe jede Wette ein, daß Inspector Joliffe, sowie er mich los war, sich die Akten über die Familie Prenderley hat kommen lassen. Wenn er sein Leben lang für sein Revier zuständig gewesen ist, weiß er bestimmt über einige der Prenderleys recht gut Bescheid. Ich bin sicher, daß er Mavis früher mal begegnet war. Sie selbst tat so, als wäre er ein alter Bekannter.«

»Dann läßt er dich sicher herumstöbern, weil er denkt, du wirst etwas ausgraben, ohne daß er schon weiß, was das sein könnte.«

»Ich bin sein Trüffelschwein«, sagte Davies. »Schließlich wartet die Beute von einem halben Dutzend Einbrüchen aus der Vorkriegszeit noch immer darauf, gefunden zu werden. Das könnte ein Motiv für Lofty Brocks Ermordung gewesen sein. Ich kann mich nicht daran gewöhnen, ihn Billy Dobson zu nennen. Für mich bleibt er Lofty.« Sie waren am Eingang vom ›Bali Hi‹ angelangt. »Vielleicht hat einer von den Prenderleys Lofty den Stoß ins Wasser versetzt.«

»Vielleicht Mavis selbst«, überlegte Mod.

»Vielleicht.« Davies zuckte die Schultern, während er der holden Maid in der Glastür ihren Begrüßungskuß gab.

Mod schnüffelte beim Hineinkommen. »Curry«, sagte er, »mein Gott, sie experimentiert mit Curry!«

Davies nahm einen Brief von der Flurgarderobe. »Riecht ein bißchen aufdringlich«, gab er zu.

»Ein bißchen? Mann, das ist der Grund, warum wir Indien verloren haben.« Davies war in seinen Brief vertieft. »Was ist denn?« fragte Mod. »Verehrerpost?«

»Sozusagen. Von Colonel Ingate in Yorkshire. Er hat sich schließlich doch noch entschlossen, zum Jahresdinner der ehemaligen Kriegsgefangenen zu kommen. Er will sich mit mir treffen. Er meint, er wäre da vielleicht auf etwas gestoßen.«

Seiner Erinnerung nach hatte Davies sich seit vielen Jahren nicht mehr in einem derart überfüllten Saal befunden, in dem er der jüngste unter den Anwesenden war. Außerdem spürte er fast körperlich das Fehlen jeglichen Schmucks auf der Brust seines geliehenen Smokings. An den langen Tischen glitzerten die Orden reihenweise wie Silbermonde.

»Haben Sie gedient?« fragte der spindeldürre, uralte Herr zu seiner Linken. Colonel Ingate hatte ihn als Captain Barrett vorgestellt.

»Wehrpflicht abgeleistet«, antwortete Davies bescheiden.

»Ah ja, natürlich. Man stellt sich ja leider immer vor, alle hätten den Krieg mitgemacht. Zu jung dafür, was?«

»Nur um vier Jahre«, versicherte Davies. »Ich bin 1949 eingezogen worden.«

»Schade. Ist nicht dasselbe.«

»Nein, das wohl nicht. Ich bin nie aus Aldershot rausgekommen.«

Der Captain sah ehrlich betroffen aus. »Mein Gott, wie schrecklich«, meinte er. »Verdammtes Pech.«

»Man konnte sich den Ort nicht aussuchen«, entgegnete Davies. Er hätte gern das Thema gewechselt. Auf seiner anderen Seite saß Colonel Ingate.

»Scheußliches Pech«, wiederholte Captain Barrett. »Welches Regiment?«

»Zahlmeister«, sagte Davies geknickt. »Heeres-Zahlmeister-Korps.« Der nächsten Frage versuchte er mit einem Witz zuvorzukommen. »Aufstieg bis zum Obergefreiten.«

Sein Nachbar gab sich sichtbar Mühe, nicht die Beherrschung zu verlieren. »Zahlmeister-Korps«, wiederholte er. »Kaum Chancen für aktiven Einsatz.«

»Nein, in Aldershot nicht. Außer bei einem Sturz vom Schreibtisch.«

Der Alte lachte. »Pech«, sagte er, plötzlich gutgelaunt. »Manche haben eben kein Glück. Also Obergefreiter?«

»Kommissarisch, ohne Besoldung«, mußte Davies zugeben.

»Na ja, jemand mußte es ja machen. Aber schade, daß Sie den Krieg versäumt haben. War schon eine Erfahrung.«

»Kann ich mir vorstellen. Ich habe die Luftangriffe auf London erlebt. Bomben auf unsere Schule.«

Captain Barrett nickte. »Dann haben Sie vielleicht mehr vom Krieg mitbekommen als so mancher von uns«, bemerkte er. »Ich saß die zwei letzten Kriegsjahre hinter Stacheldraht. Zusammen mit Robin Ingate. Deswegen hat er uns ja heute abend nebeneinander plaziert. Sie haben, soviel ich höre, ein gewisses Interesse an jener Zeit. Ich war der Lagerarzt.«

Davies schüttelte ihm die Hand, obwohl er das schon bei der Begrüßung getan hatte. »Jetzt geht mir ein Licht auf«, sagte er. »In dem Brief stand, er wäre da auf etwas gestoßen, was mich interessiert.«

»Ich wußte damals vielleicht mehr von den Mannschaften und erinnere mich heute besser an einzelne als irgend jemand sonst. Als Arzt bekommt man natürlich allerhand zu hören. Wenn jemand mit heruntergelassenen Hosen vor einem steht, kann er nicht allzuviel verbergen. Die Männer kamen mit all ihren Problemen zu mir, zum Beispiel Ärger mit der Ehefrau, auch wenn die sich weit weg in England befand. Sie würden sich wundern, wieviel Zank und Streit die Leute in Briefen austragen.«

»Ich wundere mich über gar nichts, was Krach in der Ehe betrifft«, meinte Davies aus tiefster Seele. »So, Sie erinnern sich an Lofty Brock.«

»Oh ja. Ein Hüne. Einer von der Sorte, die man nicht vergißt. Er wurde mit anderen zusammen nach Schlesien verlegt, aber ich war nicht dabei. Ehrlich gesagt, ich war nicht gerade traurig deswegen. Soviel ich weiß, ist Brock dort verstorben.«

»Und jemand anderes hat sich seinen Namen zugelegt.«

»Mein Gott, wirklich? Na ja, so etwas ist wohl hin und wieder vorgekommen. Und wissen Sie, wer?«

»Ein Mann namens Billy Dobson. Ziemlich kleingeratenes Kerlchen.«

Captain Barrett starrte nachdenklich seine Suppe an. »Ja«, sagte er, »da klingelt was bei mir. Ich habe zu Hause ein paar Aufzeichnungen und sehe dort noch mal nach, aber wenn ich mich nicht irre, war das der Kleine, der in Selbstgespräche vertieft herumlief und dabei jeden Papierfetzen auflas und in die Tasche steckte.«

»Das paßt auf ihn.« Davies holte aufgeregt tief Luft.

»Er war mit Lofty befreundet. Die zwei waren ein komisches Paar, sie steckten immer zusammen, der eine riesengroß, der andere so klein. Ein schwerer Fall von Nervenschock, kriegsbedingt, der Dobson. Total übergeschnappt. Zuweilen wußte er nicht mal mehr seinen Namen. Ich habe mich ziemlich viel um ihn gekümmert, bin aber nicht weit gekommen. Er hatte seine Heimatadresse und all das vergessen. Die Deutschen steckten ihn eine Zeitlang ins Lazarett, aber mitten im Krieg, der ja jeden Tag näher kam, war eine psychiatrische Behandlung kaum möglich. Körperlich fehlte ihm eigentlich nichts, er war eben nur ziemlich durcheinander.« Er löffelte methodisch seine Suppe aus. »Sie glauben, er nahm den Namen von Lofty Brock an?«

»Ja, nach dem Krieg. Er landete schließlich in einem Männerasyl. Wanderte umher, wie Sie es geschildert haben, redete vor sich hin und hob Papier von der Erde auf. Und war allgemein bekannt als Lofty Brock.«

»Sicher hatte er seinen richtigen Namen vergessen«, sagte Barrett. »Wie gesagt, es hatte ihn schlimm erwischt. In solchen Fällen geht das Gedächtnis oft völlig verloren. Was weiß man sonst noch von ihm?«

Davies atmete tief durch. »Er ist voriges Jahr im Oktober in einem Kanal ertrunken«, sagte er, »vielleicht ermordet. Vor dem Krieg machte er Karriere als Einbrecher. Er hatte seine Beute, wahrscheinlich eine beträchtliche Menge an Wertsachen, in einem Versteck deponiert, sie aber später nicht an sich genommen. Ich glaube zu wissen, warum, nach allem, was ich von Ihnen gehört habe: Er konnte sich wohl einfach nicht erinnern, wo sich das Versteck befand.«

Kapitel 13

Irgendeine hochgestellte Persönlichkeit feierte Geburtstag, und deshalb hatte man Shiny Bright auf Bewährung entlassen, was am nächsten Abend im ›Wickelkind‹ ausgiebig begossen wurde.

»Shiny«, fragte Davies, »du hast mir doch die Wahrheit gesagt, oder? Über das, was damals in der Nacht am Kanal passiert ist?«

Der kleine Gauner bekam einen verschleierten Blick wie ein verwundetes Reh. »Dangerous«, entgegnete er, »glaubst du, ich würde dich anlügen?«

»Das würde er natürlich«, meinte Davies zu Mod, als sie unter Schornsteinen und Mondenschein nach Hause gingen. »Aber ich glaube nicht, daß er's getan hat.«

Am Eingang vom ›Bali Hi‹, Furtman Gardens, erwartete der eine vom anderen, daß er seinen Hausschlüssel zückte. Was keiner konnte. Das war schon früher vorgekommen. »Oh Gott, das fehlt gerade noch«, sagte Davies. »Wenn wir sie noch mal rausklingeln . . .«

»Und mit Fahne und so weiter . . .«, überlegte Mod und versuchte, seinen Atem zu riechen, indem er in die hohle Hand hauchte.

»Dann flippt sie aus«, fuhr Davies fort. »Sie ist bestimmt gerade zu Bett gegangen. Hat vielleicht noch nicht mal das Gebiß rausgenommen.« Sie zogen sich von der Tür zurück. »Wir gehen zu Harry und denken nach«, kommandierte Davies.

Sie gingen den Weg zurück, den sie gekommen waren, bogen zweimal um die Ecke und betraten das geisterhaft erhellte Einkaufszentrum, das völlig verlassen dalag bis auf ›Harrys 24-Stunden-Imbiß‹, der einzige bewohnte Ort in dieser menschenleeren Welt. Es war niemand da, ausgenommen Venus, der Abendstern.

»Feierabend, Schätzchen?« fragte Davies.

»Noch gar nicht angefangen«, seufzte Venus. Ihr rotgefärbter Haarschopf hing herunter wie ein nasser Mop. Die Augen waren schwarz umrändert. »Ihr wollt wohl nicht einen Quickie, einer von euch?«

»Deine Preisklasse ist bei weitem zu hoch für mich«, bedauerte Mod. »Und er hier befindet sich in festen Händen.«

»Hab' ich bemerkt«, erwiderte Venus. »Die ist in Ordnung, für eine von denen.«

»Vielen Dank, daß du so nett zu meinem Hund gewesen bist«, sagte Dangerous und hielt ihr eine Fünf-Pfund-Note hin. »Er schickt dir dieses.«

Venus lächelte dankbar und steckte den Geldschein ein. »Ein Geschenk von einem Hund – hab' ich noch nie gekriegt. Kommt mir sehr gelegen. Gib ihm einen Kuß von mir, Dangerous, aber auf den Mund!«

»Mach' ich«, versprach er. »Auf den Mund.«

Sie murmelte ein leises »Bedanke mich« und rutschte vom Hocker herunter, wobei der billige, kurze Rock die mageren Oberschenkel sehen ließ. »Nacht allerseits«, sagte sie. »Nacht, Harry.«

Sie klapperte auf ihren Pfennigabsätzen davon. »Armes Luder, die Kleine«, meinte Harry.

»Sie sollte sich eine anständige Arbeit suchen«, bemerkte Mod sittsam.

Davies sah ihn von der Seite an und kommentierte: »Wer im Glashaus sitzt ...«

Sie tranken ihren Kaffee aus und sagten Harry gute Nacht. Mod wollte die Richtung zum ›Bali Hi‹ einschlagen, aber Davies packte ihn am Arm. »Sie hat sicher gerade erst angefangen zu schnarchen.«

»Was machen wir dann?«

»Warum unterhalten wir uns nicht mal ein bißchen mit dem Kerl, der den Nachtwächter auf dem Firmengelände spielt«, schlug Davies vor. »Er freut sich sicher über ein bißchen Gesellschaft.«

Mod seufzte und drehte sich um. »Wenn du diesen Fall jemals aufklärst, vorausgesetzt, es gibt überhaupt einen Fall, dann wirst du so viel Freizeit haben, daß du nicht weißt, was du mit dir anfangen sollst.«

Sie marschierten zur Kanalbrücke, stiegen vorsichtig die verlassenen Stufen hinab und gingen dann am Wasser entlang. Der Mond, der jetzt klar und unverhüllt schien, verbreitete ein melancholisches

Licht, und die Straßenlampen glommen trübe vor sich hin. Davies blieb tief in Gedanken am Ufer stehen. »Es besteht immerhin die Möglichkeit, daß wir etwas übersehen haben«, murmelte er. Mod wartete, bis er seine Grübelei beendet hatte, dann setzten sie ihren Weg am Ufer entlang und durch das ansteigende Gäßchen fort. Oben an der Ecke bogen sie rechts ab und standen vor dem Haupteingang des Industriegeländes. In dem erleuchteten Pförtnerhäuschen sah man den Wachmann namens Curl mit gesenktem Kopf sitzen. Davies hämmerte mehrfach gegen das vergitterte Eisentor, ohne daß der Wächter sich aufrichtete. Mod drückte entschlossen auf den großen weißen Klingelknopf. Das Resultat war eindrucksvoll.

Curl drehte sich zuerst mit einem mißtrauischen Blick zum Fenster um, dann setzte er die Mütze auf, die ihn größer erscheinen ließ, und kam heraus. »Sie sind es, Mr. Davies«, sagte er erleichtert. Er öffnete die Tür, die in das Tor eingelassen war. »Sie sind ja spät unterwegs.«

»Die Polizei schläft bekanntlich nie, Edwin.« Davies nahm die auffallend kleine Hand, die sich ihm entgegenstreckte, und schüttelte sie. »Sie sollten das auch nicht tun.«

»Bloß ein Nickerchen«, meinte Curl. »Das muß sein, so oft es geht.«

»Dies ist Mr. Lewis«, stellte Davies vor. »Er begleitet mich nachts.« Curl reichte Mod höflich seine Knabenhand.

»Trinken wir ein Schlückchen?« fragte er und nahm eine fast volle Flasche Whisky von einem Wandbrett. »Ein Geschenk von einer Dame.«

»Eine von Ihren Frauen?« erkundigte sich Davies. »Er hat nämlich drei«, klärte er Mod auf.

»Zur Zeit vier«, verbesserte Curl mit koketter Miene. »Das heißt, eine will gerade weg, und eine neue zieht ein. Blondine, 90 Kilo.«

Er stellte drei Teetassen auf, schenkte großzügig ein, und sie prosteten einander zu. »Nicht von einer meiner eigenen Frauen«, sagte Curl. »Die von ›Blissen Ltd Pharmazeutika‹. Hat sie von irgendwo mitgebracht.«

»Als Dank für etwas?«

»Oh nein, einfach ein Geschenk.« Er zeigte mit dem Finger auf Davies. »Sie wollen mich aushorchen, Mr. Davies. Schon wieder mal. Sie sind immer noch hinter dieser Sache her.«

Davies setzte eine gleichmütige Miene auf. »Ach was. Na ja, so was hat man eben immer im Hinterkopf, Edwin. Wann machen Sie Ihre Runde?«

Curl sah auf die Uhr. »Eigentlich jetzt. Aber erst genehmigen wir uns noch einen.«

»Wir kommen mit«, sagte Davies. »Zur Gesellschaft.«

Curl schien zuerst unwillig. »Na ja, gut«, stimmte er dann zu. »Da ist ja eigentlich nichts dabei, Sie haben sich ja schon früher gründlich umgesehen, sogar allein. Kommen Sie nur, wenn Sie wollen. Schließlich sind Sie die Polizei.«

Er schenkte noch einmal reichlich ein, und weil danach die Flasche nur noch ein Viertel voll war, verteilte er auch den Rest. »Ich sage immer«, meinte er, »was hat man denn vom Leben, wenn man sich nicht hin und wieder was gönnt?« Sie nahmen die Tassen in die Hand und gingen los. Mod bewegte sich wie ein Eisbär auf zwei Beinen, indem er schwerfällig einen Fuß nach dem anderen aufsetzte, wie er es meistens tat, wenn er getrunken hatte. Dieser Abend hatte es in sich gehabt. Auch Davies' Augen waren glasig und seine Schritte unsicher. Nur Curl ging leichten Fußes voraus.

Unterwegs rezitierte Curl die Namen der Firmen, an denen sie vorbeikamen: »›Pax-Papier‹ ... ›Hallys Gußeisenarmaturen‹ ... ›Bells Auspuffanlagen‹ ... ›Blissen Ltd Pharmazeutika‹, die kennen Sie ja ... ›Mehr-Sicherheit-Safes‹ ... ›Shurrocks Industrieuhren‹ ... wie der sich immer aufregt, dieser Mr. Shurrock ...« Die Litanei ging weiter, während sie ihm über stockdunkle Wege folgten und der Strahl seiner Taschenlampe vor ihnen hertanzte. »Alles geschlossen, wie die Beine der Jungfrau«, sagte Curl vergnügt. Mod zog ein Gesicht.

»Jetzt kommt mein Lieblingsplatz«, kündigte Curl an und führte sie einen kleinen Abhang hinauf zu einem fensterlosen Schuppen. »›Iversons Bühnenbedarf‹. Es ist nur ein Lagerhaus, ein Magazin, deshalb ist selten jemand hier. Aber ... kommen Sie und sehen Sie selbst.«

»Hier war ich schon mal«, meinte Davies, »wollte mich umsehen. Es war aber geschlossen.«

»Sage ich ja, es ist fast immer zu«, murmelte Curl. Er suchte zwei Schlüssel aus dem Bund heraus und drehte sie in den Türschlössern. »Es kommt nur hin und wieder jemand und holt oder bringt etwas.« Er drückte die schwere Tür auf und schaltete die Beleuchtung ein. Davies und Mod blieben wie angewurzelt stehen. Das ganze langgestreckte Gebäude hing voller bunter Figuren, manche waren überlebensgroß: Humpty-Dumpty, Pinocchio, ein zähnefletschender Riese, eine kolossale Ente, und reihenweise Stoffpuppen, deren Arme und Beine schlapp herabhingen.

»Heiliger Bimbam«, rief Davies, »was für eine Show!«

»Genau das«, begeisterte sich Curl. Er breitete seine kurzen Arme aus, als eröffne er die phantastische Revue für ein großes Publikum.

Mod bemerkte: »Einer von den Sieben Zwergen fehlt.«

»Natürlich Sleepy«, erwiderte Curl und ging auf die bunte, glotzäugige Gesellschaft in der Ecke zu. Sie waren mit den übergroßen Köpfen an einem Gestell aufgehängt. Der Wachmann bückte sich und hob eine Puppe von der Erde auf. »Der schläft manchmal ein«, sagte er und setzte die Sleepy-Figur neben die anderen Zwerge.

»Wo ist Schneewittchen?« fragte Davies.

»Hm, da Sie danach fragen«, antwortete Curl, »sie war immer hier, und ich hab' sie besucht. Fast jede Nacht.« Plötzlich schämte er sich. »Ich hab' so gern mit ihr geschmust.«

»Ach so.«

»Sie haben sie abgeholt. Sie fehlt mir sehr.«

Mod hustete, um die peinliche Situation zu überspielen, und wanderte weiter ins Innere dieses erstaunlichen Warenlagers hinein. Einige Figuren waren riesenhaft und hingen wie Luftschiffe von der Decke herab. »Die werden in alle Welt geliefert«, sagte Curl, der sich wieder gefangen hatte. Davies blieb einen Augenblick stehen, um die Zwerge zu betrachten, und folgte dann den beiden anderen durch den Mittelgang der Halle.

Curl fuchtelte in der Luft herum. »Für Karnevalszüge, Maskenfeste, Mardi Gras, alle solche Sachen. Die großen Köpfe sind besonders begehrt. Sie werden auf Spezialautos transportiert, weil man sie nicht falten oder zerlegen kann. Nur bei einigen wenigen ist das möglich. Hier ...« Er lief begeistert ein paar Schritte vor. »Hier, Humpty-Dumpty ... aber Sie dürfen mich nicht verraten! Passen Sie mal auf!«

Sie sahen zu, wie er einen Flaschenzug bediente und die gigantische Eierschale von der Decke herabließ. Er manövrierte sie geschickt wie einen Fesselballon, bis sie direkt über ihm hing. Noch ein Ruck am Seil, und der große, glänzende Eierkopf senkte sich über seine Schultern. Curls kleiner Körper verschwand fast unter dem riesenhaften, kahlen Schädel, man sah nur noch die strampelnden Beine. Humpty-Dumpty führte einen grotesken Tanz auf, so daß Davies und Mod sich vor Lachen bogen, bis das grinsende Ei plötzlich still stand und man nur noch ein lautes Keuchen hörte. »Okay«, brüllte Davies, im Zweifel, ob Curl ihn hören konnte. »Sie können jetzt rauskommen.«

»Ich kann nicht«, ertönte es kläglich von drinnen. »Sie müssen mir helfen. Ich schaffe es nicht allein.«

Davies nickte Mod zu. Sie faßten beide zu und schoben das Monstrum, während Curl in dumpfen Tönen seine Anweisungen gab, unter die Seilrolle. Eine Drehung nach rechts, eine halbe nach links, drei Züge am Seil, und das Ei stieg wie ein aufgehender Mond empor und gab einen schwitzenden, dümmlich grienenden Edwin Curl frei. »In dem Ding bleibt man immer hängen«, sagte er kleinlaut. »Einmal habe ich nachts stundenlang dringesteckt und versucht, mich zu befreien.« Er sah sie beinah flehentlich an. »Aber es war trotzdem lustig, oder?«

»Ganz große Klasse«, meinte Davies matt. »Haben Sie denn die anderen auch alle ausprobiert?« Er wanderte tiefer in das Gewölbe hinein. Bemalte Fratzen stierten oder lachten von den Regalbrettern und Dachsparren. An einem Balken baumelte eine Reihe von Gestalten in langen Hosen an Haken.

»Die nenne ich immer die Galgenbrüder«, sagte der kleine Wachmann. »Gruselig, was?« Er öffnete einen Wandschrank und holte eine Whiskyflasche heraus. »Den habe ich hier für den Fall, daß es mich deprimiert«, erklärte er. »Wir müssen halt aus der Flasche trinken.« Er hielt sie Davies hin. »Sie zuerst.«

Davies hob die Flasche an den Mund und fragte: »Auch von einer Dame?« Curl schüttelte den Kopf. »Weiß ich nicht mehr. In meiner Stellung bekommt man oft was geschenkt und vergißt, von wem.« Davies hatte einen Schluck genommen und die Flasche an Mod weitergereicht. Er ließ Curl nicht aus den Augen. »Sie sind ein heimlicher Schauspieler, Edwin«, sagte er.

»Ein verhinderter«, entgegnete Curl und ließ den Kopf hängen. »Ich würde weiß Gott lieber im Rampenlicht stehen, als hier mit der Taschenlampe leuchten ... Aber daraus wird in diesem Leben nichts mehr.«

Davies klopfte ihn tröstend auf die schmale Schulter. Die freundschaftliche Geste belebte den Kleinen sofort wieder. »Wollen Sie jetzt mal?« fragte er. »Oder Sie, Mr. Lewis?«

Sie stärkten sich noch einmal aus der Flasche; danach wollte Mod einen der Köpfe aufsetzen und suchte sich einen Zauberer aus. Der Kopf war nicht so groß wie manche anderen, hatte aber einen hohen, spitzen Hut. Davies und Curl halfen Mod, in die Öffnung hineinzuschlüpfen, und setzten ihm das Ding auf die Schultern. Sie traten zurück, und Mod tat ein paar schwerfällige, trunkene Schritte. »Zauberei«, sagte Davies, »Hokuspokus, Zauberei.«

»Jetzt Sie«, drängte Curl. Seine Stimme überschlug sich fast vor Fröhlichkeit, und sein Gesichtchen war vom Whisky dunkelrosa angelaufen. »Es gibt da hinten einen ollen Bullen. Wahnsinnig komisch. Hab' ich auch schon mal aufgehabt.« Er zeigte Davies den Weg, während Mod Zaubersprüche murmelnd und beschwörende Handbewegungen vollführend zurückblieb.

»Da«, sagte Curl und zeigte nach oben. »Police Constable Fuzz. Ist der Helm nicht 'ne Wucht?«

Davies sah hinauf. Ein riesengroßer Polizist sah auf ihn herab – eine drohende Ankündigung der Dinge, die da kommen würden. Curl reichte den Whisky herüber, um ihm Mut zu machen. »Von mir aus«, stimmte Davies benebelt zu. »Ich kann mich ja schon mal dran gewöhnen.«

Curl ließ das Polizeihaupt herunter und zeigte Davies, wie man sich hineinzwängte. Widerstrebend, aber von Curl und dem Whisky angefeuert, schob er den Kopf in den hohlen Schädel von P. C. Fuzz. Drinnen packte ihn auf einmal panisches Entsetzen. Es war eng, so eng und dunkel. Aber dann fand er die Augenlöcher und blinzelte in Curls übermütiges Gesicht. »Hier lang, hier lang, Mr. Davies«, rief er aufgekratzt, »zum Zauberer!«

Davies spürte, wie der Whisky in seinem Magen Wellen schlug. Er taumelte ein paar Schritte weit mit der schwankenden Last auf dem Kopf und begann zu singen: »Wir gehen jetzt zum Zauberer, dem Zauberer von Oz.«

Er hörte, wie Curl vor Vergnügen gluckste: »Los, los!« Er torkelte durch den Gang zurück zum Eingang, wo sie mehr Platz hatten. Davies tanzte um Mod herum, der sich unter seiner Maske um sich selbst drehte. Es war, als hätte der Mummenschanz sie mit einer neuen, eigenen Art von Trunkenheit erfüllt. Curl, der in dem groben Gesicht der Mrs. Spratt aus dem Kinderreim, die nie mageres Fleisch essen wollte, steckte, gesellte sich dazu. Sie tanzten zu dritt einen ausgelassenen Ringelreihen, halberstickt und kreischend vor Lachen unter ihrer Vermummung. Als Mod und Curl aufeinanderprallten, stolperte Mod rückwärts und fiel der Länge nach zu Boden. Davies und Curl stierten auf den hilflosen Magier, der mit den viel zu klein wirkenden Armen und Beinen verzweifelt um sich schlug. »Natürlich, du mußt das Spiel verderben!« rief Davies. Er arbeitete sich aus seiner Vermummung heraus und entdeckte zu seinem Mißfallen, daß er klatschnaß war. Der Schweiß lief ihm übers Gesicht, den Hals, das Hemd hinunter bis zum Bauch. Curl machte sich von seiner Maske los und kam ihm zu Hilfe. Zu zweit schafften sie es, Mod auf die Beine zu stellen und von dem Karnevalskopf zu befreien. »Mein Gott, ich hab' gedacht, ich geh' drauf«, stammelte er. Sein Gesicht war schweißüberströmt. »So stell' ich mir das Ertrinken vor.«

Um vier Uhr morgens waren sie wieder auf dem Weg zum ›Bali Hi‹, Furtman Gardens. Sie hatten sich als Medizin nach all der Aufregung und Anstrengung noch etwas von Curls Scotch einverleibt und trugen jetzt heiter schwankend eine Art Koffer zwischen sich.

»Keinen Laut«, flüsterte Davies. »Keinen Hickser. Klar?«

»Keinen Laut«, nickte Mod. Er sah sich um. »Gut, daß die Laternen die ganze Nacht an sind.«

»Wenn was schiefgeht«, sagte Davies, »einfach abhauen.«

»Abhauen.«

Vor der schweigenden Silhouette des Hauses blieben sie stehen. Davies hielt die Hand vor den Mund. Seine Augen glänzten wie die eines Kindes. Sie trugen den Koffer unter das Fenster von Mrs. Fulljames' Schlafzimmer. Mod machte sich vergebens an den Schlössern zu schaffen, bis Davies die Sache übernahm und den zweiteiligen Deckel seitwärts aufklappte. Ein Clownskopf mit Zylinder wurde sichtbar, der auf einem Ausziehmechanismus befestigt war. Davies zog an einem Hebel, und der Kopf erhob sich einen halben Meter in die Luft, bis er ihn stoppte. Noch ein Zug mit dem Finger, und der Kopf stieg ein weiteres Stück nach oben, so daß er ihnen direkt ins Gesicht grinste. Die zwei Spitzbuben nickten sich zu und schmunzelten. »Jetzt«, sagte Davies. Er zog ein drittes Mal, und sie sahen gebannt zu, wie das grellbemalte, zähnebleckende, zylinderbedeckte Haupt auf seinem mechanischen Hals in die Höhe stieg und genau vor Mrs. Fulljames' Fenster stehen blieb. Sie bogen sich lautlos vor Lachen, bis sie beinah platzten.

Davies machte mit der Hand die Bewegung des Anklopfens, worauf Mod das Gestänge nach vorn drückte, so daß der Hut des

Clowns an die Fensterscheibe pochte. Das machten sie dreimal und zogen dann den Apparat zurück, bis er ein Fußbreit vom Fenster entfernt war. Der Clown glotzte in die Gardinen. Nichts rührte sich. »Noch mal«, flüsterte Davies.

In diesem Moment ging über ihnen das Licht an, und die Vorhänge wurden aufgerissen. Eine Sekunde lang war es still, dann hörte man einen fürchterlichen, weithin schallenden Schrei und danach einen zweiten. »Jesses«, rief Davies erschrocken, »nichts wie weg.«

Sie schleppten den Wackelkopf, so schnell es ging, um die Hausecke. Mrs. Fulljames' Schreckensschreie schrillten noch immer durch die Nacht. In den Fenstern der Nachbarhäuser gingen die Lichter an. Davies legte den Hebel um, der den Kopf zurück in seine Kiste sinken ließ. »Schnell, schnell«, rief er. Mod rannte schon durch den kleinen Garten zu dem Hinterpförtchen, das auf die Seitenstraße hinausging. Kittys wütendes Geheul tönte aus der Garage. Fenster wurden geräuschvoll hochgezogen, Köpfe lehnten sich heraus. »Warte auf mich!« keuchte Davies. »Das Ding ist schwer.«

Er holte Mod ein, und zusammen schleppten sie ihre Last das Sträßchen hinunter und in die Hauptstraße. Hier war alles totenstill. Nach Luft schnappend und quietschend vor Vergnügen liefen sie zum Einkaufszentrum und zu »Harrys 24-Stunden-Imbiß‹.

»Wieder da, Dangerous?« fragte der Kioskbesitzer hinter seiner Zeitung.

»Kannst du das für mich aufbewahren?« japste Davies und hob den Kasten auf die Theke. »Der Inhalt ist nicht geklaut.« Er mußte sich die Tränen abwischen. Mod krümmte sich vor Lachen hilflos über einem Hocker. Eine Polizeisirene tönte durch die Straßen.

»Bist du sicher?« wollte Harry wissen.

»Denkst du, ich würde dir heiße Ware bringen?« fragte Davies. »Zwei Kaffee, bitte.« Harry nahm, sichtlich ungern, den Kasten entgegen. »Weil du's bist, Dangerous«, sagte er, und als sein Blick auf Mod fiel, »was ist daran so komisch?«

Davies beugte sich über den Tresen und öffnete den Deckel. »Hier. Topper der Clown, sonst nichts.« Mod wurde wieder von Lachkrämpfen geschüttelt.

Harry starrte auf den Zylinderhut. »Wie lang soll ich ihn hierbehalten?« erkundigte er sich sachlich.

»Nur bis morgen. Wir holen ihn ab«, stieß Davies mühsam hervor.

Harry stellte den Koffer hinten neben dem Küchentisch ab. »Kann ich sonst was für euch tun?«

»Zweimal Toast mit gebratenem Speck«, rief Mod, der sich noch immer die Augen wischte. Dabei sah er Davies bittend an. »Es macht dir doch nichts aus, mein Frühstück zu bezahlen?« Sie mußten beide schon wieder lachen. Harry sah sich über die Schulter nach ihnen um und zuckte die Achseln. Allmählich beruhigten sie sich wieder und tranken ihren Kaffee. Mod griff nach Harrys Zeitung und blätterte darin. Plötzlich legte er sie auf den Tisch, beugte sich darüber und las aufmerksam. Er warf einen Blick auf Harry, der mit der Bratpfanne beschäftigt war, und riß schnell ein rechteckiges Stück aus der Zeitung heraus. Davies, der gerade die Ohren in Richtung Furtman Gardens spitzte, bemerkte es nicht einmal.

»Und darf ich fragen, wo die Herren sich heute nacht aufgehalten haben?« fragte Mrs. Fulljames spitz, wobei sie dem Wort »Herren« eine besondere Betonung gab, als sei es etwas Ehrenrühriges.

Davies und Mod, die das Speisezimmer gerade betreten hatten, sahen mit Unschuldsmiene erst einander und dann die anderen Tischgäste an. »Welche Herren?« erkundigte Davies sich schließlich so beiläufig wie möglich, während sie ihre Plätze einnahmen.

»Natürlich Sie zwei Herren«, giftete Mrs. Fulljames.

»Ihr wart nicht in euren Betten«, ergänzte Doris hämisch.

»Mrs. Davies«, sagte Davies zu seiner Noch-Gattin, »Sie haben doch hoffentlich nicht mein Schlafzimmer aufgesucht oder das von Mr. Lewis.«

»Das war nicht nötig«, erwiderte Mrs. Fulljames. »Sie waren nirgends zu sehen, als der Krach begann. Nur ich habe Ihre Zimmer betreten.«

»Was für ein Krach?« fragte Davies und tauschte einen kurzen Blick mit Mod.

Mrs. Fulljames tupfte sich die Augen und paddelte mit der Kelle in der heißen Schüssel herum. Der Dampf vermischte sich mit ihren Tränen. »Eine Gemeinheit«, stammelte sie.

»So was ist gemein«, warf Doris erregt ein. Ihr Kopfnicken wirkte wie ein Hammerwerk. »Jetzt hast du Mrs. Fulljames zum Weinen gebracht.«

»Oh nein, hat er nicht«, schnaubte die Dame und wischte sich das Gesicht. »Da müßte ein anderer kommen. Frauen zu terrorisieren!«

Davies schien sprachlos. Mod hob die Hände. Schließlich sagte Davies: »Terrorisieren? Welche Frauen?«

»Uns«, rief Doris schnell.

»Mich, genaugenommen«, sagte Mrs. Fulljames mit einem kurzen, harten Blick auf Doris. »Der Terror galt mir.«

»Sie hat laut geschrien«, erläuterte Minnie Banks nicht ohne Befriedigung. »Auf dem Flur.«

»Warum?« fragte Mod. »Ich verstehe überhaupt nichts.«

»Ich auch nicht«, pflichtete Davies ihm bei. »Was soll das alles heißen?«

»Sie verstehen mich gut genug«, stellte Mrs. Fulljames fest, aber jetzt schwang doch ein kleiner Zweifel in ihrer Stimme mit. »Sagen Sie bloß, Sie haben nichts mit dem fürchterlichen Ding an meinem Fenster zu tun.« Die Erschütterung bemächtigte sich ihrer von neuem, so daß die Kelle mit dem Lammeintopf beim nächsten Teller teilweise danebentraf. »Oh nein!« schrie sie und kratzte das Verschüttete mit dem Löffel zusammen.

Davies sprang ritterlich auf und holte einen Wischlappen aus der Küche. »Hier«, sagte er hilfsbereit, »lassen Sie mich machen.« Er reichte das Tuch zu Mod hinüber, der ein paarmal ungeschickt in der Soße damit herumtupfte, bis Mrs. Fulljames es ihm ungeduldig aus der Hand riß.

Nichtsdestoweniger war ihre Überzeugung ins Wanken geraten. »Geben Sie mir Ihr Ehrenwort darauf, als Polizist und als Mensch, daß Sie nichts mit dem zu tun hatten, was letzte Nacht passiert ist?«

»Ehrenwort«, meinte Davies, ohne rot zu werden. »Ich weiß ja noch nicht mal, was eigentlich passiert ist.«

Doris sagte scharf: »Jemand hat einen Kopf, einen Kopf mit Hut, an Mrs. Fulljames' Fenster gehalten. Um vier Uhr nachts.«

»Einen Kopf?« fragte Mod. Er sah Davies kopfschüttelnd an. »Mit Hut?«

»Wessen Kopf?« wollte Davies wissen. »Was für ein Hut?«

»Nicht doch, nicht doch«, flehte Mrs. Fulljames. »Essen Sie jetzt lieber. Ich will nicht daran erinnert werden.« Sie drehte sich plötzlich zu Davies um. »Noch nie im Leben habe ich mich so aufgeregt«, lamentierte sie. Ihre Stimme begann schon wieder zu zittern. »Nicht einmal, als damals dieses Pferd plötzlich im Haus war.«

»Ach, das Pferd«, sagte Davies und nickte Mod zu.

»Das war eine schöne Bescherung«, bestätigte Mod.

Mrs. Fulljames hielt den Löffel in der Luft an und warf jedem von ihnen einen mißtrauischen Blick zu. »Wahrhaftig. Und dieses hier war auch so eine Bescherung. Ein angemaltes Gesicht ... wie von einem Clown, einem wahnsinnigen ..., das an mein Fenster klopfte.«

Davies war scheinbar entgeistert. »Tatsächlich?« bemerkte er hilflos. »Ein wahnsinniger Clown, so so.« Seine Augen suchten die von Mod. Mr. Smeeton, der Alleinunterhalter, schwieg vor sich hin und versuchte angelegentlich, ein bißchen Lammfleisch von einem Knochen herunterzukratzen.

»Clowns«, sagte Mod. »Das schlägt in das Fach von Mr. Smeeton.«

Der Unterhaltungskünstler hob tief gekränkt die Augen. »Ich befand mich im Bett, Mr. Lewis«, protestierte er und setzte seine Nahrungssuche fort. »In tiefem Schlaf.«

»Wie wir alle«, schniefte Doris. »Außer euch beiden.«

»Stimmt«, bestätigte Davies, »wir waren nicht da.«

»Und wo waren Sie?« fragte Mrs. Fulljames.

Davies beschäftigte sich mit dem Gemüse auf seinem Teller und ließ eine Möhre durch seine Kehle gleiten wie ein Zauberer, der einen Goldfisch verschluckt. Schließlich antwortete er: »Mrs. Fulljames, Sie werden sicherlich verstehen, daß ich als Polizeibeamter über viele Dinge Schweigen bewahren muß. Wo ich letzte Nacht gewesen bin, und übrigens auch, wo Mr. Lewis gewesen ist, unterliegt der Geheimhaltung.«

»Der ist nicht bei der Polizei«, warf Mr. Smeeton boshaft ein. »Lewis doch nicht.«

»Unterliegt der Geheimhaltung«, wiederholte Davies. »Andererseits, da die Frage, wo wir uns aufgehalten haben, in der vorliegenden Angelegenheit von wesentlicher Bedeutung ist, kann ich mir wohl gestatten, Ihnen zu verraten, daß wir an einer nächtlichen Drogenparty teilgenommen haben. Mr. Lewis hat mich begleitet.«

»Drogen?« flüsterte Doris. Ihre Augen schweiften aufgeregt in die Runde.

»Ich war der V-Mann«, versuchte Mod sich einen professionellen Anstrich zu geben.

Davies setzte schnell hinzu: »Ich brauchte einen Zeugen, der kein Polizist sein durfte.«

Überraschtes Schweigen, abgesehen vom Klappern der Bestecke auf den Tellern. »Stimmt das?« fragte Mrs. Fulljames. »Ich könnte beim Revier anrufen.«

»Das würde ich Ihnen nicht raten«, sagte Davies schnell. »Wenn Sie auch nur andeuten, daß Sie etwas von diesen Dingen wissen, dann sind die Drogenfahnder hier, ehe wir mit dem Pudding fertig sind, und stellen die Bude auf den Kopf.« Mrs. Fulljames hielt vor Schreck den Atem an. Davies schob seinen Teller zur Seite, auf dem der Knochen von dem einzigen Stück Fleisch verlassen dalag wie ein Gerippe in der Wüste. Er schob ihn nachdenklich mit der Gabel hin und her. »Ein wahnsinniger Clown«, brummte er, »ich glaube nicht, daß mir so was schon mal untergekommen ist.«

Edwin Curl saß in seinem Pförtnerhaus, wie an seinem Kopf zu sehen war, der gerade eben über die Fensterbank reichte. Davies holte den Kasten aus dem Kofferraum seines Vanguard.

»Ah, Sie bringen ihn zurück«, rief Curl erfreut und stand auf, um mit anzufassen. »Ich bin froh, daß er wieder da ist. Ich habe keine Ahnung, warum Sie ihn unbedingt mitnehmen wollten.«

»Ich auch nicht«, räumte Davies ein. »Ich fürchte, es war der Scotch.«

»Ah ja, der Scotch. Wir haben uns ganz schön einen angezwitschert, da drüben.«

»Zweifellos ein interessanter Aufenthaltsort«, meinte Davies. Er setzte sich auf die Tischkante. »Habe so etwas noch nie gesehen.« Er sah Curl durchdringend an. Curl versuchte, dem Blick auszuweichen, war aber nicht stark genug.

»Sie gehen da so gut wie jede Nacht rüber, Edwin, nicht wahr?«

Der Wachmann wand sich vor Verlegenheit. »Hören Sie, Mr. Davies«, sagte er bittend, wie um faire Spielregeln zu verlangen. »Ich weiß nicht mehr, was ich gestern nacht alles gesagt habe. Es geriet alles ein wenig außer Kontrolle. Der Alkohol und so ...«

»Gehen Sie da jede Nacht hin, in dieses Magazin?« wiederholte Davies.

»Nicht jede. Jetzt nicht mehr.«

»Soll heißen, seit Schneewittchen nicht mehr da ist?«

Curl war getroffen. »Jetzt machen Sie Witze auf meine Kosten«, stieß er beleidigt hervor. »Das ist keine Kunst. Vielleicht habe ich Sachen gesagt, die ich nicht hätte sagen sollen, aber ...«

Davies beugte sich vor und nahm Curls Hemdkragen sanft in die Finger. »Edwin«, sagte er unbarmherzig. »Du warst da drüben, stimmt's, letzten Oktober, in der Nacht, als ein Mensch im Kanal umgekommen ist. Lofty Brock.«

Auf dem Zwergengesicht des Nachtwächters breitete sich Verzweiflung aus. Der kleine Kopf nickte. »Na gut«, antwortete er heiser, »ich war bei ihr. Fast die ganze Nacht.«

Tief in Gedanken fuhr er zum ›Wickelkind‹ zurück. Es fiel ein gleichmäßiger Regen, aber zu dieser Jahreszeit ging er einem nicht so durch Mark und Bein wie im Winter. Mod saß schon am gewohnten Tisch. Jemma kam gerade von ihrer Chorprobe.

Als er sich gesetzt und etwas zu trinken vor sich stehen hatte, sagte Davies langsam: »Edwin Curl, der Mann, der das Firmengelände bewacht, war am Abend des 6. Oktober letzten Jahres nicht auf seinem Posten.«

»Wo war er denn?« fragte Jemma.

»In den Armen von Schneewittchen.«

Ihre ausdrucksvollen Augen gingen in die Höhe, aber noch ehe sie etwas fragen konnte, zog Mod ein Stück Zeitungspapier aus der Manteltasche. »Fast hätte ich es vergessen«, meinte er und beugte sich über den Tisch. »Irgendwie ist mir in Erinnerung, daß ich dieses gestern abend aus Harrys Zeitung herausgerissen habe.« Er sah auf. Beider Mienen drückten nur mäßige Erwartungen aus. »Ich lese es euch vor«, sagte er.

»Bitte sehr«, äußerte Davies höflich, »ich bin gespannt.«

Mod setzte umständlich die Brille auf. »Es ist nur ein einziger Absatz«, bemerkte er. »Da heißt es: ›Nach Mitteilung der Polizei von Dorset konnte die am 7. Oktober letzten Jahres in Chesil Bank, unweit von Weymouth, angeschwemmte Leiche jetzt identifiziert werden. Es handelt sich um Sigmund Dietrich, in leitender Position bei der Firma Becker Pharmazeutik in Zürich. Das Resultat der daraufhin wieder aufgenommenen gerichtlichen Untersuchung lautet: Todesursache unbekannt.‹«

»7. Oktober. Der Tag, an dem Lofty gefunden wurde«, flüsterte Davies. Er streckte die Hand nach dem Zeitungsfetzen aus. »Und jemand von einer Arneimittelfirma.«

»Vielleicht hat es nichts zu bedeuten«, sagte Mod, sichtlich selbstzufrieden. »Vielleicht aber doch.« Er wedelte mit dem dicken und nicht ganz sauberen Zeigefinger. »Wißt ihr, wir haben Frau

Harrer, die ebenfalls für eine pharmazeutische Firma arbeitet, immer als Deutsche angesehen. Sie könnte aber genausogut Schweizerin sein. Schließlich haben wir sie ›die Jungfrau‹ betitelt. Na, wo ist die Jungfrau?«

»In der Schweiz«, stellte Jemma fest.

Kapitel 14

Der Frühling war schon hie und da auf dem grünen Vormarsch durch das Land. Anscheinend verspürte sogar der alte Vanguard etwas davon, denn er schwang sich ein paar Mal röhrend zu einem Zwischenspurt auf, der den Tacho über die 80-Kilometer-Marke hochjagte.

»Langsam«, warnte Jemma. »Wenn er auseinanderfällt, kostet es ein Vermögen, die Einzelteile von der Straße zu schaffen.«

»Hampshire«, schwärmte Davies. »Sieh mal, die Weidenkätzchen!«

Eine dicke Wolke schob sich vor die Sonne, und gleich darauf brach ein Regenschauer los. Sie faßte ihn an der Schulter. »Wir fahren in die Ferien, Dangerous, stell dir vor, zum ersten Mal zusammen in Ferien.«

»Zwangsurlaub nennt sich das in meinem Fall«, berichtigte Davies. »Nur eine Stufe besser als entlassen. Zwangsurlaub, damit sie bei der Metropolitan Police in Ruhe beschließen können, ob sie mich rausschmeißen oder nicht.«

»Wenn sie das machen«, sagte sie entschlossen, »dann gehe ich auch.«

»Wir könnten ja nach Hampshire ziehen«, meinte er, »und Weidenkätzchen anbauen.«

Sie sah auf die Uhr. »Erst elf«, sagte sie lebhaft. »Was machen wir, wenn wir ankommen?«

»Ich gehe es langsam an«, erwiderte er. »Ich darf nicht herumspionieren und den Leuten Fragen stellen wie ein Detektiv. Die Polizei von Dorset könnte mir sonst wirklich in die Suppe spucken, falls dann überhaupt noch Suppe da ist.«

Sie zog einen Schmollmund. »Das habe ich nicht gemeint«, sagte sie. »Sondern vielleicht am Strand spazierengehen oder zusammen eine Flasche Wein trinken.«

»Oh, das natürlich auch. Beides.«

Kurz vor Winchester war die Autobahn zu Ende. Die Landstraße führte um die Stadt herum und bog dann nach Westen, wo die von Flüßchen durchzogenen Wiesen und Weiden von Hampshire in das Waldland des New Forest übergingen und wo Dorset anfing. Jemma fragte: »Wirst du sehr enttäuscht sein, Dangerous, wenn nichts dabei herauskommt?«

»Ja, sehr. Wenn es sich nicht um ein Verbrechen handelt, dann werde ich niemals eins aufdecken. Dann muß ich mich für alle Ewigkeit damit abfinden, daß ich kein richtiger Polizist bin.« Sie fuhren schweigend weiter, bis sie nach Wimborn kamen. »Wir finden ein Mosaiksteinchen nach dem anderen, oder etwa nicht?« meinte er nach einer Weile, um sich Mut zu machen. »Und jedes bringt uns ein kleines Stück weiter. Lofty Brock, zum Beispiel, heißt jetzt Billy Dobson.« Er sah sie flehentlich an. »Sag jetzt nicht, das ist kein Beweis, daß er ermordet wurde.«

»Hatte ich nicht vor. Aber es ist in der Tat kein Beweis.« Sie drehte sich halb zu ihm um und berührte tröstend seine Linke am Steuerrad. »Du hast allerlei herausgefunden, Dangerous«, bestätigte sie. »Aber das ist doch alles vergangen und vergessen. Kleine Verbrechen von anno dazumal, private Geheimnisse, und was weiß ich. Aber ...«

»Aber was? Aber ich habe, meinst du, bislang weder herausgekriegt, ob es Mord war, noch, wer der Täter ist – falls es sich wirklich um einen Mord handelt –, geschweige denn, um was für ein Motiv es geht – wenn es eins gegeben haben sollte.«

»Das ist das wirrste Zeug, das ich je gehört habe, selbst von dir.«

Er lachte. »In nüchternem Zustand, sagen wir mal.« Er sah zu den alten, niedrigen Ziegeldächern hinüber. »Laß uns was trinken«, schlug er vor. »Anscheinend haben sie hier ganz vernünftige Öffnungszeiten.«

Er lenkte den Wagen auf den Hof eines weißgestrichenen Gasthauses, hinter dessen Dach ein mächtiger Kirchturm aufragte. Der Motor erstarb mit einem Seufzer der Erleichterung. Davies sprang vom Sitz und beeilte sich mit altmodischer Höflichkeit, die Beifahrertür für Jemma zu öffnen. Sie trug einen grünen Sweater und enganliegende weiße Hosen. Als sie eintraten, Jemma vorweg, rutschte einem männlichen Gast der volle Humpen, den er gerade quer durch den Raum balancierte, fast aus der Hand, und das Bier schwappte über. Der Mann am Zapfhahn hinterm Tresen versank so tief in Jemmas Anblick, daß seine Hand immer weiter pumpte, während das Bier im Glas schon überlief. Noch drei andere Männer waren da, und alle starrten wie gebannt. »Eine im grasgrünen Pullover sehen die hier nicht so oft«, wisperte Davies ihr ins Ohr.

»Besonders eine Schwarze«, flüsterte sie zurück.

Sie gingen an die Theke. »Tag«, sagte der Wirt, immer noch in ihren Anblick versunken. »Schönes Reisewetter.«

Jemma bestellte ein Glas Wein, Davies ein Bier. »Woher wissen Sie, daß wir auf der Reise sind?« fragte Davies.

»Ich weiß, daß Sie nicht von hier sind«, entgegnete der Mann. »Sie wären mir sonst schon früher aufgefallen.« Er sah zögernd auf. »Logik«, sagte er. »Ich war früher mal Polizist. In London.«

»Und jetzt haben Sie sich zurückgezogen, um Ruhe und Frieden zu haben«, stellte Davies im Konversationston fest, indem er die Getränke entgegennahm. »Hier unten gibt's nicht viele Verbrecher, oder?«

»Sagen Sie das nicht«, meinte der Wirt. Davies fragte, ob er auch etwas trinke, was der Mann dankend annahm. »Dahinten«, der Wirt nickte über seine Schulter, »auf dem Friedhof, da liegt eins der großen ungelösten Rätsel begraben.«

»Und das ist?«

»Der Mann, von dem man glaubt, daß er Jack the Ripper war. Der Hauptverdächtige, nämlich Montague John Druitt. Man wird es natürlich nie genau wissen. Es ist zu lange her.«

»So ist das manchmal«, sagte Davies.

Am späten Nachmittag stiegen sie das Steilufer empor, wo oben ein Kirchlein stand, und atmeten in vollen Zügen die Frühlingsluft ein. Unter ihnen lagen die buckligen, alten Dächer des Dorfes und der Hofplatz des Gasthauses, in dem sie abgestiegen waren.

»Hast du das Gesicht der Frau bemerkt, als wir zusammen reinkamen?« lachte Jemma.

Davies keuchte vor Anstrengung. Er ließ sich schwerfällig auf einer Felsplatte nieder, die wie ein Zahnstummel aus dem kurzen Gras hervorragte. »Du bist so etwas wie eine Pionierin«, sagte er.

Sie setzte sich neben ihn, so daß er ein Stück rücken mußte. »Und was hab' ich gefunden? Dich.« Sie mußte wieder lachen, und sie umarmten und küßten sich. Dann saßen sie still und blickten in die Ferne. Der jenseitige Talhang schwang sich sanft empor zu einem Wäldchen im frischen Grün. Ein Hund und ein Mann gingen darauf zu. »Wir hätten Kitty mitnehmen sollen«, meinte Jemma.

»Hätten wir«, gab Davies reuig zu. »Aber dann müßten wir das Zimmer mit ihm teilen. Und du weißt doch, wie eifersüchtig er immer wird.«

Die Sonne kam ab und zu heraus und warf Streiflichter auf das Tal und das Dorf. Man hörte einen Bach rauschen. Davies holte tief Luft. »Wunderbar«, seufzte er. »Seeluft und Kuhdung.«

»Es ist wirklich schön.« Sie meinte es ernst. »Ich bin froh, daß du mich mitgeschleppt hast.« Sie stand auf, er ebenfalls.

»Ich dich?« sagte er und umschlang sie wieder mit den dicken Mantelärmeln. »Du hast mich mitgenommen. Bisher hab' ich meine Ferien immer in Cricklewood in der Snooker-Halle verbracht.« Sie lachte mit ihm. Dann löste sie sich aus der Umarmung und legte ihr Gesicht an das seine, so daß seine rote Nasenspitze ihre schwarze berührte. Beide schielten landeinwärts, ob jemand sie von unten beobachtete. »Es guckt keiner«, berichtete Davies. Sie küßten sich nochmals ausgiebig.

Dann gingen sie ein Stückchen weiter bergauf bis zu der Kapelle und hatten plötzlich einen weiten Ausblick über das Meer und die im Bogen verlaufende, etwa 15 Kilometer lange Küste von Chesil Bank, die sich weit hinten im Osten am Horizont verlor. Sonnenschein und Wind zeichneten Muster auf die Wasserfläche, kräuselten sie und warfen spiegelnde Lichter. Die Brandung rollte schwer und träge heran. Direkt unter ihnen erstreckte sich der kiesbedeckte Strand und ertrug gelassen den unaufhörlichen Ansturm der schweren Brecher, von denen jeder einzelne, endlich besiegt, bei seinem letzten Angriff in sich zusammensank.

»Hör mal«, meinte Jemma, »du kannst die Kieselsteine bis hier oben hören. Sie rasseln, wenn das Wasser kommt.«

Davies sagte: »Ich frage mich, wo sie die Leiche von diesem Schweizer gefunden haben.«

Gegen Abend flammten am Horizont verstreute Lichter auf, und ein wenig höher am Himmel erschien ein einzelner Stern. »Man hört es bis hierher, wie die Flut auf den Steinen aufläuft«, bemerkte Jemma. Sie standen an dem kleinen Fenster ihres Hotelzimmers. Davies hatte den Arm um Jemma gelegt und streichelte ihren Hüftknochen, der sich anfühlte, als trüge sie unter dem Bademantel eine Pistole im Halfter. Sie schmiegte sich bei ihm an, den

Kopf an seinen Hals gelehnt. Im Zimmer hinter ihnen brannte ein Lämpchen und beleuchtete bernsteinfarben das altmodische, breite Bett.

»Ich glaube, wir haben bereits Eindruck gemacht, Dangerous«, sagte sie.

»Würde mich nicht wundern. An einem Ort wie diesem sind die Leute eben neugierig.«

»Wenn du Aufsehen erregen willst, brauchst du nur mit einer schwarzen Freundin in ein englisches Seebad zu fahren, möglichst außerhalb der Saison«, murmelte sie.

»Besonders, wenn man über 50 ist und mehr als 80 Kilo wiegt und die betreffende schwarze Frau von außergewöhnlicher Schönheit ist«, fügte er hinzu. Er küßte sie. Sie streckte den Arm aus und zog die Vorhänge zu. »Keine Sondervorstellung für die britische Fischereiflotte«, lächelte sie.

Sie hatte ihm ein Geschenk mitgebracht, einen gestreiften, seidenen Morgenmantel. In der Tür des dunklen, alten Schranks, der einem fast entgegenfiel, weil der uralte Bretterfußboden sich unter seinem Gewicht senkte, befand sich ein Spiegel. Davies stellte sich davor in Positur und ließ den Mantel so weit aufspringen, daß er kokett ein stämmiges weißes Bein zeigen konnte. Jemma lag quer über dem Bett.

»Zweifellos«, kommentierte Davies geziert, »verfüge ich über eine gewisse Vornehmheit der Erscheinung.«

Sie lachte. »Du bist umwerfend.«

»Andererseits«, dabei wechselte er das Standbein, »bleibt abzuwarten, wie mein Flanellpyjama sich dazu macht.«

»Den ziehst du nicht an!« rief sie. »Ich verreise doch nicht mit einem Mann, der sein Wollzeug einpackt.«

»Bedingungen dieser Art sind vor der Abreise nicht ausgehandelt worden«, sagte er, in den Anblick des schlanken braunen Beins vertieft, das nackt aus ihrem Bademantel herauslugte. »Damen wie Sie durchschaue ich, Gnädigste.« Er näherte sich dem Bett. »Erst sich von einem Mann mit auf die Reise nehmen lassen und dann Rührmich-nicht-an spielen!« Er setzte sich auf die Bettkante und begann, ihren Bauch zu streicheln.

»Ich bin kein Rühr-mich-nicht-an, Dangerous«, entgegnete sie sanft. »Du weißt, wie leicht man mich rumkriegt.«

Ihre schlanken Finger strichen über seinen Oberschenkel unter der Seide. Er sah sie warnend an. »Du verdirbst dir den Appetit aufs Abendessen.«

»Im Gegenteil, ich bekomme davon Hunger.« Sie rutschte auf dem riesigen, durchgelegenen Bett zur Seite, und er legte sich neben sie. »Vielleicht gibt es hier Gespenster«, sagte er mit einem Blick auf die Balkendecke.

»Dir erscheint gleich eins, wenn du nicht aufhörst, dummes Zeug zu reden«, drohte sie ihm.

Er rollte dicht an sie heran und spürte, wie ihre weichen, schlanken Formen sich an die Rundungen seines Körpers schmiegten. »›'s ist eine Nacht für Schmuggler‹«, murmelte er heiser in der rauhen Mundart der Gegend. »›Branntwein für den Pfarrer, Tobak für den Vogt.‹«

»Das kannst du auswendig?« Sie machte die Augen auf.

»Das einzige Gedicht, das ich auswendig weiß«, gestand er. »›25 Ponys trotten durch die Nacht‹ ... Ich mußte es in der Schule hundertmal abschreiben, weil ich im Literaturunterricht gepupt hatte.«

Sie schob die Nase in seine Achselhöhle. »Willst du nun Gedichte aufsagen oder bumsen?« fragte sie.

»Am liebsten beides.« Er küßte sie auf die Schulter und rund um die Brüste.

»Das gefällt mir schon besser«, sagte sie. »Ich war drauf und dran, abzureisen.«

»Nicht doch«, flüsterte er, »nicht abreisen.«

Er machte zweifellos Fortschritte. Nach jahrelanger Enthaltsamkeit, unterbrochen von öden Zufallsbekanntschaften, hatte er die Einmaligkeit der Sache wiederentdeckt. Jemma hatte ihm gezeigt, was Lust wirklich bedeutet. Er schob ihren Bademantel weiter auf, so daß ihr mattglänzender Bauch und der sanfte Venushügel zum Vorschein kamen. »Du bist wie ein Tierchen«, lachte sie, als er die Lippen auf ihre Haut legte.

»Eine Schildkröte«, murmelte er.

»Vielleicht«, hauchte sie in die Augen, die in diesem Moment vor ihrem Gesicht auftauchten. »Es ist doch schön, wenn man sich Zeit läßt.«

Er ließ sich Zeit, und ihr auch. Als sie einander zugekehrt dalagen, sagte sie mit geschlossenen Augen: »Weißt du, Dangerous, manchmal glaube ich, ich bin einfach hemmungslos.«

»Gott sei Dank«, murmelte er.

Eine Stunde verging, ehe sie leise von dem zerwühlten Bett aufstand, um ins Badezimmer zu gehen. Er lag im Halbschlaf da, wußte aber, es würde sich lohnen, die Augen aufzumachen, wenn sie splitternackt den Raum durchquerte. Es lohnte sich wahrhaftig. Sie kam zurück und hängte sich den Bademantel locker um. Er richtete sich halb auf dem Bett auf. »Ohne meinen warmen Schlafanzug kann ich nicht schlafen.«

»Er paßt ganz gut zur Einrichtung«, nickte sie mit einem Blick auf das halbdunkle Zimmer mit den schweren, altersschiefen Möbeln und der geblümten Porzellangarnitur auf dem Waschtisch. Sie berührte die Waschschüssel mit der Hand. »Das Badezimmer nebenan zerstört fast schon die Wirkung.«

Sie ging mit dem Wasserkrug über den Flur, und er hörte mit wachsender Vorfreude, wie sie das Gefäß vollaufen ließ. Mit einer hinterhältigen Miene kam sie zurück und stellte die Kanne auf den Waschtisch, die große Schüssel auf den Fußboden. »Raus mit dir«, kommandierte sie.

Davies stieg aus dem Bett. »Knie dich hin«, sagte sie, ohne ihn anzusehen. »Ich hab' sogar einen Waschlappen gefunden.«

Während sie ihn wusch, fragte sie, ohne von ihrer Tätigkeit aufzusehen: »Glaubst du, die Leute hier finden es komisch, daß du eine schwarze Freundin hast?«

Er berührte ihr dunkles, wunderschönes Haupt, indem er die Fingerspitzen vom Haaransatz zum einen Ohr und von da den Hals und Nacken hinunter gleiten ließ. »Ich vermeide es, darüber zu reden«, sagte er heiser. »Sonst wollen alle so eine haben.«

Das Essen nahmen sie an einem wackligen Tisch in der Gaststube ein. Er wackelte so sehr, daß sie ein Spiel daraus machten, ihn zwischen sich hin- und herwippen zu lassen. Die rundliche Frau, die sie bediente, sagte: »Das wollte der Meinige immer heilmachen, bis er darüber verstorben ist.« Sie runzelte die Stirn, offenbar weil sie die Unterlassung mißbilligte, und sagte dann: »Wo sind Sie denn her?« Eine Stunde zuvor hatte sie schon beim Auftragen der Suppe auffällig lange damit zugebracht, das Fehlen eines Eherings an Jemmas Hand zu bemerken.

»Aus London«, antwortete Davies bereitwillig. »Dem nordwestlichen Teil.«

»Oh«, sagte die Frau. »Sie auch, Miss?«

»Ja«, bestätigte Jemma freundlich. »Das Essen ist wunderbar.«

»Wir tun unser Bestes«, meinte die Frau. »Er ist seit fünf Jahren unter der Erde, aber wir tun unser Bestes.«

Sie brachte den Kaffee und verschwand. Davies ließ den Tisch wackeln. »ER versucht wohl, uns eine Nachricht zu übermitteln«, sagte er.

»Zu diesem Zweck hat er den Tisch so wacklig gelassen«, lachte Jemma.

Nach dem Kaffee gingen sie unter der niedrigen Balkendecke hindurch in den Schankraum. Es war bereits recht voll. Als sie eintraten, drehten sich 50 Köpfe nach ihnen um. »'n Abend«, grüßte Davies jovial in die Menge. Jemand machte ihnen Platz am Tresen. Die Gesichter über den dicken Rollkragenpullovern waren von Wind und Wetter gerötet, die Augen melancholisch, aber hellwach. »Einen Brandy«, sagte Davies zu dem Mädchen hinter dem Tresen, »und einen Cointreau.«

Er hörte, wie das Wort »Cointreau« von einem zum anderen weitergesagt wurde. Sie blieben an der Bar stehen, und die allgemeine Unterhaltung belebte sich wieder, nur daß die Männer in kurzen Abständen wie bei einem Reigen die Plätze tauschten, so daß jeder einen Blick aus der Nähe auf Jemma werfen konnte. Mit ihrer im Beruf erworbenen Unbefangenheit hatte sie schnell eine Unterhaltung in Gang gebracht. Ein rotgesichtiger Mann mit rissigen Lippen im bärtigen Gesicht stellte sich neben Davies. »Sonnenuntergang war heute zu früh«, bemerkte er.

»Ah ja? Inwiefern?«

»Zu früh für mich, sag' ich Ihnen.« Er sprach breitestes Dorset. »In dieser Jahreszeit wünscht man sich eine lange Dämmerung. Man kriegt mehr getan.« Er starrte, offensichtlich überrascht, in sein leeres Glas. »Man fängt dann nicht so früh an zu trinken.«

»Möchten Sie noch was?« fragte Davies. Er tastete nach seinem Geld.

»Da sag' ich nicht nein«, entgegnete der Mann. »Aber erst, wenn wir uns vorgestellt haben.« Er streckte seine Hand aus. »Jim Fisher«, brummte er. »Fisher mit Namen, Fischer von Beruf.«

»Oh«, sagte Davies und ergriff die Pranke. »Wenn das so ist, müßte ich Agent heißen, aber mein Name ist Davies.«

»Geheimagent?« Er riß die mürrischen Augen auf. »Oder was?«

»Versicherungen«, stellte Davies richtig. »Versicherungsagent.«

»Ach so.« Er hielt Davies sein Glas hin. »Für mich ein Ale.«

»Ich glaube, dazu gehe ich auch über«, schloß sich Davies an. »Ein Brandy ist genug.« Er bestellte zwei Bier bei dem Mädchen, das Fisher abwartend ansah. Dann beugte er sich zur Seite und fragte Jemma, die inzwischen den Mittelpunkt einer Gruppe von Fischern bildete.

»Nein danke, Darling«, erwiderte sie über die Schulter. »Wir diskutieren gerade über alleinerziehende Väter und Mütter.«

»Wo haben Sie die aufgegabelt?« flüsterte Jim Fisher von Mann zu Mann. »Afrika?«

»Nordwest-London«, antwortete Davies.

»Es gibt nicht viele Neger hier bei uns«, meinte Fisher bedauernd. »Mir persönlich gefallen sie nicht schlecht.« Er nahm sein Bier entgegen. »Sind es Schiffe?« fragte er.

»Schiffe?«

»Die Versicherung.«

»Ach so. Im allgemeinen nicht, aber in diesem Fall schon.«

»Was heißt in diesem Fall?«

Davies nahm einen großen Schluck aus dem Glas, während er nachdachte. Dann sagte er: »Es geht um einen Schweizer, dessen Leiche hier am Strand gefunden wurde.«

»Hab' ich mir gedacht. Kommt bei Schweizern nicht oft vor, daß sie ertrinken, oder?«

»Man bringt sie nicht gerade mit Wasser in Verbindung«, pflichtete Davies ihm bei. »Außer vielleicht mit dem im Genfer See. Warum meinten Sie, daß ich deswegen hier bin? Ich könnte ja auch zum Muschelsuchen hergekommen sein.«

Fisher lachte verschwörerisch. »Hier passiert nichts, was nicht in kurzer Zeit alle wissen«, sagte er. »Heute nachmittag haben Sie dort oben mit Ihrer schwarzen Lady geredet. Der Wind trägt den Schall ziemlich weit. Die alte Frau, die in der Kirche Staub wischt, hat alles mitangehört.«

»Das ist ein ganz seltsamer Fall«, bemerkte Davies vorsichtig. »Sechs Monate hat es gedauert, bis die Leiche identifiziert war.«

Der Fischer schüttelte den Kopf. »Wenn einer erst mal aufgedunsen ist und die Wellen ihn ordentlich auf den Steinen der Chesil Bank hin- und hergerollt haben, erkennt seine eigene Mutter ihn nicht mehr.« Er lehnte sich über den Tresen. »Nance«, rief er, »gib mir mal die *Gazette.*«

Das Mädchen hielt im Gläserspülen inne und reichte die Zeitung herüber. »Hier steht's drin«, sagte Fisher und schlug die Seite auf. »›Amtliche Untersuchung.‹ Das wissen Sie sicher alles.«

»Ja, ja, natürlich«, behauptete Davies und beugte sich eifrig vor. »Aber ich würde es doch gern lesen.«

»Da«, sagte Fisher. »Mit Bild. Sigmund Dietrich. Was für ein Name.«

»Schweizerisch. In der Schweiz sehr verbreitet.« Davies nahm die Zeitung und betrachtete das Foto. »Er sieht auch aus wie ein Schweizer.«

»Es klingt eher deutsch.«

»Schon richtig. Aber es gibt da feine Unterschiede.« Er blätterte die Titelseite auf und las laut vor: »Rätsel um den Toten von Chesil Bank aufgeklärt.« Er spürte im Rücken, wie Jemma sich unwillkürlich umdrehte, sich dann aber klugerweise wieder ihren Gesprächspartnern zuwandte. »Kein Ausweis, keine Papiere«, murmelte Davies. »Ja, das ist uns bekannt.«

»Wieso haben ihn die Leute in der Schweiz nicht vermißt?« bemerkte Fisher scharfsinnig. »Zum Beispiel seine Familie?«

»Haben sie ja«, sagte Davies, den Artikel überfliegend. »Aber die Firma, für die er tätig war, und die Familie, alle dachten sie, er wäre in den Fernen Osten gereist.«

»Ja, sie haben ihn in der falschen Ecke der Welt gesucht. Ich erinnere mich jetzt auch.«

Davies sah ihn an. »Was glauben Sie, wie er hierher gelangt ist?«

»Warum er hier angespült worden ist? Ich weiß ja nicht, was er hier gewollt hat. Das weiß niemand, oder?«

»Ich meine, warum er hier angespült worden ist«, wiederholte Davies.

»Na, mit Sicherheit ist er nicht von der Schweiz hergeschwommen«, erwiderte Fisher. »Also nehme ich an, er ist auf dem Fährschiff über Bord gegangen.«

»Ja, natürlich. Die Fähre von Weymouth zum Kontinent. Wie weit ist das entfernt?«

»Weymouth von hier? Vielleicht zehn, zwölf Kilometer. Aber wer zwei oder drei Kilometer vor der Küste ins Wasser fällt, wird auf jeden Fall bei Chesil Bank angeschwemmt. Das macht die Strömung.«

»Man nimmt an, daß er sich nur 24 Stunden im Wasser befunden hat«, sagte Davies und klopfte mit dem Handrücken auf das Zeitungsblatt. »Das«, setzte er schnell hinzu, »deckt sich mit meinen Informationen.«

»Das reicht«, nickte Fisher. »Das Salzwasser und die Wellen, die ihn vor und zurück auf die Steine schmeißen. Das richtet einen Menschen übel zu.« Er sah hoch. »Wollen Sie sehen, wo er angeschwemmt war?« fragte er. Seine Augen verschwanden fast in dem faltigen Gesicht.

»Wäre nicht schlecht«, antwortete Davies. »Ist es weit?«

»Zehn Minuten am Strand lang«, sagte Fisher. »Ihre Lady sollte lieber nicht mitkommen.«

Jemma drehte sich mit fragender Miene um. »Ich bleibe nicht lang weg«, verkündete Davies. »Höchstens eine halbe Stunde. Geh schon rauf, wenn du möchtest.«

»Mir geht's hier gut«, entgegnete sie ruhig. »Wir sind jetzt beim Thema Aids angelangt.«

Sie gab ihm einen Kuß auf die Wange, was die Männer mit Beifallsgemurmel quittierten. Draußen in der sternenhellen Nacht, wo die Brise den Salzgeruch und das Rauschen der See herantrug, meinte Davies: »Es wäre sehr hilfreich, wenn ich mit demjenigen sprechen könnte, der die Leiche gefunden hat.«

»Tun Sie ja«, sagte Fisher. »Das war ich.«

Es war ein Uhr morgens, als Davies zurückkam. Der Gasthof war zu, die Tür verschlossen, und er stand in der windigen Dunkelheit und rief zu Jemma hinauf. In ihrem Fenster war gedämpftes Licht zu sehen, aber sein Rufen blieb ungehört. Schließlich warf er eine halbe Handvoll Kieselsteinchen an die Scheibe, und gleich darauf erschien dahinter ihr Gesicht. Sie machte das Fenster auf. »Was willst du?«

»Ich bin ausgesperrt.«

»Woher weiß ich, daß du nichts Böses im Schilde führst?«

»Bestimmt nicht, ich bin viel zu zerschlagen. Ich bin ständig auf den Steinen ausgerutscht.«

Sie verschwand. Gleich darauf schob sie den schweren Riegel zurück. »Du siehst aus wie der Alte Mann vom Meer«, sagte sie.

»Jau, hau, hau«, brummte er. Sie gingen hinein. Jemma schob den Riegel wieder vor und folgte ihm die knarrige Treppe hinauf.

»Meine Schienbeine und die Knie«, stöhnte er und rollte die Hosenbeine hoch. »Die Steine sind mörderisch. Sieh mal, lauter blaue Flecke.«

Sie schnupperte. »Rum«, stellte sie vorwurfsvoll fest.

»Rum und eine Art Grog«, gab er zu. »Aus Rum gemacht, glaube ich, mit allem möglichen Zeug drin.«

»Ich hab' auf dich gewartet«, sagte sie. Sie zog den Bademantel aus, und er sah, daß sie seinen dicken Schlafanzug anhatte. »Mir war so kalt.«

Er küßte sie und versuchte dabei, seine Knie und Schienbeine mit den Händen abzuschirmen. Sich auszuziehen war schmerzlich. »Ich hätte die langen Unterhosen anziehen sollen«, grummelte er. Er sah Jemma an. »Kann ich wenigstens die Schlafanzughose bekommen? Als Schutz für meine Beine?«

Jemma stieg aus dem dicken Kleidungsstück. Immer noch stöhnend, zog er es an und strich wehleidig die Hosenbeine glatt. Sie schlug die Decke für ihn auf, und er schlüpfte vorsichtig ins Bett. Sie lagen nebeneinander auf dem Rücken. »Diese Steine sind an manchen Stellen bis zu sechs Meter hoch«, flüsterte er. »Gewaltige Brocken. Ich bin laufend hingefallen.«

»Hast du etwas herausgefunden?« fragte sie. »Irgendwelche Geheimnisse aufgedeckt?«

»Der Mann, mit dem ich unterwegs war, Jim Fisher, ist derjenige, der den Toten gefunden hat. Diese Menschen hier erzählen dir niemals etwas geradeheraus. Wie die Leute in Purwell. Es muß am Salzgehalt der Luft liegen oder so.«

»Die Küste ist letzten Endes dieselbe«, warf sie ein.

»Ja, ja. Also, er hat mich zu der Stelle geführt, wo er die Leiche entdeckt hat. Er hat sie trotz der Dunkelheit sofort gefunden. Weißt du, woher sie sogar bei Nacht immer wissen, an welchem Stück der Küste sie sich befinden - obwohl Chesil Bank 15 Kilometer lang ist?«

»Das Geröll ist von unterschiedlicher Größe«, antwortete sie. Er drehte erstaunt den Kopf. »Ich habe mich mit den Einheimischen unterhalten, vergiß das nicht«, sagte sie. »Am einen Ende von Chesil Bank liegen Kieselsteine von Erbsengröße, dann werden die Steine allmählich größer, und am anderen Ende sind es richtige Steinbrocken. Stimmt's?«

»Stimmt. So hat er sich gemerkt, wo die Leiche gelandet war. Er sagt, sie war ganz entstellt von dem Aufprall auf dem Geröll.« Er rieb sich die Beine. »Kann ich mir gut vorstellen.«

»Wie ist der Mann denn ins Wasser geraten?« fragte Jemma. »Hat Fisher eine bestimmte Vermutung?«

»Ja, er ist ziemlich sicher, daß Dietrich nicht etwa freiwillig vom Strand aus hineingewatet ist. Man kann zwar leicht auf diese Weise ertrinken, weil hier gleich vor dem Ufer eine etwa vier Meter tiefe Rinne mit einer starken Unterströmung verläuft. Aber er sagte, einen Fremden, der an ihrem Strand herumspazierte, hätten die Leute in dieser Jahreszeit auf jeden Fall bemerkt; du und ich wissen nur zu gut, daß das stimmt. Außerdem hatte der arme Sigmund keinen Mantel oder sonst etwas Warmes an, nur einen Straßenanzug. Fisher meint, er ist wahrscheinlich zwei oder drei Kilometer vor der Küste über Bord gefallen, wohl von einem der Fährschiffe zwischen Weymouth und dem Kontinent.« Davies hielt inne. »Und nichts, gar nichts, war in seinen Anzugtaschen.«

»Da hat Fisher wohl gleich nachgesehen?«

»Das ist hier seit eh und je so üblich. Wenn er die Wahrheit sagt und er die Taschen nicht selbst ausgeleert hat, dann läßt das darauf schließen, daß ein Unbekannter Sigmund in den Ärmelkanal versenkt hat und nicht wollte, daß man ihn identifiziert. Selbst wenn Fisher Geld oder Wertsachen behalten hat, wird er doch kaum den Ausweis und dergleichen an sich genommen haben.«

»Mir ist nicht klar, warum sie sechs Monate gebraucht haben, um seinen Namen festzustellen. Ist er denn in der Schweiz nicht vermißt worden?«

»Soviel ich weiß, dachte man, er sei im Fernen Osten. Sie haben in den Slums von Bangkok nach ihm gesucht, während er sich in der Leichenhalle von Weymouth befand.«

»Und du denkst immer noch, daß es eine Verbindung zu Lofty Brock gibt?«

»Er war ein Landsmann von Frau Harrer, er war wie sie im Arzneihandel tätig, und von dem Schiff gefallen ist er mit ziemlicher Sicherheit am 6. Oktober, einen Tag, bevor Loftys Leiche aufgefunden wurde. Zweimal Tod durch Ertrinken in ein und derselben Nacht. Und vergiß nicht die Aussage von Shiny Bright. Er hat Lärm vor dem Gebäude von ›Blissen Ltd Pharmazeutika‹ gehört und mit eigenen Augen gesehen, daß ein Mann niedergeschlagen wurde. Was lag näher, als das Opfer in eins der Autos zu packen und von der Fähre aus ins Meer zu werfen?«

»In dem Lokalblatt war ein Bild von ihm«, erinnerte sie sich. »Ich habe gemerkt, daß du es dir angesehen hast.«

»Ja, die Polizei hat es von den Schweizer Behörden bekommen.« Er öffnete die Augen, die er bisher geschlossen gehalten hatte, und starrte auf die Balkendecke des Zimmers. »In Weymouth gibt es einen Zeugen, den Besitzer des Hotels beim Fähranleger. Laut Jim Fisher, der anscheinend über alles informiert ist, hat der Hotelier bei der Polizei ausgesagt, daß er den Mann auf dem Foto erkennt. Dieser Sigmund hat hin und wieder bei ihm übernachtet. Ich gehe morgen hin und rede mit ihm.«

»Ein bezaubernder Urlaub ist das«, seufzte sie. »Was machen deine Schienbeine?«

»Tut mir leid«, sagte er, »aber Fisher hat mich zu sich nach Hause eingeladen, und dort wird eben Rum und dieser Fusel getrunken. Schreckliches Gesöff, vor allem, wenn man über Berge von Kies und Steinen zurück muß.«

»Der Ort ist ein echtes Schmugglernest«, sagte sie. »In der Bar hängt eine Chronik über das, was sich früher hier abgespielt hat. Wenn die Schmuggler im Dunkeln an Land kamen, orientierten sie sich an der Größe der Steine am Strand. Es gibt sogar ein Buch darüber, es heißt *Die Mondscheinflotte.* Schmuggeln war ein einträgliches Geschäft.«

»Ist es immer noch«, klärte er sie auf.

Kapitel 15

Das ›Hotel Seeblick‹ in Weymouth hatte für seinen Namen gelitten. Seine der Promenade und dem Meer zugekehrte Fassade mit den salzverkrusteten Fenstern trug die Narben vieler Stürme und Regenschauer. Direkt gegenüber war der Anlegeplatz der Fährlinie zum Kontinent.

»Ja, er ist ein paarmal hier gewesen«, bestätigte der Geschäftsführer, Sam Sealy. Dabei schaute er aus dem Fenster, als rechnete er jeden Moment damit, daß der ertrunkene Stammgast ankommen und nach einem Zimmer fragen könnte.

Davies sagte: »Er hat sich auch am 6. Oktober letzten Jahres hier aufgehalten, allerdings nur ein paar Stunden. Das war der Tag, bevor er tot aufgefunden wurde.«

»Richtig. Normalerweise kamen er und die anderen, die Fahrer, mit dem Sechs-Uhr-Schiff. Sie übernachteten bei uns und reisten dann am nächsten Morgen ab. Ich nahm an, daß bei dem Empfänger der Lieferung in London oder wo auch immer so spät am Abend niemand mehr anzutreffen war.«

»Aber manchmal fuhren sie direkt nach London durch?«

»Ja, alle paar Wochen. Das letzte Mal - eben am 6. Oktober - war alles ein bißchen merkwürdig, sie kamen nämlich mit der Mittagsfähre und hingen dann hier herum. Sie hatten zwei Autos mit, zwei Kombiwagen, japanische, nicht die schweren Lastwagen wie sonst.«

»Und sie wollten nur die Zeit totschlagen?«

»Muß wohl so gewesen sein. Erst zogen sie das Mittagessen ziemlich in die Länge. Dann sind sie in der Stadt herumspaziert, vielleicht ins Kino gegangen, was weiß ich. Nach fünf Uhr kamen sie zurück, bestellten noch ein Getränk und einen Imbiß und fuhren so gegen 6 Uhr 30 ab.«

»Wo pflegten sie zu parken?«

»Normalerweise drüben auf dem großen Parkplatz bei der Fähre, aber letztes Mal kam der Herr, der dann ertrunken ist, wie hieß er gleich ...«

»Dietrich. Sigmund Dietrich.«

»Den meine ich. Also diesmal fragte er, ob er die zwei Kombis hinten auf unserem Hotelparkplatz abstellen könnte. Der Platz ist nicht besonders groß, aber es stand nur mein eigener Wagen da, deshalb hatte ich nichts dagegen. Doch dann ... das fällt mir jetzt wieder ein ... erkundigte er sich, ob das Tor abgeschlossen werden könnte. Es ist verschließbar, aber ich habe den Schlüssel nicht gefunden.«

»War er deswegen beunruhigt?«

»Wo Sie jetzt davon sprechen - ich glaube, ja. Ich habe ziemlich lang nach dem Schlüssel gesucht, weil es ihm so wichtig war. Ich konnte ihn nicht entdecken, also mußte er sich zufriedengeben. Normalerweise hätte ich nicht so viel Zeit dafür geopfert, aber im Winter muß man sich um die Stammgäste bemühen, auch wenn es keine Dauergäste sind.«

Davies trank seinen Kaffee. Draußen auf der Promenade sah er Jemma vorbeispazieren, ein Farbklecks vor dem grauen englischen Meer. Weit draußen in der Bucht wurde ein großes Schiff sichtbar.

»Die Mittagsfähre«, sagte Sealy. Er sah zu der von einem Steuerrad eingerahmten Uhr über dem Schanktisch. »Gutes Wetter, keine Verspätung.«

»Woher kommen die Schiffe?« fragte Davies. »Ich weiß, daß manche von den Kanalinseln herüberfahren, aber woher noch?«

»Ja, von Jersey und Guernsey. Auch aus Frankreich, von Cherbourg.«

»Was für Typen waren die anderen Männer?«

»Die zwei, die Dietrich begleiteten? Irgendwie anders. Eher wie Lastwagenfahrer, mit Pullover und Lederjacke, während er immer Anzug mit Schlips trug und einen anständigen Mantel. Teure Klamotten, würde ich sagen.«

»Der Mantel - welche Farbe hatte der?«

»Dunkel. Marineblau. Hat sicher eine Stange Geld gekostet. Mit einem Etikett drin, das ist mir einmal aufgefallen, als der Mantel am Haken hing. Aber ich erinnere mich nicht im einzelnen, außer daß das Zeug gut aussah. Paris oder so.«

»Als er bei Chesil Bank gefunden wurde, hatte er keinen Mantel an«, sagte Davies. »Und nichts in den Anzugtaschen.«

»Davon habe ich gehört.« Der Wirt starrte durchs Fenster in die Ferne. »Aber wenn einer ertrinkt, können ihm die Dinge aus den Taschen fallen.« Seine Augen kehrten zu Davies zurück. »Durch die Strömung.«

»Die ist wohl ziemlich stark?«

»Hier bei Chesil Bank haben weder Mensch noch Schiff eine Chance«, sagte Sealy. »Die Segelschiffe, als es sie noch gab, wurden gegen die Küste geschleudert, auch wenn sie alles Überflüssige über Bord warfen, Kanonen und solches Zeug, um leichter zu werden. Aber sie schafften es nie, wieder wegzukommen. Ganze Mannschaften sind 20 Meter vor dem Land ertrunken.«

»Rechnen Sie damit, daß die beiden anderen Männer wiederkommen, die Dietrich sonst begleitet haben? An welchem Tag des Monats wäre das normalerweise?«

»Anfang des Monats, also in diesen Tagen«, antwortete Sealy. »Immer in der ersten Woche. Sie waren seitdem mehrfach hier; alles lief wie üblich ab, aber es sind nicht immer dieselben Leute. Im Oktober, als Dietrich zum letzten Mal hier war, kamen zwei mit, die mir völlig unbekannt waren.« Er zeigte mit dem Finger hinaus. Das Fährschiff näherte sich der Mole. »Sehen Sie den Mann, der da sitzt, mit dem braunen Dufflecoat? Der kann Ihnen genauer sagen, wann mit ihnen zu rechnen ist. Er hockt nämlich seit Tagen da und überwacht die einlaufenden Fährschiffe. Er notiert sich die Fahrzeuge, die ankommen. Wahrscheinlich für eine Behörde. Fragen Sie ihn doch.«

Davies ging auf die windige Promenade hinaus. Der Mann in dem Dufflecoat, viereckig wie ein Pappkarton, saß auf einer Bank mit Blick auf den Hafen und einem Schreibbrett auf den Knien. Davies spazierte ein Stück die Mole entlang, beobachtete das näherkommende Schiff und kehrte zur Promenade zurück, gerade als die ersten Autos von der Fähre herunterrollten.

Er hob die Nase schnuppernd in die Seeluft wie ein harmloser Spaziergänger, schlenderte zur Anlegestelle und ließ sich auf der öffentlichen Sitzbank nieder, Seite an Seite mit dem Dufflecoat. Der Mann hatte einen roten Bart und eine Brille. Während die Lieferwagen an Land kamen, hakte er sie an einer Liste ab.

»Sie zählen wohl alles, was rein- und rausgeht?« fragte Davies jovial.

»Sind Sie Polizist?« erkundigte sich der Mann ohne aufzublicken.

Davies war perplex. »Ich? Wieso?«

»Sie laufen herum wie ein Polizist. Ich habe Sie beobachtet. Sie schnüffeln hier herum, dann da, kehren zurück zur Promenade, gehen zur Bank und setzen sich hin. Ungefähr so unauffällig, als hätten Sie ein blaues Blinklicht oben auf der Birne.«

»Danke schön«, brummte Davies. »Übrigens, das ist nur teilweise richtig. Ich bin Versicherungsdetektiv.«

»Ach so. Welche Versicherungsgesellschaft?«

»Darüber darf ich nicht sprechen. Was machen Sie denn, wenn die Frage erlaubt ist?«

»Zähle, was rein- und rausgeht, wie Sie es ausgedrückt haben«, entgegnete der Mann. »Mein Name ist Askew, vom Ministerium für Umweltschutz. Wir überwachen Kraftfahrzeuge, die aus dem Ausland kommen. In verschiedenen Häfen. So auch hier.« Zu Davies' Überraschung lächelte er freundlich durch seinen dichten Bart und streckte eine rötlichbehaarte Hand aus. Er war groß und kräftig und sein Händedruck energisch.

»Davies«, stellte Davies sich vor. »Versicherungen. Wie lang zählen Sie schon in Weymouth, was rein- und rausgeht?«

»Seit ein paar Monaten. Gewöhnlich werden wir mal dahin, mal dorthin geschickt, aber hier bin ich jetzt eine Weile klebengeblieben.«

»Seit Oktober?«

»Seit August. Bin letztes Jahr gleich nach dem Sommerurlaub in Weymouth eingesetzt worden. Ich hab' hier mehr Sonne abgekriegt als in den Ferien.«

Davies erklärte: »Ich interessiere mich für zwei Autos, die regelmäßig Arzneimittel transportieren und über Weymouth einreisen. ›Becker Pharmazeutik‹. Manchmal kleinere Lieferwagen, manchmal zwei Kombis. Sie kommen normalerweise einmal im Monat – ungefähr um diese Zeit.«

Nach einem prüfenden Blick auf Davies blätterte Askew den obersten Bogen seiner Liste um. »Heute abend«, meinte er, »mit dem Neun-Uhr-Schiff. Ich erinnere mich nicht, sie schon mal kontrolliert zu haben, aber ich muß sie ja gesehen haben, wenn sie regelmäßig kommen.«

»Vielen Dank«, sagte Davies und stand auf. Jemma wartete neben dem Vanguard auf der Promenade. »Dann sehen wir uns vielleicht heute abend«, rief er.

»Wird mir ein Vergnügen sein.«

»Neun Uhr«, erläuterte Davies. »Das heißt, wenn sie ohne Aufenthalt durchfahren, also eine ihrer Spezialtouren machen, müßten sie gegen ein Uhr nachts bei ›Blissen‹ eintreffen.« Sie saßen am Strand im warmen Sonnenschein. Jemma warf Steine in das unruhige Wasser. »Sieh mal, wie tief das ist, ganz dicht beim Ufer«, sagte sie. »Wenn eine Welle zurückrollt, kann man sehen, daß der Sand und Kies wie in einen tiefen Schacht fallen.«

»Ich brauche jemanden am anderen Ende«, dachte er laut. »Bei ›Blissen‹, um festzustellen, was dort passiert.«

»Ruf doch die Polizei an«, lachte sie und warf noch einen Stein.

»Stell dir vor, ich telefoniere mit Vesty«, sinnierte er. »Hallo, Superintendent, Alterchen, wie geht's Ihrer Frau und den Bambinis? Fein. Hören Sie mal, Super, Sie könnten sich zwei Hundertschaften Polizei nehmen und heute nacht die Firma ›Blissen Ltd Pharmazeutika‹ überwachen. Ich erwarte heute abend eine große Sendung Schmuggelware, Drogen wahrscheinlich, gegen ein Uhr. Ja, hier spricht Detective Constable Davies, zur Zeit in Dorset. Ja, immer noch der Mord an Lofty Brock. Wie? Oh ja, vielen Dank, Super, ich nehme dann ein bißchen Urlaub, da ich schon mal hier unten bin, aber ich komme rechtzeitig zurück, um meine Beförderung zu feiern. Nein, natürlich werde ich nicht vergessen, meine Spesen abzurechnen!« Er strich sich seufzend mit der Hand über die Augen. »Herrgott, stell dir das vor. Sie würden mich glatt an die Wand stellen.«

»Clever«, sagte Jemma. »Drogen zusammen mit Arzneien einzuschmuggeln. Drogen mit Drogen.«

»Clever, ja, aber nur solange, bis der arme, alte Lofty zufällig vorbeikam und den Ablauf störte.«

»Und Dangerous Davies sich einmischte.«

»Das wird sich herausstellen. Wenn's mein Pech will, arbeitet die Jungfrau Harrer vielleicht in Wirklichkeit in geheimer Mission für das Internationale Rote Kreuz.«

»Meinst du, daß dieser Harrison, der Chef, davon weiß?«

»Das bezweifle ich. Vielleicht ja, aber dann ist er ein sehr guter Schauspieler. Und es passiert ja alles nach Ende der Arbeitszeit. Wenn er eingeweiht wäre, gäbe es keinen Grund, warum das Heroin, Kokain oder was auch immer sie einführen, nicht am hellichten Tage an der Haustür von ›Blissen Pharmazeutika‹ abgeladen werden sollte.« Er sah nachdenklich aufs Meer hinaus. »Ich brauche trotzdem jemanden, der am anderen Ende aufpaßt.«

»Da gibt es nur Mod.«

»So ist es. Leider.«

»Außer wenn du möchtest, daß ich fahre.«

»Nein. Trotzdem vielen Dank. Ich finde, du solltest hier sein.«

»Glaubst du, sie haben es auf dich abgesehen?«

»Würde mich nicht wundern. Du kannst hier keinen Furz tun, ohne daß man's bis Penzance hört. Diese Tour könnte ihr letzte sein. Die Jungfrau weiß, daß die Sache praktisch aufgeflogen ist, nachdem die Leiche von Dietrich identifiziert ist. Sie weiß auch, daß ich meine Nase reingesteckt habe. Einem Schweizer Hirn wird es nicht schwerfallen, zwei und zwei zusammenzuzählen. Wahrscheinlich hat sie die Koffer für Buenos Aires schon gepackt und verschwindet, sowie die heutige Lieferung verteilt ist.«

»Du rufst also Mod an?«

»Mir fällt niemand sonst ein.« Er schaute auf die Uhr. »Er ist jetzt beim Lunch im ›Wickelkind‹.«

Sie wandte das Gesicht ab und sah auf die langgezogenen Wellen, die auf den Strand zurollten. »Du wirst hoffentlich heute abend gut auf dich aufpassen?« fragte sie.

»Du ahnst ja nicht, wie gut«, versicherte er.

»Wenn du bis zu einer bestimmten Zeit nicht zurück bist, soll ich dann die Polizei verständigen?«

»Bei der bloßen Vorstellung läuft es mir kalt den Rücken runter«, meinte er. »Trotzdem, wenn ich nach, sagen wir, drei Stunden nicht wieder da bin, kannst du es meinethalben tun.« Er blickte wieder auf die Uhr, und sie machten sich auf den Rückweg zu ihrem Gasthaus. Im Zimmer griff er zum Hörer und nannte dem Mädchen am Empfang eine Nummer in London. Gleich darauf klingelte das Telefon.

»Hallo«, sagte Davies. »Ist da das ›Wickelkind‹? Ah, Patrick, ist Mr. Lewis da? Ja, richtig, Mod. Kann ich ihn mal sprechen?«

Er saß wartend auf dem Bettrand. Jemma stand vom Fenster eingerahmt im Mittagslicht und sah hinaus auf die pastellfarbene Bläue des Meeres. Seine Augen wanderten von dem schlanken braunen Hals zu dem üppigen Haar, den Schultern, zu den Armen, die sie mit verschränkten Händen locker auf dem Rücken hielt, zu ihrer schmalen Taille und den langen braunen Beinen. Während er auf Mod wartete, sann er ein wenig traurig darüber nach, was aus ihnen beiden werden sollte.

Sie drehte sich um, als ob sie seine Gedanken spürte, und lächelte ihm wehmütig zu. Bei ihr sah selbst ein einzelner Schritt anmutig aus; sie kam auf ihn zu und setzte sich neben ihn aufs Bett. Er hielt den Telefonhörer ans Ohr, aber sie schlängelte sich darum herum und küßte ihn wortlos.

Mod meldete sich. Er war hörbar außer Atem. »Davies, du bist es«, schnaufte er erleichtert. »Ich dachte, es ist mein Bruder in Wales, um mitzuteilen, daß es meiner Mutter nicht gutgeht.«

»Ich wußte nicht, daß du einen Bruder hast. Und eine Mutter«, entgegnete Davies.

»Ich erzähle dir ja nicht alles«, sagte Mod. »Meine Familie bleibt besser unerwähnt.«

»Ah ja, ich verstehe, was du meinst.«

»Habt ihr einen schönen Urlaub?«

»Ich sitze hier in der Badehose. Hör mal, Mod ... du mußt mir einen Gefallen tun.«

»Habe ich mir schon gedacht. Was denn?«

»Du kennst doch den kleinen Edwin Curl, den Wachmann auf dem Firmengelände?«

»Den Bräutigam von Schneewittchen?«

»Ja. Also, heute abend marschierst du dahin, erzählst ihm, daß du für mich arbeitest, und plazierst dich an eine Stelle, wo du mitbekommst, wer oder was bei ›Blissen Ltd Pharmazeutika‹ ein- und ausgeht ...«

»Das hört sich gar nicht gut an, Davies.«

»Es kann dir nichts passieren. Laß dich nicht sehen, das ist alles. Versuche herauszufinden, was die Jungfrau im Schilde führt.«

»Um welche Uhrzeit soll das sein?«

»Nach der Sperrstunde. Sei so gegen Mitternacht da.«

»Sehr spät für mich.«

»Mod, dort wird heute nacht voraussichtlich etwas Dramatisches passieren ...«

»Und was?«

»Autos, die ankommen, und dergleichen.«

»Das letzte dramatische Ereignis dieser Art endete mit einem toten Lofty im Kanal.«

»Ich weiß, aber so läuft es diesmal nicht. Du achtest darauf, daß dich keiner sieht, aber daß du mitbekommst, was geschieht. Falls es irgendwie gefährlich wird, sorge ich dafür, daß die Polizei eingreift.«

»Warum greift die Polizei nicht so oder so ein?«

»Das weißt du ebensogut wie ich. Weil sie mir nicht glauben werden und ich, wenn alles schiefgeht und ich mich getäuscht habe, den tollsten Hochsprung seit der letzten Olympiade machen werde.«

»Ich muß schon sagen, das gefällt mir ganz und gar nicht«, brummte Mod. »Es ist viel später als meine normale Bettgehzeit. Aber ... weil du es bist ...«

»Braver Junge. Du kriegst ein Bier spendiert, wenn ich zurück bin.«

»Das kostet dich mehr als eins.«

Davies legte den Hörer hin. »Das wäre geschafft«, sagte er.

»Er geht hin, oder? Er läßt dich nicht im Stich?«

»Ja, er geht hin. Wahrscheinlich versteckt er sich so gut, daß er nichts sieht, aber hingehen wird er.«

Jemma machte eine ernste Miene. »Wäre es nicht doch vielleicht eine gute Idee, dich auf Gnade oder Ungnade der Polizei anzuvertrauen?«

»Kann ich nicht. Das weißt du doch.« Seine Hand berührte ihr Gesicht. Seine Stimme wurde wieder leise. »Sie würden kurzen Prozeß mit mir machen. Vielleicht passiert gar nichts. Vielleicht kommen die Autos an, und die Fahrer machen es sich für die Nacht im ›Hotel Seeblick‹ gemütlich, wie bei ihren legalen Liefertouren.«

»Nicht einmal ein Anruf bei der Drogenfahndung?«

Er schüttelte den Kopf. »Es hat keinen Zweck. Was die Metropolitan Police angeht, habe ich meinen Ruf weg.«

Der Telefonapparat auf seinem Schoß klingelte so schrill, daß er ihn vor Schreck fast fallen ließ. Davies nahm den Hörer auf. »Hallo.«

»Ist da Mr. Davies ... von der Versicherung?«

»Ja, Davies, Versicherung. Am Apparat.«

»Hier spricht Askew, Ministerium für Umweltschutz. Wir hatten vorhin ein Gespräch in Weymouth, am Kai ...«

»Ja, Mr. Askew.«

»Die Leute, für die Sie sich interessieren, haben die Fähre gebucht, die heute abend um neun Uhr ankommt. Ich habe das für Sie überprüft.«

»Ah ja. Nett von Ihnen.«

»Ich glaube, ich kann Ihnen noch weiter behilflich sein. Ich weiß natürlich nicht, worauf Ihre Ermittlungen sich beziehen ... oder Ihre Geschäfte ..., aber ich glaube, ich kann Ihnen weiterhelfen.

Ich kenne da ein paar Abkürzungen. Es ist möglich, schon vor der Landung an Bord des Fährschiffs zu gehen, solange es sich noch draußen in der Bucht befindet. Das Lotsenboot kann uns mitnehmen. Interessiert?«

»Selbstverständlich.«

»In Ordnung. Ich hole Sie um acht Uhr ab.«

Am Spätnachmittag kam am westlichen Horizont ein grauer Wolkenstreifen auf, der sich schnell ausdehnte und im Laufe einer Stunde den ganzen Himmel verdunkelte. Der Wind, der ihm folgte, peitschte die See auf, und bald klatschten auch die ersten Regentropfen. Gegen sieben Uhr war der schönste Sturm in Gange. Im Gasthof ratterten die Fensterläden und wehten die Gardinen. »Das richtige Wetter für Abenteuerspiele«, brummte Davies.

»Dramatische Ereignisse spielen sich immer in solchen Nächten ab«, sagte Jemma, die neben ihm lag. »Siehe Shakespeare.«

Askew kam Punkt acht, und Davies zog den Mantel bis an die Ohren hoch und rannte durch den Vorgarten zu dem wartenden Landrover. »Woher wußten Sie, daß ich hier wohne?« fragte er, als sie in östlicher Richtung losfuhren.

»Ich habe Ihren Wagen vor dem Hotel stehen sehen, als ich hier vorbeikam, nachdem wir miteinander gesprochen hatten«, antwortete Askew.

»Er ist kaum zu übersehen«, räumte Davies ein. »Ich bin immer drauf und dran, mich davon zu trennen, aber mein Hund hängt nun mal an ihm. Werden wir zur Fähre rausfahren können, bevor sie einläuft? Ich würde mir meine Leute ganz gern näher ansehen, bevor sie an Land gehen.«

Der Regen schlug gegen die Windschutzscheibe, die Wischer fegten hastig hin und her. »Sie sind doch Polizist, oder?« sagte Askew; es klang nicht wie eine Frage.

»Wenn Sie es wissen wollen, ja«, entgegnete Davies. »Meine Art zu gehen, nicht wahr?«

»Um was geht's denn? Drogen?«

»Ja.«

»Daß Sie von der Polizei sind, macht es leichter, Sie auf das Lotsenboot mitzunehmen. Ein Versicherungsmensch wäre schwerer zu erklären.«

»Ich möchte aber der Sache keinen offiziellen Anstrich geben«, wehrte Davies beunruhigt ab. »Es ist eine Art verdeckte Operation.«

»Verstehe. Die Lotsenbrücke zu betreten und mit dem Lotsen rauszufahren klappt nicht immer. Da gibt es natürlich Sicherheitsvorschriften, wie überall heutzutage. Mein Gott, wenn Sie wüßten, was sich da im Umweltministerium abspielt! Andererseits, wenn man auf die Fähre will, kann man ein Stückchen rausrudern und sich draußen auf See vom Lotsenkutter aufnehmen lassen. Dann ist es nicht ganz so offiziell, keine Papiere, keine Fragen, keine Unterschrift.«

»Das hört sich gut an«, meinte Davies. »Je inoffizieller, desto besser.«

»Mir macht die Sache Spaß«, gestand Askew freimütig. »Ein bißchen außerhalb der Legalität. Immer nur Autos abhaken geht einem auf die Dauer auf den Geist.« Er lachte. »Vielleicht kann ich eines Tages eine gute Geschichte über die Sache erzählen. Es geht ja das Gerücht, daß es etwas mit diesem Ertrunkenen zu tun hat, der letztes Jahr hier angespült worden ist, diesem Schweizer. Stimmt das?«

»Ja, stimmt«, nickte Davies. »Hier weiß jeder Mensch so viel darüber; ich habe langsam das Gefühl, daß ich immer der letzte bin, der etwas erfährt.«

Der Sturm hatte sich kein bißchen gelegt, als Askew das Auto auf einen betonierten Parkplatz lenkte, von dem man normalerweise die Aussicht auf Chesil Bank hatte. Heftige Windstöße trieben den Regen vom Meer heran, das jetzt nicht mehr zu sehen war. »Los, schnell«, sagte Askew. »Wir laufen runter zum Strand, wo die Fischer anlegen. Da ist eine Hütte, wo wir uns unterstellen können. Ich habe jemand herbestellt, der uns mit seinem Boot zum Lotsenkutter rausbringt. Ich gehe voran. Fallen Sie nicht hin, die Steine sind hart.«

Er sprang aus dem Landrover, Davies folgte ihm. Unter dem prasselnden Regen zog er den Kopf ein und rannte hinter der großen, gebückten Gestalt her. Jetzt konnte er auch das Donnern der Brandung hören und das Rasseln der Steine, wenn eine Welle zurückwich, um sich für einen neuen Anlauf zu sammeln.

Trotz der Warnung stolperte er ein paarmal und fluchte. Vor ihm am Horizont schimmerten die Lichter von Weymouth wie durch Wasser hindurch. »Alles in Ordnung?« brüllte Askew.

»Schon gut. Bloß ein kleiner Beinbruch«, antwortete Davies, der gerade wieder einmal auf dem steilen Kieshang ausgerutscht war.

Askew wartete auf ihn. »Er ist noch nicht da«, meinte er, »der Kerl mit dem Boot. Kann nicht mehr lange dauern.« Bei diesen Worten rutschte er selbst und stolperte. Etwas fiel mit metallischem Klirren auf die Steine. Davies wußte, was es war: eine Schußwaffe.

»Verdammt, mein Feuerzeug«, schrie Askew. Er tastete auf dem Boden herum, gebückt, fast auf allen vieren.

»Sie rauchen ja schwere Zigaretten«, sagte Davies und bewegte sich auf Askew zu. Dieser kam mit einer Gewandtheit vom Boden hoch, die man bei einem so kräftigen Mann nicht erwartet hätte, und versetzte Davies einen seitlichen Hieb an den Kopf. Es wäre ein Kinnhaken geworden, wenn Davies nicht gerade ausgerutscht wäre. Er schlidderte abwärts und löste eine kleine Lawine von Kieselsteinchen aus. Askew tastete immer noch verzweifelt in der pechschwarzen Nacht nach seinem Revolver. Davies kam auf die Füße und rannte bergauf gegen den anderen an. Er bekam wieder eins auf den Schädel und wurde in die nächste Kuhle geschubst. Jetzt gab Askew die Suche nach der Waffe auf und kam entschlossen hinter ihm her. Davies sah ihn über sich aufragen und schleuderte ihm eine Handvoll Kiesel ins Gesicht.

Askew schrie auf, verlor den Halt und kippte auf dem nachgebenden Untergrund nach hinten. Davies sprang hoch und warf sich auf ihn. Sie rollten eng umschlungen den Abhang hinunter auf das Wasser zu. Ein gewaltiger nachtschwarzer Brecher rollte heran, zerstob und umhüllte beide mit Wolken von schmutzigweißer Gischt. Während sie sich gegenseitig umklammerten, spürten sie, wie der Sog sie vom Ufer wegriß. Der schwere Mantel wickelte sich um Davies wie ein vielarmiger Krake. Er klammerte sich an Askew.

»Laß los, du blöder Arsch«, schrie Askew. »Wir ertrinken alle beide!«

Sie lösten sich gleichzeitig voneinander und hievten sich auf Händen und Füßen durch den Wasserfall aus Sand und Kies hoch bis auf den festen Boden. Keuchend und triefend maßen sie einander mit den Blicken. Dann zogen sie in wortloser Übereinkunft die hinderlichen Mäntel aus und gingen von neuem aufeinander los.

Jemma hatte hinter der regenüberströmten Fensterscheibe zugesehen, wie der Landrover Davies abgeholt und in die Sturmnacht entführt hatte. Von unbestimmter Unruhe erfüllt, zog sie sich an und ging hinunter zum Essen. Der Wind rüttelte am Fenster neben ihrem Ellbogen, der Regen schlug wie von der wütenden See gepeitscht dagegen. Das Mädchen aus der Bar brachte ihr die mit Bleistift geschriebene Speisekarte. Jemma saß beklommen vor ihrem Glas Wein und ließ den Blick nicht von dem Sturm draußen. Während des Essens sah sie auf dem Meer ein Bündel von Lichtern auftauchen, das sie für die einlaufende Fähre hielt. Sie fragte sich, ob Davies schon seekrank war. Wahrscheinlich ja.

»Wie weit fährt das Lotsenboot dem Fährschiff entgegen?« fragte sie das Mädchen.

»Weiß ich nicht. Ich geh' mal fragen.«

In der Bar waren zu dieser frühen Stunde nur ein halbes Dutzend Leute. Auf einer der Eckbänke saß ein älteres Ehepaar und sprach gemessen dem Guiness zu. Die Frau stieß den Mann in die Rippen, wie um ihn zurückzuhalten, aber er rief trotzdem etwas zu Jemma herüber, die er unter den tiefhängenden Deckenbalken gerade eben sehen konnte.

»Was haben Sie gefragt, Miss? Die Fähre?«

»Ich wollte wissen, wie weit der Lotse rausfährt, um an Bord des Fährschiffs zu gehen. Ich kenne jemanden, der heute mitfährt. Das wird eine stürmische Angelegenheit.«

Der Mann hatte es nicht eilig mit seiner Erwiderung. Er nahm einen Zug aus dem Glas, schluckte und sagte dann: »Es gibt kein Lotsenboot, Miss.«

Jemma stand auf und ging zu ihm hin. Mann und Frau schraken zusammen. »Wie meinen Sie das, kein Lotsenboot?«

»Es gibt keins«, beharrte der Mann. »Weil es keinen Lotsen gibt. Das Fährschiff fährt ohne Lotsen rein und raus. Der Kapitän kennt diese Bucht wie seine Westentasche. Der braucht keinen Lotsen.«

Jemma rief »Danke« und rannte zur Tür. Sie lief nach oben, warf ihren Mantel über und nahm sich Davies' Autoschlüssel vom Waschtisch. Einen Moment lang berührte sie das Telefon, zog aber die Hand wieder zurück. Es war immerhin möglich, daß die Sache in Ordnung, daß alles nur ein Mißverständnis war. Sie sprang die knarrenden Treppenstufen hinunter und rannte in die Nacht hinaus.

Sie hatte den alten Vanguard noch nie gesteuert und hatte Mühe, rückwärts aus dem Hof herauszukommen. Dabei überlegte sie, ob sie eine Nachricht hinterlassen sollte. Aber wem? Es gab niemanden, außer der Polizei. Dann lieber ein Alleingang.

Der Regen wurde schwächer, und der Mond erschien schwach zwischen den treibenden Wolken. Jemma fuhr auf der Küstenstraße, die zuerst dicht am Meer verlief, sich dann wieder landeinwärts wandte, unter tropfenden Bäumen an Weidezäunen und kleinen Häusern vorbeikurvte und schließlich erneut den Strand erreichte. Als die Wolken aufrissen, lag plötzlich das gesamte Ufer im Mondlicht. Sie konnte die Kronen der silbernen Wellen sehen, die gegen die steinige Küste anrannten. Einmal hielt sie an und erklomm den höchsten Punkt am Ufer, von wo sie das ganze illuminierte Halbrund der Bucht überblicken konnte. In der Ferne funkelten die bunten Lichter von Weymouth.

Sie stieg wieder ein und fuhr schnell, aber vorsichtig weiter. Als sie unter niedrigen, windzerzausten Bäumen um eine Kurve bog, sah sie den Landrover neben der Straße stehen. Sie schaltete das Licht ab und parkte dicht vor dem anderen Wagen. Nach einem kurzen Blick hinein zog sie die Schuhe aus. Sie schlich über das nasse Geröll, bis sie zu einer Art Terrasse kam, von wo sie auf das Ufer und auf die Wasserfläche hinunterschauen konnte. Unmittelbar unter sich bemerkte sie einen Mann, der auf allen vieren herumkroch. Jetzt hob er etwas vom Boden auf. Im Mondlicht sah sie es metallisch blinken. Er war nur wenige Meter unter ihr, und sie hörte das Klicken in seiner Hand. Er ging vorsichtig weiter, unmittelbar unter ihrem erhöhten Ausguck hindurch, und sie erkannte, daß er sich auf eine zusammengesunkene Masse auf dem Strand zu bewegte.

Jemma tastete sich auf ihrer Kiesterrasse weiter, bis sie ihn überholt hatte. Sie konnte ihn stolpern und fluchen hören. Jetzt waren sie ihrer Schätzung nach beide nur noch ein kurzes Stück von dem dunklen Haufen entfernt. Sie duckte sich, als sie ihn kommen hörte. Dann rührte sich etwas, und Davies' verzerrte Stimme war zu vernehmen: »So, Sie haben sie gefunden.«

»Ich habe sie gefunden«, entgegnete der Mann.

Jemma wußte, daß er fast genau unter ihr stand. Sie wartete, bis er vorbeigehastet war, und richtete sich dann ein wenig in ihrem Versteck auf. Er kehrte ihr jetzt den Rücken zu, und Davies war ein paar Schritte weiter weg, immer noch halb am Boden liegend. Ihre bestrumpften Füße bewegten sich rasch über die kleinen Steinchen. Sie fragte sich einen Moment, ob er sie trotz der tosenden Brandung hören würde, aber sie hatte sowieso keine Wahl mehr. Davies versuchte, auf die Füße zu kommen. Der Mann hob den Revolver.

»Verzeihung, Mr. Askew«, sagte sie mit ruhiger Stimme dicht hinter seinem Rücken.

Er drehte sich überrascht um, und sie ließ einen großen, schweren Stein auf seine Stirn niedersausen. Er fiel ihr zu Füßen, die Waffe rollte scheppernd davon.

»Oh, Dangerous«, schluchzte sie, als sie über den Mann hinwegstieg und zu ihm hinlief. »Du bist ja ganz naß.«

»Herrgott«, flüsterte er an ihrem Hals. »Um ein Haar wäre ich tot.« Er küßte sie und behielt dabei den bewegungslos daliegenden Askew im Auge. »Jetzt ist es wohl an der Zeit, daß jemand die Polizei verständigt«, meinte er.

»Wir gehen beide«, sagte sie bestimmt. »Gott allein weiß, wo die Knarre hingeflogen ist. Den da laß einfach liegen. Die Polizei wird ihn schon finden.«

Arm in Arm kletterten sie hinauf zu den Autos. Davies öffnete das Ventil an einem Vorderreifen des Landrovers und ließ die Luft heraus. »Da kannst du lange pusten«, brummte er.

Sein Hals und seine Nase waren blutig, die Nase blutete sogar ausgiebig, sein Gesicht war übel zugerichtet, und er hatte eine Platzwunde am Schädel. Vor Nässe und Kälte fing er an zu zittern. »Laß mich ans Steuer«, sagte sie und half ihm beim Einsteigen. »Wir fahren ins Hotel und telefonieren von dort mit der Polizei.«

Sie ließ den Motor an und bog im Rückwärtsgang in die Landstraße ein. Er lehnte sich in den Sitz zurück und sagte inbrünstig: »Vielen Dank, daß du gekommen bist, Liebling. Ich dachte, es wäre Feierabend.«

»Stets gern zu Diensten«, erwiderte sie und wendete den Wagen in die Richtung, aus der sie gekommen war.

»Der Brocken, den du ihm an den Kopf geworfen hast, war ja so groß wie ein Backstein«, bemerkte er. »Leider konnte ich an diesem Teil des Strandes nichts finden, das größer war als eine Murmel.«

»Ich hatte ihn mir mitgebracht«, sagte sie.

Kapitel 16

»Bestens, ein paar Stunden in London«, strahlte der junge Polizist am Steuer, sich halb umdrehend. »Ich hab' eine Tante in Shepherd's Bush. Die könnte ich besuchen.«

Der Ältere auf dem Beifahrersitz schaltete den Sprechfunk ein. »Wagen HT, H wie Hardy, T wie Tess. Dorset, Einsatzkommando. Wir nähern uns der M 3. Standort der verdächtigen Fahrzeuge durchgeben. Ende.«

Er sah seinen Kollegen an. »Tante in Shepherd's Bush, daß ich nicht lache«, sagte er. »Du meinst die Schnalle, mit der du dich getroffen hast, als du beim Bergarbeiterstreik eingesetzt warst.«

»Sie ist meine Tante«, beharrte der Fahrer errötend. »Ich muß es doch wissen.«

Das Funkgerät knackte. »Hallo, Dorset, Einsatzkommando, Wagen HT ... Zielobjekte haben Kontrollpunkt Basington passiert, Fahrtrichtung London. Tempo 70.«

»Ganz vorschriftsmäßig«, meinte Jemma.

»Sie wollen nicht wegen überhöhter Geschwindigkeit angehalten werden«, sagte Davies. Das Nasenbluten hatte wieder angefangen. Jemma hielt ihm einen Kissenbezug hin. Im Gasthof hatte es kein richtiges Verbandszeug gegeben, aber die Wirtin hatte großzügig für Ersatz gesorgt. »Tut dir das Auge weh?« fragte sie leise.

»Höllisch«, entgegnete er. »Beide Augen. Das waren die größten Fäuste, denen ich je begegnet bin, und ich kenne doch eine ganze Menge.«

Die Funkstimme meldete sich wieder. Es war 11 Uhr 30, und nicht mehr viele Autos fuhren nach London. »Hallo, Funkwagen Dorset HT. Kommen.«

»Hier Dorset HT. Kommen.«

»Bitte noch mal die Kennzeichen der verdächtigen Fahrzeuge. Beides Ausländer. Kommen.«

»In Ordnung. Erstens, 2765 JO. J wie Judas, O wie obskur. Kommen.«

»Stimmt. Ende.«

»Der andere hat 8965 NG. N wie Natur, G wie Gabriel. Kommen.«

»Alles klar. Danke. Ende.«

Davies überließ sich dem Pochen in seinen Wunden und lehnte sich schläfrig an Jemma. »Und für C?« wollte sie wissen. »Casterbridge?«

»Woher kennen Sie unseren Code?« fragte der Polizist zurück.

Der nächste Kontrollpunkt war am Ende der Schnellstraße in Sunbury. Die zwei Kombiwagen hatten zehn Minuten Vorsprung. Davies wachte auf und blinzelte die weißen Lichter an, die sich wie illuminierte Baumwipfel über der Fahrbahn wölbten. »Wir sind gleich da«, meinte der Fahrer. »Ich erkenne das hier wieder. Sieht anders aus als Piddlehinton, was, Percy?«

»Eher wie Bere Regis«, sagte der andere Polizist. »Ich bin mal gespannt, wo die Londoner Polizei die Falle zuschnappen läßt. Die liegen schon auf der Lauer.«

»Meiner Erfahrung nach«, bemerkte Davies müde, »stehen sie irgendwo mit drei Wagen quer auf der Straße und stoppen den gesamten Verkehr, inklusive die zwei Wagen, die wir überrumpeln sollen.«

Sie fuhren ein Stück über die Hochstraße und auf dem inneren Straßenring weiter in Richtung Norden. Davies setzte sich jetzt hellwach auf und half dem Fahrer, den Weg zu finden. »Ich wüßte gern, wie es Mod ergangen ist«, sagte er zu Jemma.

Als sie ankamen, war das gesamte Gewerbegebiet von Scheinwerfern erleuchtet. Die Zuschauer standen auf dem gegenüberliegenden Bürgersteig oder lehnten sich in den oberen Stockwerken bequem aus dem Fenster. Der Streifenwagen aus Dorset wurde von einem Polizeiposten angehalten, durfte aber nach einigem Hin und Her durchfahren. Mehrere Polizisten bewachten die weit geöffneten Tore des Geländes. »Die sind wirklich aufgewacht und haben die Sache ernst genommen«, stellte Jemma fest.

»Manchmal übertreiben sie es«, sagte Davies. »Wahrscheinlich lassen sie auf dem Kanal ein Kriegsschiff patrouillieren. Da sind ja die beiden Autos.«

Polizisten in Uniform und Zivil scharten sich um die zwei Kombis, die vor dem Eingang der Lagerhalle von ›Blissen Ltd Pharmazeutika‹ geparkt waren. Ein Rettungswagen stand am Straßenrand, und die Sanitäter schoben gerade eine Trage hinein, auf der sich ein rundlicher Hügel wölbte. »Mod«, rief Davies.

Sie sprangen aus dem Auto, sowie es hielt. Die Polizisten sprachen in ihre Walkie-talkies. Davies und Jemma rannten zum Krankenwagen hin, wo Mod inzwischen samt seiner Trage verstaut war und vernehmlich stöhnte. Sie kletterten zu ihm hinein. Er lag da mit verbundenem Kopf, die Augen geschlossen, die Wangen arbeiteten wie ein Blasebalg. Er machte die Augen auf und sah sie an. »Herrgott, Dangerous, du hast mich vielleicht in was reingeritten«, ächzte er. »Dieses Weib, die Jungfrau, hat mich überfallen. Sie hat mich fürchterlich zusammengeschlagen, Dangerous. Mit beiden Fäusten. Ich bin noch nie im Leben so verdroschen worden. Sie ist mit einer Brandaxt auf mich losgegangen und hat mir damit einen Hieb verpaßt.«

Davies sagte: »Gott sei Dank, daß es nichts Ernstes ist.«

»Es war keine ganz scharfe Axt«, flüsterte Mod. »Ich hoffe, ich bekomme ein Schmerzensgeld.«

Sie überließen Mod den Rettungsmännern, die ihn ins Krankenhaus schafften. »Armer, alter Mod«, sagte Davies. Er sah Jemma an. »Stell dir vor, ein bewaffneter Überfall von Frau Harrer!«

Sie sahen die Jungfrau sofort, als sie die Lagerhalle von ›Blissen‹ betraten. Die Harrer und die drei Männer aus den Kombis saßen, in Handschellen und mit finsteren Mienen, umringt von Polizisten, auf ein paar Lieferkartons. Superintendent Vesty kam gerade hinzu. »Die Rauschgifttruppe ist fuchsteufelswild, Davies«, bemerkte er mit grämlicher Genugtuung. »Der Chef, Berry, will Ihren Skalp. Die haben die Organisation seit Monaten beobachtet, und jetzt haben Sie die ganze Aktion verpatzt.«

»Wir haben sie in Handschellen«, sagte Davies und nickte zu den Festgenommenen hin. »Was will man mehr?«

Ein Unbekannter im blauen Regenmantel mischte sich ein. »Das kann ich Ihnen sagen, Mann. Man will die übrigen 40.« Ein Schotte, dem Akzent nach. »Ich bin Inspector Berry vom Rauschgiftdezernat. Unsere monatelange Überwachung ist im Eimer, und Sie haben uns das vermasselt. Die Bosse haben nämlich das Weite gesucht. Was wir hier haben, Mr. Davies, sind bloß die kleinen Fische.«

Er marschierte wütend aus der Tür. »Sie nennen ihn Logan Berry – wie die dicken Brombeeren«, wußte Vesty zu erzählen. »Guter Spitzname, was?«

»Ich würde Mrs. Harrer nicht als kleinen Fisch bezeichnen«, brummte Davies.

Die Riesendame hatte anscheinend die Ohren gespitzt. Sie erhob sich von ihrem Karton und kam trotz der hilflosen Versuche zweier Polizisten, sie zurückzuhalten, auf Davies zu, beide Fäuste in den Handschellen vor sich ausgestreckt.

»Aha«, sagte sie höhnisch, »Sie wieder, Sie haben schon wieder alles versaut.«

»Scheint so.« Davies zuckte die Achseln.

»Jawohl, versaut, Sie!« fauchte sie. Sie preschte mit Riesenschritten auf ihn los, und ehe die verdutzten Bewacher reagierten, riß sie ihre gefesselten Arme wie einen Rammbock von unten in die Höhe. Sie verpaßte Davies einen gewaltigen Kinnhaken, so daß er rücklings stolperte, direkt auf die Tür zu. Dort stieß er auf einen ins Zuschauen vertieften Polizisten, und beide gingen gemeinsam zu Boden. Mrs. Harrer brach mit einem teutonischen Kriegsruf durch die Bresche und stürzte in die Nacht hinaus. Rufe, Trillerpfeifen, dann nahm ein Stoßtrupp die Verfolgung auf. Die Meute trampelte über Davies hinweg, der immer noch auf der Erde lag.

Kreischend und die gefesselten Hände wie eine Streitaxt schwingend, stürmte sie auf ihren mächtigen Beinen zum Kanal hinunter. Das Tor im Gitterzaun war offen. Zornentbrannt galoppierte sie darauf zu und rannte den wachhaltenden Polizisten mit der ganzen Wucht ihres massigen Körpers einfach über den Haufen. Mit einem gellenden Walkürenschrei legte sie die letzten paar Schritte zurück und warf sich ohne Zögern in die schwarze Brühe des Kanals, die hoch aufspritzte. Die Verfolger, die sich gerade durch das Gittertor drängten, blieben stehen und starrten auf die schaurige, kalte Wasserfläche im Lichtschein der Straßenlaternen, auf der die Kreise immer größer wurden.

Während eine wachsende Zahl von Polizisten vom Ufer aus zusah, tauchte die Frau wieder auf. Sie hatte es sich anders überlegt. »Hilfe!« brüllte sie, »ich verlange Hilfe!« Dann versank der schwere Körper wieder.

»Kommt nicht in Frage, daß ich da reingehe«, murrte ein Polizist. Seine Kollegen schüttelten ebenfalls den Kopf.

Zwei Beherzte zogen die Stiefel und die Jacken aus und sprangen, sich die Nase zuhaltend, in das brackige, trübe Naß. Frau Harrer kam wieder hoch und hämmerte mit den gefesselten Händen auf das Wasser ein.

Sie ging erneut unter, diesmal ohne wiederzukehren. Als Davies, gestützt auf Jemma und P. C. Westerman, angehumpelt kam, war man schon dabei, ihre Leiche mit Bootshaken herauszuziehen. »Das war meine Zeugin«, jammerte Drogen-Berry. »Meine auch«, brummte Davies.

Sie entfernten sich von der Stelle. Westerman ging zu einem zweiten Rettungswagen, der zur Aufnahme von Mrs. Harrers Leiche bereitstand und dessen Mannschaft freundlicherweise versuchte, seinem Nasenbluten Einhalt zu gebieten. Jemma legte den Arm um Davies. Auf dem Firmengelände erhob sich ein neuerlicher Tumult. Sie bogen um eine Ecke und trafen auf drei verblüffte Polizisten, die – im Rückwärtsgang – den Weg freimachten. Den abschüssigen Pfad von ›Iversons Bühnenbedarf‹ herunter kam ihnen ein spindelbeiniger Pinocchio entgegen. Der übergroße Kopf schlenkerte hin und her, der Körper hüpfte und schwankte, die Hände hielten zwei Whiskyflaschen umklammert. »Hei dideldei!« sang Edwin Curl. »Schauspielerei, das ist mein Leben.«

Mod lag dick und blaß in seinem Krankenhausbett, mit verpflastertem Kopf, Infusionsschlauch am Handgelenk und mit unglücklichen Augen. »Wir haben die Plätze getauscht«, murmelte er mit geschwollenen Lippen, als er Davies erblickte. »Ich habe versucht, dein angestammtes Bett zu bekommen, aber es lag schon einer drin.«

»Es hat keine so gute Aussicht«, meinte Davies. »Wie fühlst du dich?« Jemma tätschelte Mod am Arm, und er zuckte zusammen.

»Erschlagen«, antwortete der Philosoph. »Völlig erschlagen. Herrgott, diese Jungfrau ist ein Koloß. Und sie war höllisch wütend. Ich hätte nie gedacht, daß ich mal von einer Frau verprügelt werden würde. Ich hatte mich gerade rangeschlichen und wollte bei ›Blissen‹ ins Fenster sehen. Da hat sie mich erwischt, und ehe ich wußte, wie mir geschah, hat sie auf mich eingedroschen. Natürlich konnte ich nicht zurückschlagen, ich hatte ja schließlich, trotz gegenteiliger Indizien, eine Frau vor mir. Sie hätte mich umgebracht, Dangerous, wenn die Polizei nicht gekommen wäre.«

»Sie ist in den Kanal gesprungen«, sagte Davies. »Es gab einen Riesenplatsch.«

Mod riß die geschwollenen Augen auf. »Tot?«

»Ertrunken. Wie Lofty.« Er tastete nach seinem Gesicht. »Sie hat mir beide Fäuste mitsamt den Handschellen verpaßt. Sie war weiß Gott kein Federgewicht.«

Mod rückte mit den Füßen zur Seite, und Jemma und Davies setzten sich auf den Bettrand. Es war neun Uhr morgens. Der Himmel draußen vor dem Fenster war fahlgrau, obwohl sich Nuancen von Grün an dem Busch zeigten, der vor der Fensterscheibe hin- und herschwankte. »Also ist es vorbei«, sagte Mod. »Und alle sind glücklich und zufrieden.«

»Niemand ist zufrieden«, widersprach Davies. »Die Rauschgiftabteilung ist wütend, weil wir auf eigene Faust gehandelt und den Hinterhalt, den sie gelegt hat, haben auffliegen lassen. Sie behauptet, oder vielmehr ihr Boss - ob du's glaubst oder nicht, ein Mr. Logan Berry, wie die dicken Brombeeren -, behauptet, die Harrer sei nur ein Rädchen in einer größeren Organisation gewesen, und die anderen hätten sich jetzt alle aus dem Staub gemacht.«

»Demnach sitzt du immer noch in der Tinte?«

»Mittendrin.«

Jemma sagte: »Aber jetzt weiß du wenigstens, was mit Lofty passiert ist.«

»Stimmt. Das ist jetzt klar. Da schob er wie üblich seinen Kinderwagen am Kanal entlang und versuchte sich zu erinnern, was er vor dem Krieg mit seiner Diebesbeute angefangen hatte - und dann platzt er zufällig in diese Rauschgiftübergabe hinein. Und nicht nur das, er erscheint gerade in dem Moment auf der Bildfläche, als sie dabei sind, den armen Sigmund Dietrich umzulegen, indem sie ihm mit wer weiß was für einem Gegenstand den Schädel einschlagen - die Szene, die Shiny Bright auch miterlebt hat.

Die Jungfrau und ihre Helfershelfer können nicht dulden, daß Lofty das alles mitbekommt, die offenen Türen, das Entladen, und wie ein Mann niedergeschlagen wird, vielleicht mit der Brandaxt ...«

»Nicht doch«, flehte Mod. »Nicht die Axt.«

»Entschuldige. Es handelte sich einfach um eine Auseinandersetzung unter Gangstern. Vielleicht hat Dietrich einen größeren Anteil am Profit gewollt, oder sie hatten entdeckt, daß er nicht zuverlässig war. Wie auch immer, sie haben ihm einen blutigen Scheitel gezogen. Als die Leiche angeschwemmt wurde, war der Spalt in dem Schädel deutlich zu sehen, aber das wurde eben mit der Wucht der Brandung von Chesil Bank erklärt.«

»Hattet ihr beiden dort unten eine schöne Zeit?« fragte Mod.

»Wundervoll«, entgegnete Jemma. »Du mußt auch mal hinfahren.«

Davies sagte: »Ich wäre um ein Haar abgeschlachtet worden von einem, der Schmiere stand. Er hat mir weisgemacht, er heiße Askew und sei vom Umweltministerium. Meine Umwelt hätte er beinahe ausgelöscht, kann ich dir sagen. Zum Glück versteht diese Dame hier trotz ihrer zierlichen Erscheinung, mit Steinen umzugehen ... und so ward trotz Blut und Donnern endlich doch der Sieg gewonnen.«

»Du meinst, er hat dir aufgelauert?« fragte Jemma, »nicht nur einfach als Helfershelfer fungiert?«

»Er hat gezählt, was rein- und rausfuhr«, sagte Davies. »Aber diesmal hat er außerdem auf mich gewartet. Nachdem Dietrichs Leiche gefunden worden war, haben sie wohl gewußt, daß die Zeit knapp wurde. In dieser letzten Aktion ging es um die größte Menge Heroin, die jemals in England eingeschleust worden ist. Sie hätte ausgereicht, die gesamte drogenkonsumierende Bevölkerung für lange Zeit zu beglücken.«

»Drogen zusammen mit Medikamenten einschmuggeln – keine schlechte Idee«, brummte Mod. »War denn der Boss von ›Blissen‹, der Dingsda, der Harrison, auch in die Sache verwickelt?«

»Er hat von nichts gewußt, bis er von der Polizei mitten in der Nacht aus dem Bett geholt wurde. Der Drahtzieher war die teure Verstorbene, die Jungfrau. Der Warentransport war, wenn er in Zürich abging, völlig legal, und sofern er mit den Lastwagen zur normalen Geschäftszeit hier angeliefert wurde, war er es auch dann noch. Das war immer dann der Fall, wenn die Fahrer in Weymouth übernachteten und am folgenden Morgen hier eintrafen. Wenn sie eine heikle Fracht hatten, begaben sie sich vom Fährschiff geradewegs nach London. Mit einer Ausnahme im letzten Oktober, da hatte die Fähre nämlich wegen Nebel Verspätung und kam erst am 6. mittags in Weymouth an, so daß Sigmund Dietrich und die Fahrer sich die Zeit im ›Hotel Seeblick‹ vertreiben mußten, bis es dunkel war und sie aufbrechen konnten.«

Jemma fragte: »Warum ausgerechnet Weymouth?«

»Es ist erstens ein bißchen abgelegener als Dover oder die übrigen Häfen«, sagte Davies. »Außerdem haben sie das Rauschgift in Frankreich übernommen, in Paris oder in Cherbourg, wo es gleich auf die Fähre ging. Sie hätten das unter keinen Umständen in der Schweiz abwickeln können, obwohl das Ganze offenbar von dort aus organisiert und finanziert worden ist.«

»Bekomme ich eine Belohnung oder einen Orden?« wollte Mod prosaisch wissen.

»Ich würde das ja befürworten, aber ich glaube, ich werde selbst demnächst an die Luft gesetzt«, meinte Davies. »Mr. Logan Berry fordert meinen Kopf.«

»Er kann meinen haben«, stöhnte Mod.

»Wir sollten lieber gehen«, schlug Jemma vor. »Wir kommen heute abend noch mal.«

»Es muß eine Qual sein, hier zu liegen und nicht an die Flasche dran zu können«, sagte Davies und nickte zu dem Infusionsständer hin.

»Salzwasser!« erklärte Mod.

Sie verließen den Saal und das Krankenhaus und gingen hinaus auf die Straße. Es regnete leicht. Sie hakte sich bei ihm ein. »Du bist immer noch nicht glücklich, oder?« fragte sie.

»Nicht so richtig«, antwortete er. »Wir haben die Lösung gefunden, aber leider für das falsche Rätsel.«

Als man Mod eine Woche später endlich entließ, gingen sie am Abend zu dritt ins ›Wickelkind‹.

»Ist deine Beförderung schon durch?« fragte Mod.

Davies zuckte mißmutig die Achseln. »Was die Metropolitan Police angeht, hänge ich immer noch in der Luft«, antwortete er.

Sie saßen schon eine Stunde in der Bar, als ein dünner, hochgewachsener Mann am anderen Ende des Raumes hereinkam. Er sah sich suchend um.

»Das ist doch der Taucher«, meinte Jemma, die ihn zuerst bemerkt hatte. »Der Mann, der den Kinderwagen im Kanal gefunden hat.«

»Tennant«, rief Davies, gerade als der Mann sie erblickte. Er winkte und drängte sich durch die Menge zu ihnen hin. Er hatte einen Mantel an und trug einen zweiten auf dem Arm. Davies holte ihm etwas zu trinken.

»Ich hatte mir schon lange vorgenommen, Sie aufzusuchen«, erklärte Tennant. »Ich bin ein- oder zweimal hierher gekommen, aber Sie waren nie da.«

»Wir waren alle verreist«, erläuterte Mod und befühlte seinen Kopf. »Diese beiden an der See, und ich im Central Middlesex Hospital.«

»Tut mir leid«, sagte Tennant, ohne weiterzufragen. Er hob den zweiten Mantel auf seinem Schoß ein wenig an. »Deswegen«, fuhr er fort. »Dieses Mantels wegen.« Er reichte ihn zu Davies hinüber, dessen Hände sich ganz von selbst danach ausstreckten. Davies schlug den Kragen um und suchte nach dem Etikett.

»Raoul Susini, Paris«, las er laut. Er blickte Jemma an und dann Tennant.

»Können Sie damit etwas anfangen?« wollte Tennant wissen.

»Ich glaube, ja. Er hat einem gewissen Sigmund Dietrich gehört. Aus Zürich, aber verstorben.«

»Das Ding hat im Unterwasserklub am Haken gehangen«, sagte Tennant verlegen. »Ich dachte, vielleicht ist es wichtig. In der Zeitung stand ja, daß die Polizei bei ›Blissen‹ war und daß es eine Razzia gab und daß die Frau tot ist, und da dachte ich, der Mantel hat vielleicht etwas mit der Sache zu tun. Sie erinnern sich doch an Archie, der dabei war, als wir den Kinderwagen hochgeholt haben? Der hat ihn gefunden.«

Davies fragte: »Im Kanal?«

»So ist es. Er hat ihn dort an dem Sonntag, als wir die alte Karre gesucht haben, gesehen, ein bißchen weiter flußabwärts. Er hat nicht weiter darüber nachgedacht, sagt er, aber hinterher ist er noch mal rein und hat ihn sich geholt. Es war ihm klar, daß es ein gutes Stück war, darum hat er ihn getrocknet und in die Reinigung gebracht ...«

»Und behalten«, brummte Davies.

»Ja. Es war genau die richtige Größe.«

»Und wo ist Archie jetzt?«

»In Saudi-Arabien«, erwiderte Tennant. »Er hat ihn im Klub auf einem Kleiderbügel hängenlassen. Da hat er seitdem gehangen. Ist es wichtig?«

Davies zuckte die Achseln. »Wäre es vielleicht gewesen. Der Besitzer ist ermordet worden.«

»Mein Gott! Das tut mir leid.«

»Ihm sicher auch.« Davies rieb den Mantel zwischen den Fingern. »Schöner Stoff«, sagte er. Seine Hände schlossen sich um den Mantel. »War irgendwas in den Taschen?« fragte er.

»Weiß ich nicht. Jedenfalls nicht, als ich ihn vom Bügel genommen habe. Keine Indizien, wie?«

Davies starrte plötzlich in sein Bier. Mod sah hinüber, um festzustellen, ob eine Spinne oder ein anderes Insekt hineingefallen war. Davies blickte hoch. »Manchmal«, sagte er ganz langsam, »manchmal denke ich, ich werde nie ein echter Detektiv.«

»Na, schieß los«, forderte Mod ihn auf.

»Sag schon«, rief Jemma und beugte sich zu ihm hinüber.

»Lofty. Gleich am Anfang der ganzen Geschichte. Wir haben uns weiß Gott seinetwegen den Kopf zerbrochen, aber was ich vergessen hatte, war die Frage, ob er etwas in den Taschen hatte, als er gefunden wurde. Er hatte Hosen und Jacke und einen Mantel an.« Er stand auf. »Den Mantel behalte ich fürs erste«, informierte er Tennant. »Ich passe auf, daß die Met. Police ihn nicht versteigert.« Er sah sich in der Runde um. »Ich geh' schnell zum Revier rüber«, sagte er. »In 20 Minuten bin ich zurück.«

Er ging mit schnellen Schritten und leise vor sich hin murmelnd zur Revierwache. Es war ein heller, feuchter Abend. Kinder spielten in den Seitenstraßen. Venus wanderte auf der anderen Straßenseite auf und ab. Sie winkte mit der Hand. »Viel zu tun?« rief Davies hinüber.

»Nichts los heute, Dangerous«, rief sie zurück.

Er betrat die Polizeiwache. Hinter dem Tresen saß Lewis Emmanuel. »Lew«, sagte er. »Ich möchte mal einen Blick in den Schrank mit den Fundsachen werfen.«

»Was hast du denn verloren, Dangerous?«

»Weiß ich vorläufig noch nicht. Dort werden doch auch die Sachen aufbewahrt, die man bei den Toten findet? Am selben Platz?«

Der Sergeant legte einen Schlüssel vor ihn hin. »Was den Verstorbenen gehört, liegt in dem Wandschrank ganz rechts«, erklärte er. »Wie geht's deiner Lady?«

»Danke, gut«, antwortete Davies und nahm den Schlüssel. »Ich soll dir einen Gruß von ihr ausrichten.«

»Ich wünschte, sie käme persönlich«, sagte Lew. »Ich kann mir einfach nicht denken, wie du es an Weihnachten geschafft hast, dich mit ihr einzuschließen.«

»Mir auch ein Rätsel«, meinte Davies. »Aber in unserem Beruf hat man ja ständig mit Rätseln zu tun.« Er ging durch den Korridor, öffnete eine Tür und drehte das Licht an. Es war ein kleiner Raum, kaum größer als ein Schrank, mit grüngestrichenen Wänden, der einen muffigen Geruch verströmte, voll von Mänteln, Hüten, Regenschirmen und anderen vergessenen Siebensachen, unter denen sich unter anderem erstaunlicherweise eine rote Fahne, drei Paar schwere Stiefel und eine Schachtel mit Feuerwerkskörpern befanden. Am rechten Wandschrank steckte ein Schlüssel.

Er öffnete die Tür. Hier waren alle Gegenstände in Plastikbeutel verpackt. Auf jedem Beutel stand in dicker Tintenschrift ein Name. Davies nahm einen nach dem anderen in die Hand. Viele Menschen hatten beim Sterben ihren persönlichen Krimskrams zurückgelassen. In den meisten Päckchen klapperten Münzen, in manchen waren Brillen und die gespenstischen Konturen von falschen Gebissen zu ertasten. Er hatte schon ein halbes Dutzend beiseite gelegt, als er zu einer kleinen Plastiktüte mit der Aufschrift »Wilfred Brock« kam. Er hob sie hoch. Es war nur ein einziger Gegenstand darin. Er konnte ihn fühlen. Ein einzelner Schlüssel.

Im ›Wickelkind‹ wurde er erwartet. Mod äußerte sein Unbehagen, daß aufgrund seiner persönlichen Finanzlage Jemma die letzte Runde hatte bezahlen müssen. »Wenn ich meine polizeiliche Belohnung bekomme«, versprach er, »gebe ich eine Party.«

Davies saß am Tisch und zog den Plastikbeutel mit dem Schlüssel aus der Tasche. Er hielt ihn in der Hand, einen altmodischen, gelb angelaufenen Schlüssel mit einem ausgefransten Pappanhänger. »Nr. 134. SRCB«, las er von dem gedruckten Schildchen ab. Er sah in die Runde und seufzte: »Die Indizien werden kein bißchen deutlicher.«

Sie machten ein Ratespiel aus der Frage, was die Buchstaben bedeuten könnten. Tennant war gegangen, hatte aber gleichsam als Entschuldigung für den Mantel dem Barmann fünf Pfund ausgehändigt, die Davies nach Belieben verrechnen sollte. »Davon hat er mir nichts gesagt«, schmollte Mod.

Sie holten sich ihre Getränke. Shiny Bright kam herein; er strahlte einen gewissen Wohlstand aus: neuer Anzug, Blume im Knopfloch und auf Hochglanz polierte braune Schuhe. »Ehrlich erworben, Dangerous«, versicherte er, noch ehe Davies gefragt hatte. »Ich habe auf einen Hund gesetzt, der rennt mit sechs Beinen. Auf den hättest du auch wetten sollen. Er heißt nämlich ›Dangerous Moonlight‹.«

Er spendierte für alle einen Scotch, und dann gab Davies eine Runde aus, und so verging der Abend im Nu. Sie verließen das ›Wickelkind‹ und gingen die Haupteinkaufsstraße hinunter zu ›Harrys 24-Stunden-Imbiß‹. Sterne glitzerten über den Dächern; die Luft war mild.

»In solcher Nacht wie dieser«, deklamierte Mod und sah zum Himmel auf.

»Da linde Luft die Bäume schmeichelnd küßte ...«, lachte Jemma. »In solcher Nacht wie dieser schlüpft' überm Taue Thisbe furchtsam hin ...«

Davies sagte: »Herrgott, fangt doch jetzt nicht mit so was an.«

»Wie wär's hiermit?« kicherte Mod. An der Ecke stand das weiße Gebäude einer Filiale von Barclays. Er warf sich in Positur. »Wie süß das Mondlicht schläft auf – dieser Bank.«

Sich ausschüttend vor Lachen gingen sie weiter in Richtung Imbißstand. »Du grübelst noch immer über die Geschichte nach«, sagte Jemma beinah vorwurfsvoll.

»Sie ist ja noch nicht zu Ende, oder?« meinte Davies und trank trübsinnig seinen Kaffee. Er nahm den Schlüssel aus der Tasche und sagte zum x-ten Mal die Botschaft des Schildchens her: »Nr. 134. SRCB.«

Sie tranken ihren Kaffee, wünschten dem illuminierten Harry gute Nacht und gingen heimwärts. Jemma hatte eine Sozialarbeiterin, die von ihrem Mann rausgeworfen worden war, in ihre Wohnung aufgenommen. Davies küßte sie vor der Haustür und schlug den Weg nach Hause ein. Der Mond war über die Dächer hochgestiegen und verströmte sein Licht wie ein Fluß durch die leeren Straßen. Als Davies an der Bank vorbeikam, versuchte er sich an den Vers zu erinnern, den Mod aufgesagt hatte. »Es war was mit ›Mondschein auf Barclays Bank‹«, murmelte er vor sich hin.

Er ging zu Bett, lag noch eine Weile in Gedanken da und schlief dann fest ein. Um drei Uhr wachte er auf. »Bank«, sagte er zu sich selbst. Er setzte sich abrupt auf. »Bank.« Er glaubte fest daran, nein, er wußte, daß er recht hatte.

Das Bankhaus ›Simmonds, Rowe und Campbell Bank‹ in Brightstone-on-Sea, Essex, war wie so viele kleine Geldinstitute der Vorkriegszeit im Jahr 1940 in der größeren East Anglian Bank aufgegangen, welche ihrerseits nach dem Krieg von Barclays Bank geschluckt worden war. »Wir sind trotzdem seit den frühen 30er Jahren unter diesem Dach ansässig«, erläuterte der Filialleiter Harold Buss. »Im 19. Jahrhundert besaßen Mr. Simmonds, Mr. Rowe und Mr. Campbell jeder eine eigene Bank, so daß wir auf eine lange Geschichte zurückblicken können.«

»Und der Tresor ist intakt geblieben und immer noch derselbe wie vor dem Krieg?«

»Gewiß, wie ich schon am Telefon sagte. Wir haben natürlich ein wenig renoviert, aber die alten Kellerräume sind fast unverändert, und einige der Schränke stammen noch von Anfang des Jahrhunderts. Die Nummer, sagten Sie wohl, ist 134. Sie haben den Schlüssel?«

Davies atmete tief durch und reichte ihm den Schlüssel. »Ah, ja«, meinte Mr. Buss, »das reinste Museumsstück. Eindeutig von uns. Bitte hier durch, meine Herren.«

Mod und Davies folgten ihm durch das lindgrün getönte, weitläufige Büro und nickten den jungen Frauen zu, die vor den Bildschirmen saßen. »Es riecht in solcher Bank nicht mehr nach Geld«, sagte Mod leise.

»Hat es das je getan?« flüsterte Davies.

»Hier«, sagte Mr. Buss und führte sie in einen mit Glasscheiben abgeteilten Raum. »Hier bewahren wir einige der alten Verzeichnisse auf. Es kommt nicht mehr oft vor, daß wir darin nachschlagen müssen. Und selbst diese haben schon den unvermeidlichen Weg in den Computer genommen.« Er nahm einen abgegriffenen roten Lederband von einem hochgelegenen Bord. »Nummer 134.« Er sah kurz auf den Schlüsselanhänger. »Heute würden Sie auch nicht das Vergnügen haben, auf eine so einfache, unkomplizierte Nummer wie 134 zu stoßen.« Er blätterte in dem Register. »Ja, hier ist es. Mr. Augustus Bryant.«

Davies sah Mods langes Gesicht und fühlte, wie sein eigenes sich ebenfalls in die Länge zog. Aber er sagte schnell: »Ja, das ist der Mann. Er hat verschiedene Namen geführt, aber er ist es, einwandfrei.«

»Nun«, brummte Mr. Buss. Er sah umständlich noch einmal auf das Beglaubigungsschreiben mit dem Briefkopf »Metropolitan Police«. Davies schluckte mühsam. »Nun gut, es hat wohl seine Ordnung.« Er setzte wieder sein professionelles Lächeln auf, das Davies nur zögernd und Mod fast gar nicht erwiderte. »Dann lassen Sie uns mal in die Tiefe steigen.«

Einige der Mädchen blickten von ihrer Schreibmaschine, die Männer von ihren Telefonen und Papieren auf, als die beiden massigen Gestalten dem Filialleiter durch den luftigen Saal folgten. Frühlingssonnenschein strömte durch die Fenster herein. Mr. Buss schloß mehrere Türen auf, von denen die dritte den Zugang zu einer Treppe freigab. »Dies ist der älteste Teil«, erläuterte er. »Einige der Kundenfächer sind seit 70 Jahren nicht mehr angerührt worden.«

»Ich an Ihrer Stelle wäre in Versuchung, einen Blick hineinzuwerfen«, gestand Mod. »Einfach mit dem Hauptschlüssel herzukommen und aufzuschließen.«

»In einer Bank«, entgegnete Mr. Buss ein wenig vorwurfsvoll, »geht es so nicht zu. Phantasie ist fehl am Platz.« Er blieb stehen. »Hier ist es. Schließfach 134.« Er reichte Davies den Schlüssel. »Wenn Sie es öffnen wollen, Mr. Davies, ziehe ich mich zurück.«

»Nein, nein«, sagte Davies schnell. Er faßte den Bankmann am Arm. »Wenn's Ihnen nichts ausmacht ... Wenn es erlaubt ist ..., würden Sie vielleicht noch einen Moment bleiben? Vielleicht brauche ich einen Zeugen ...«

Mr. Buss schien insgeheim amüsiert. »Ja, selbstverständlich, wie Sie wünschen. Es gibt keine Vorschrift, die mich verpflichtet, nicht anwesend zu sein. Es wird lediglich unterstellt, daß der Kunde Diskretion wünscht.«

»In diesem Fall nicht«, meinte Davies.

Der Schlüssel war in seiner Hand warm geworden. Das Schließfach war flach, vielleicht 45 Zentimeter lang und 30 Zentimeter breit, aus kräftigem Holz gemacht, welches, als Davies' Finger den Staub wegwischten, sich als furniert erwies, nicht unähnlich dem Lunchkoffer von Sergeant Emmanuel. Ein Spinnennetz hing vor dem Schlüsselloch. Davies fegte es mit der Hand weg. Mod und Mr. Buss sahen schweigend und gespannt zu. Davies steckte den Schlüssel ins Schloß und fühlte, das dieser sich drehte. »Paßt noch«, sagte er leise. Er prüfte das Gewicht des Deckels, hob ihn ein wenig an. Er quietschte leise, wie eine Maus. Ein staubiger Geruch entströmte dem Behältnis. Ein verkrumpeltes Stück roter Seide kam zum Vorschein, das den Inhalt verdeckte. Davies wagte kaum zu atmen, als er es wegzog. Darunter lagen ein zerknüllter *Daily Mirror* vom Vortag und ein an Davies adressierter Brief der Polizei von Essex, Unterschrift: Inspector Joliffe.

»Sehen Sie mal«, sagte Inspector Joliffe. »Haben Sie jemals schönere Beutestücke gesehen?«

Der Schmuck war in seinem Dienstzimmer auf einem flanellbedeckten Tisch ausgelegt: Diamanten, Smaragde, Opale, Zirkone, in Silber, Gold oder Platin gefaßt; Ketten, Broschen, Ringe, Armbänder und Diademe.

»Sehr hübsch«, räumte Davies ein.

Joliffe kam um den Tisch herum und legte mit der herablassenden Freundlichkeit des ranghöheren Offiziers den Arm um ihn. »Mavis Prenderley hat eine ganze Menge davon identifizieren können«, erläuterte er. »Einige Stücke stammen sogar aus Sandringham. Sie hat ein erstaunliches Gedächtnis für ihr Alter, die Gute. Andererseits kein Wunder, sie hat ja teilweise geholfen, die Klunkern zu klauen.«

»Die Bevölkerung der Umgegend«, bemerkte Davies mißgünstig, »verhält sich anscheinend sehr kooperativ.«

»Wir haben sie gut erzogen«, erklärte Joliffe. »Die Leute kommen zu uns, wenn sie ›nicht sicher‹ sind. Mr. Buss, der Bankdirektor, bekommt einen Brief mit dem Briefkopf der Metropolitan Police, und natürlich ist das erste, was er tut, die 999 zu wählen. Dann melden Sie sich telefonisch und nennen ihm die Nummer des Tresorfachs. Es gibt einen Hauptschlüssel, müssen Sie wissen, auch für die Fächer von anno dazumal. Also haben wir ihn benutzt und all dies gefunden.«

Davies sagte: »Sie haben sogar die Spinnweben wieder draufgeklebt.«

»Auf das Schlüsselloch? Ja, haben wir. Tut mir leid, wenn wir Sie um eine Nasenlänge geschlagen haben, Davies.«

»Den Teppich unter den Füßen weggezogen«, verbesserte Davies finster. »Zum zweiten Mal in dieser Woche.«

»Ah ja. Wir wissen Bescheid. Wir haben Sie natürlich nicht aus den Augen gelassen, seit Sie das erste Mal auf unserem Territorium aufgetaucht sind.«

»Als Mr. Linder und dieser Kneipenwirt mich angeschwärzt haben«, seufzte Davies.

»Sie trampeln aber auch überall herum.«

»Mag sein. Ich habe ein Talent, einen kleineren Wirbelsturm in Gang zu setzen. Und meistens bin ich derjenige, der Schiffbruch leidet. Dann wissen Sie wohl alles über die Drogengeschichte?«

»Wir haben einen kompletten Bericht erhalten. Sie haben sich dabei gar nicht dumm angestellt, Davies, und natürlich kam der Anstoß zu dem allen durch diesen Fall Billy Dobson.«

»Lofty Brock«, murmelte Davies. »Stimmt. Aber ich habe deswegen nichts als Ärger gehabt. Ich bin der Rauschgiftkommission bei ihrem Superding in die Quere gekommen.«

»Spielt keine Rolle«, sagte Joliffe. »*Wir* sind mit der Entwicklung der Dinge ganz zufrieden. Leider werden die Schlagzeilen lauten: ›Polizei von Essex spürt millionenschwere Beute aus Vorkriegsdiebstählen auf.‹ Ich werde interviewt werden, und meine Leute werden das Lob einheimsen; da Sie ja sozusagen ex officio tätig waren, wird Ihr Name keine Erwähnung finden. Immerhin ein Trost für Sie, daß Sie wissen, wie es wirklich war.«

Davies zuckte die Achseln. »Ich sitze trotzdem in der Patsche, weil ich nämlich in Ihrem Gebiet gewildert habe. Im Moment bin ich zwangsbeurlaubt. Ich kann jeden Tag wieder zum Streifendienst eingeteilt werden, wenn ich nicht überhaupt rausfliege.«

»Es ist nun mal aktenkundig«, sagte Joliffe kopfschüttelnd. »Und wie ich Ihnen bereits erklärt habe: Wenn es einmal in der Maschinerie drin ist, dann bleibt es drin.« Er klopfte Davies schon wieder auf die Schulter. »Aber ich will sehen, was sich tun läßt. Ein Wörtchen hier und eins da, dann kann so manches auch gelöscht werden. Es ist mühsam, aber es geht.«

»Vielen Dank«, murmelte Davies. »Die Uniform steht mir nicht so gut.«

Joliffe lachte. »Das kommt schon in Ordnung, da bin ich sicher«, meinte er jovial. »Aber vergessen Sie nicht Ihren Bekannten, den, der Max Bygraves kennt. Wenn wir nächstes Jahr dran gehen, das Polizeifest zu planen, kommen wir vielleicht darauf zurück.«

»Ach so ... ja, gut. Nehmen Sie dann einfach Kontakt mit mir auf. Jetzt verabschiede ich mich fürs erste.«

Joliffe schüttelte ihm herzlich die Hand. »Sie sind kein schlechter Bulle, Davies«, sagte er. »Sie verstehen eine Menge von Ihrem Beruf, aber Sie haben nicht viel Fingerspitzengefühl. Wenn Sie nicht schon so alt wären, würde ich sagen, aus Ihnen kann noch was werden.«

»Vielen Dank«, erwiderte Davies zum zweiten Mal. Er wandte sich zum Gehen.

»Ach, noch etwas«, sagte Joliffe. »Die Perle. Die, die Sie Mavis gezeigt haben.«

»Oh ... ach ja. Die meinen Sie.« Er wühlte in seinen Taschen. Dabei hoffte er verzweifelt, daß er sie nicht verloren hatte, und war erleichtert, als er das Etui fand. Er öffnete es. Joliffe nahm die Perle heraus. »Das letzte Puzzleteilchen«, lächelte er. Er ging zum Tisch, wo die Juwelen ausgebreitet lagen, und legte die Perle als Anhänger an ein kostbares Halsband an. »Paßt genau«, stellte er fest. »Das ist Mrs. Simpson abhanden gekommen. Der Herzogin von Windsor.«

Auf dem ganzen Weg zur Tür lag sein Arm auf Davies' Schulter, und dann schüttelte er ihm noch einmal zum Abschied die Hand. Im Rausgehen hörte Davies, wie Joliffe ihm nachrief: »Ich melde mich bei Ihnen wegen Max Bygraves, Dangerous. Ich weiß ja, wo Sie zu finden sind, nicht wahr?«

»Am üblichen Platz«, antwortete Davies. Er drehte sich um und ging auf die Straße hinaus. »Nämlich in der Scheiße«, sagte er zu sich selbst.

Jemma ging ins ›Wickelkind‹ und fand am gewohnten Tisch nur Mod sitzen, der über der Frage grübelte, wie lange sich ein halbes Maß Bier ausdehnen läßt. Es war kurz nach Mittag. Die Bar war im übrigen leer. »Ich habe gedacht, um diese Zeit ist er zurück«, sagte Jemma.

»Ein wesentlicher Bestandteil der Folter Dritten Grades«, entgegnete Mod, »ist, daß sie sich so lange hinzieht.« Er schien in einer Klemme zu stecken. »Darf ich dir was zu trinken anbieten?« fragte er in eher abschreckendem Ton.

»Nein, danke. Ich glaube, ich gehe ihm entgegen. Vielleicht braucht er ein bißchen Trost.«

»Sehr gut möglich«, antwortete Mod. Seine tiefliegenden Augen öffneten sich ein wenig mehr. »Heute morgen hat sich schon wieder etwas Neues ergeben. Mit der Briefpost.«

»Was ... wie meinst du das?«

»Ein Zettel, auf dem stand nichts als: ›Wir haben beide Lofty Brock ermordet.‹ Als Unterschrift: ›Die Überlebenden von Schlesien.‹«

Sie sah ihn erstaunt an. »Du meinst ... es ist noch nicht zu Ende? Ich kann mir nicht vorstellen ...«

»Nicht entfernt zu Ende, wie man sieht«, sagte Mod. »Die Sache wird, wie ich glaube, Dangerous noch eine ganze Weile beschäftigen.«

Sie ging aus der Bar auf die frühlingshafte Straße hinaus. Er kam ihr entgegen, den Mantel nachlässig umgehängt, den Hut nach hinten geschoben, die Hände in den Taschen. Sie lief zu ihm und umarmte ihn. Er schlang die langen Arme um sie. Ein paar Leute blieben stehen, um zuzusehen. »Alles in Ordnung«, sagte er. »Sie haben ein Auge zugedrückt - beide Augen.«

»Wunderbar! Obwohl - ich hab's nicht anders erwartet.«

»Ein Drogenring geknackt, ein Mord aufgeklärt und die verdammten Kronjuwelen wiedergefunden, das hat alles ein bißchen geholfen«, bemerkte er. »Aber es gab auch ein paar Negativposten.« Er grinste sie an. »Askew, der Typ, den du mit dem Stein kampfunfähig gemacht hast – das war einer von der Zollfahndung.«

»Oh Gott! Warum hat er das nicht gesagt?«

»Die Zollfahnder halten sich lieber bedeckt. Und er nahm an, wir würden ihm Schwierigkeiten machen. Er sollte ein Auge auf die zwei Autos mit dem Stoff haben, und dann erschienen wir plötzlich auf der Bildfläche. Er mußte mich ausschalten, und zwar schnell.«

»Aber du hast ihm doch gesagt, daß du Polizist bist.«

»Vielleicht deswegen. Offenbar hatten die vom Zoll gerade eine eigene Aktion gegen die Jungfrau und Genossen eingeleitet und wollten der Polizei zuvorkommen. Da geht's ums Prestige. Die Rauschgiftkommission und der Zoll sind nicht gerade ein Herz und eine Seele, und deshalb hat keine Seite die andere informiert. Askew ist weg vom Fenster, wahrscheinlich darf er jetzt irgendwo die noch ausstehenden Umsatzsteuern einziehen. Mr. Logan Berry soll sich zu einer bei ihm eher selten zu verzeichnenden heiteren Miene veranlaßt gefühlt haben – bis zu dem Moment, als ich ihm seine eigene Aktion verdorben habe.«

Sie wechselten die Richtung und schlugen einen anderen Kurs ein als den, den Davies genommen hatte. Sie betrachtete ihn ernsthaft. Seine Lippe brauchte diesmal länger, um zu heilen. »Was ist mit dieser Nachricht von heute morgen? Mod hat mir davon erzählt. Die Überlebenden von Schlesien?« fragte sie. »Meinst du nicht, du solltest den Fall jetzt abschließen?«

Er blieb stehen, zog den Arm zurück, den er um sie gelegt hatte, und holte einen zerknüllten Zettel aus der inneren Manteltasche. »Mach' ich, auf der Stelle«, sagte er. »An diesem Wisch gibt es nur eins, was man nicht auf den allerersten Blick erkennt, und das ist die Tatsache, daß das Papier aus der öffentlichen Bibliothek gestohlen wurde. Hier, schau mal, wenn du es umdrehst, da steht ganz klein auf der Rückseite: ›Brent-Bibliothek.‹«

»Mod!« rief sie aus.

»Der wird nie ein brauchbarer Urkundenfälscher.« Davies grinste. »Er denkt, so etwas wie Lofty, worüber ich mir Gedanken machen kann, hält mich aktiv und macht mich glücklich.«

»Tut es das?«

»Ja, ich glaube schon.« Er sah sie an. »Aber jetzt habe ich ja auch noch dich.«

Sie blieben stehen und küßten sich mitten auf der Straße. »Möchtest du einen Spaziergang machen, mit mir und Kitty?« fragte Davies. »Wir könnten ihn abholen. Er braucht ein bißchen frische Luft.«

»Ich auch«, lachte sie und nahm seinen Arm. »Komm, Dangerous, laß uns zum Friedhof gehen.«

Nachwort

Es ist schon eine trostlose Welt, der schäbige Industrievorort im Nordwesten Londons. Mehr schlecht als recht arbeitende Kleinunternehmen, heruntergekommene viktorianische Häuser, ein Kanal voll Schmutz und Unrat, darüber ein ewig düsterer Himmel, Rauch und Ruß in der Luft, Schmutz auf den Straßen.

Bevölkert wird er vom Strandgut des ehemaligen Empires von Westindien bis Indien, eine wahrhaft multikulturelle Gesellschaft aller Hautfarben. ›Supermarkt Rawalpindi‹, ›China-Imbiß Große Mauer‹, ›Muslimische Schlachterei‹, ›Barbados-Laden‹ und das indische Restaurant mit dem vergangenem Glanz huldigenden Namen ›Juwel der Krone‹ dienen den bescheidenen Bedürfnissen der Einwohner. Wenn die Pubs, wie in England vorgeschrieben, früh geschlossen haben, gibt es nur noch einen einsamen Schnellimbiß inmitten eines verödeten Einkaufszentrums, in dem der mürrische Besitzer die ganze Nacht Kaffee und Sandwiches bereithält – trostlos wie auf einem Gemälde von Edward Hopper. Die hier lebenden Engländer sind soziale Randexistenzen – die ältere Prostituierte, die nie Freier zu finden scheint, der Einbrecher, der bei seinen erfolglosen Versuchen im großen Verbrechen gelegentlich aus Versehen auf den Wachhund tritt und sich in der von der Polizei fahrlässig offengelassenen Zelle selbst einschließt. Und da gibt es noch den kleinen Nachtwächter mit der unstillbaren Liebe zu überdimensionierten Frauen. Drei bis vier sind es bisweilen, die er zu versorgen hat, und so arbeitet er notgedrungen tagsüber als Werkschutzmann und nachts als Nachtwächter, um genügend Schlaf zu bekommen – wenn er es nicht vorzieht, die Nacht mit einer riesigen Schneewittchenpuppe in einem Lager für Theater- und Karnevalsbedarf zu verbringen.

In dieser Welt lebt und arbeitet der Polizeidetektiv Dangerous Davies, aus ihr ist er nie herausgekommen; schon eine Fahrt nach

Yorkshire ist ein Abenteuer für ihn. Davies' Leben ist womöglich noch deprimierender als das der meisten Bewohner des Stadtteils. Seit vielen Jahren von seiner Frau Doris getrennt, lebt er dennoch unter ihren ständigen vorwurfsvollen Blicken in der von Mrs. Fulljames mit strenger und sparsamer Hand regierten Familienpension ›Bali Hi‹. Näher als Doris, von der er trotz der langen Trennung noch immer nicht geschieden ist, steht ihm nach seinem eigenen Bekunden Kitty, sein yakähnliches Ungetüm von einem Hund – und der läßt ihn gelegentlich bei Anfällen schlechter Laune nicht in sein Auto, in dem der Hund, der die Pension nicht betreten darf, seine Tage verbringt.

Für Vorwürfe von Doris' Seite gibt es Anlässe genug. Da ist zum einen seine notorische berufliche Erfolglosigkeit. Seinen Spitznamen »Dangerous«, hinter dem sein wahrer Vorname längst verschwunden ist, verdankt er seiner völligen Harmlosigkeit, »gefährlich« wird er nur regelmäßig für sich selbst, wenn eine der lästigen und unangenehmen Missionen, mit denen er bevorzugt betraut wird, wieder einmal ins Krankenhaus führt, wo er als Stammgast schon ein Stammbett hat.

Anlaß für Vorwürfe bietet aber auch sein übermäßiger Alkoholkonsum. Die Glücksmomente in seinem Leben fallen offensichtlich mit den Öffnungszeiten des ›Wickelkinds‹, seiner Stammkneipe, zusammen. Hier verbringt er mit seinem einzigen Freund, dem hauptberuflichen Arbeitslosen Mod, jede freie Minute. Mod schätzt an Dangerous vor allem das regelmäßige Einkommen als Polizist, das es diesem erlaubt, ihn ständig freizuhalten.

Bei der Rückkehr von einem dieser Abende nimmt das Verhängnis wieder einmal seinen Lauf: Der Lärm einer gewaltigen Prügelei dringt an ihr Ohr – so gewaltig, daß Dangerous ihn auch in seiner dienstfreien Zeit und in seinem alkoholisierten Zustand zur Kenntnis nehmen muß. Während Mod die Polizei alarmiert – der Einsatz wenigstens dreier Diensthunde scheint erforderlich –, schreitet Davies zur Besichtigung des Tatorts. Iren sind es, die sich dort aus politischen Gründen seit der Sonntagsmesse vor zwei Tagen prügeln. Sie gelten den in der Umgebung wohnenden Pakistani, Mittelamerikanern und Indern ohnehin als Schandfleck der Gegend: »Die sollte man nach Irland schicken, wo sie hingehören«, bemerkt ein indischer Junge mit Turban in einem Anflug von Rassismus. Als ein bekanntes Mitglied des Stadtrats aus der Tür fliegt, muß Davies gegen seinen Willen und wider sein besseres Wissen einschreiten – und landet wieder einmal im Krankenhaus.

Hier findet er überraschend seinen neuen Fall. Wie der Leser schon aus »Dangerous Davies, der letzte Detektiv« (DuMont's Kriminal-Bibliothek 1028) weiß, muß sich Dangerous seine Mordfälle selbst suchen und heimlich an Land ziehen – offiziell werden ihm nur die langweiligsten Routineermittlungen und die absurdesten Recherchen anvertraut. Aus einer Lokalzeitung, die ihm Mod nebst gestohlenem Obst großzügig ans Krankenbett gebracht hat, erfährt Davies zwar nichts von seiner versuchten Heldentat im irischen Bürgerkrieg, wohl aber vom Tod Lofty Brocks, der in dem schmutzig-schlammigen Kanal ertrunken ist. Brock war ein kleines, verwirrtes, altes Männchen, das mit einem Kinderwagen durch den Stadtteil fuhr, sinnlos Papierfetzen sammelte und im Heim für obdachlose Männer lebte. Wie sollte er in den Kanal geraten sein – samt Kinderwagen? Lofty trank nicht, und für einen plötzlichen Entschluß zum Selbstmord gab es keinen Anlaß.

Natürlich kräht kein Hahn nach dem Tod – nur Dangerous läßt der Fall keine Ruhe. Hier zeigen sich, wie schon im ersten Roman, seine besten Eigenschaften. Zum einen ist da sein Mitgefühl für alle Leidenden, das ihn bei Stadtstreichern und Kleinkriminellen so beliebt macht, daß es zu seiner Erfolglosigkeit bei der Polizei entscheidend beiträgt. Zum anderen ist da sein geradezu süchtiges Verlangen nach Wahrheit, das ihn – wie ausnahmslos alle seine großen Detektivkollegen – mehr umtreibt als das Streben nach Gerechtigkeit. Gerade daß Lofty Brocks Tod als »unwichtiger Tod« gilt, der jeden kaltzulassen scheint, stört ihn. Sollte hier etwas nicht mit rechten Dingen zugegangen sein, will Dangerous es um jeden Preis herausfinden – und gerade das wird sein Leben verändern.

Bei der Untersuchung durch den Coroner, zu der es ihn noch während seines Krankheitsurlaubs förmlich hintreibt, begegnet er der Sozialarbeiterin, die das Heim für obdachlose Männer betreut. Jemima Duval heißt die junge dunkelhäutige Dame aus Martinique, und sie ist so schön, daß selbst der knochentrockene Coroner den Eindruck erweckt, er würde gern im Obdachlosenasyl wohnen, wenn er dort nur von Jemma betreut würde. Das Schönste an ihr ist ein fehlender Vorderzahn – wie das Schönheitspflästerchen bei einer Rokokokokotte betont die Lücke die Perfektion der restlichen Erscheinung. Fungiert Mod, wie schon im ersten Fall, bei aller Skepsis gegenüber Davies' detektivischen Fähigkeiten vor allem deshalb als hilfreicher Watson, weil er nicht von seiner Bierquelle abgeschnitten leben möchte, erweist sich Jemma als überzeugte Mitstreiterin, die sein Interesse am Schicksal des armen, alten, einsamen, verwirrten Lofty teilt. Und schon bald ist Dangerous, dem dies seit langem nicht mehr zugestoßen ist, verliebt bis über beide Ohren. Diese Liebe wird, trotz seines vorgerückten Alters und seiner plumpen, schwerfälligen Figur durchaus erwidert – gerade das Don-Quichottehafte seines Kampfes gegen ein vielleicht nur imaginiertes Unrecht scheint Jemma zu faszinieren.

Dennoch können die beiden lange nicht zusammenfinden – die Schwierigkeiten sind viel zu groß. Das ›Bali Hi‹ scheidet als Treffpunkt aus; Damenbesuche sind nicht erlaubt und amtierende Ehefrau und Pensionswirtin viel zu wachsam. Jemma aber neigt dazu, sich »Arbeit« mit nach Hause zu nehmen – einmal sind es heimatlose Babies, dann eine verwirrte Frau oder ein sich ständig kratzender alter Mann, ein anderes Mal nur Goldfische, dann wieder Zigeuner. Schließlich erwartet Davies sogar Aussätzige, wenn es wieder einmal überraschend klingelt. Einen Ausweg bietet schließlich der neue Hochsicherheitstrakt der Polizeistation, in den die lebenskluge Jemima sich mit Davies für die Festtage einschließt, als er ihn seiner Angebeteten als Weihnachtsüberraschung vorführen will.

Davies, Jemma und Mod haben nicht viele Anhaltspunkte für ihre Ermittlungen: Ein Karton mit seltsamen Hinterlassenschaften hat sich in einem Versteck im Männerheim gefunden, ein überraschend edler Holzkasten mit weiteren Reliquien im Töpfchenfach des Kinderwagens, den Dangerous auf seine Initiative und seine Kosten aus dem Schlamm des Kanals bergen läßt. Ein Bild von Lofty und seiner Vergangenheit wollen sie auch bei schärfstem Nachdenken nicht ergeben, erst recht kein Motiv für einen Mord. Dennoch gelingt es Davies und seinen Helfern in exzellenter Polizeiarbeit, die notgedrungen auch dem winzigsten denkbaren Anhaltspunkt vollste Beachtung schenkt, dem letztlich allen unbekannten »Lofty Brock« eine veritable Vergangenheit zu geben – und dem Mord an ihm eine überraschende Aktualität.

Aber diese Polizeiarbeit verrichtet ein Privatdetektiv. Wie schon im ersten Fall ermittelt Davies wortwörtlich privat – nur diesmal auch in fremden Revieren. Schon bald schwebt ein Disziplinarverfahren über ihm, das die Provinzpolizei aus Eifersucht auf die der Hauptstadt gegen ihn angestrengt hat und das sogar zu seiner

Zwangsbeurlaubung führt. Schließlich brauchen die offiziellen Behörden nur noch heimlich seinen Ermittlungen zu folgen, über die sie mißtrauische Staatsbürger jederzeit bereitwillig auf dem laufenden halten, um seine Erfolge einzuheimsen. Aber selbst wenn seine glänzenden Leistungen gegenüber der Öffentlichkeit verborgen bleiben, sind sie doch intern so unübersehbar, daß ihm die Rückversetzung in den uniformierten Streifendienst erspart bleibt. Das ist dann auch sein einziger Lohn - und die neue, erfüllte Liebe »bis über beide Ohren«.

Daß auch dieser Schluß an halsbrecherischen Wendungen bis hin zu der aus Thrillern bekannten, fast tödlichen Interaktion rivalisierender Geheimdienste überreich ist, dafür bürgt der Autor Leslie Thomas, einer der erfolgreichsten Romanautoren Großbritanniens mit einer Gesamtauflage seiner Werke von über 11 Millionen. Mit Dangerous Davies hat er das geschaffen, was das Wichtigste und - aus der Perspektive des Lesers und Liebhabers - Verdienstvollste im Krimi-Genre überhaupt ist: einen originellen, unverwechselbaren und überzeugenden Detektiv, dem seine Fälle geradezu auf den Leib geschrieben sind. Klein, schäbig und unbedeutend, wie sie scheinen, kann sie nur jemand bemerken und lösen, der selbst schäbig und unbedeutend scheint und der doch einer der ganz Großen seines Fachs ist. Jemima Duval, die bildschöne junge Frau aus Martinique, hat dies erkannt und weiß ihn - zu Davies' Glück - auch angemessen zu würdigen. Leslie Thomas' zweiter Ausflug in das für ihn neue Feld des Detektivromans bestätigt auch ihn als einen der ganz Großen dieses Fachs, und alle Liebhaber des Genres hoffen, daß er es auch in Zukunft, jenseits seines dritten Krimis »Dangerous by Moonlight«, weiter - und eifriger - pflegen wird.

Volker Neuhaus

DuMont's Kriminal-Bibliothek

»Knarrende Geheimtüren, verwirrende Mordserien, schaurige Familienlegenden und, nicht zu vergessen, beherzte Helden (und bemerkenswert viele Heldinnen) sind die Zutaten, die die Lektüre der DuMont's ›Kriminal-Bibliothek‹ zu einem Lese- und Schmökervergnügen machen.

Der besondere Reiz dieser Krimi-Serie liegt in der Präsentation von hierzulande meist noch unbekannten anglo-amerikanischen Autoren, die mit repräsentativen Werken (in ausgezeichneter Übersetzung) vorgelegt werden.

Die ansprechend ausgestatteten Paperbacks sind mit kurzen Nachbemerkungen von Herausgeber Volker Neuhaus versehen, die auch auf neugierige Krimi-Fans Rücksicht nehmen, die gerne mal kiebitzen: Der Mörder wird nicht verraten. Kombiniere – zum Verschenken fast zu schade.« *Neue Presse/Hannover*

Band 1001	Charlotte MacLeod	**»Schlaf in himmlischer Ruh'«**
Band 1002	John Dickson Carr	**Tod im Hexenwinkel**
Band 1003	Phoebe Atwood Taylor	**Kraft seines Wortes**
Band 1004	Mary Roberts Rinehart	**Die Wendeltreppe**
Band 1005	Hampton Stone	**Tod am Ententeich**
Band 1006	S. S. van Dine	**Der Mordfall Bischof**
Band 1007	Charlotte MacLeod	**». . . freu dich des Lebens«**
Band 1008	Ellery Queen	**Der mysteriöse Zylinder**
Band 1009	Henry Fitzgerald Heard	**Die Honigfalle**
Band 1010	Phoebe Atwood Taylor	**Ein Jegliches hat seine Zeit**
Band 1011	Mary Roberts Rinehart	**Der große Fehler**
Band 1012	Charlotte MacLeod	**Die Familiengruft**
Band 1013	Josephine Tey	**Der singende Sand**
Band 1014	John Dickson Carr	**Der Tote im Tower**
Band 1015	Gypsy Rose Lee	**Der Varieté-Mörder**
Band 1016	Anne Perry	**Der Würger von der Cater Street**
Band 1017	Ellery Queen	**Sherlock Holmes und Jack the Ripper**

Band 1018	John Dickson Carr	**Die schottische Selbstmord-Serie**
Band 1019	Charlotte MacLeod	**»Über Stock und Runenstein«**
Band 1020	Mary Roberts Rinehart	**Das Album**
Band 1021	Phoebe Atwood Taylor	**Wie ein Stich durchs Herz**
Band 1022	Charlotte MacLeod	**Der Rauchsalon**
Band 1023	Henry Fitzgerald Heard	**Anlage: Freiumschlag**
Band 1024	C. W. Grafton	**Das Wasser löscht das Feuer nicht**
Band 1025	Anne Perry	**Callander Square**
Band 1026	Josephine Tey	**Die verfolgte Unschuld**
Band 1027	John Dickson Carr	**Die Schädelburg**
Band 1028	Leslie Thomas	**Dangerous Davies, der letzte Detektiv**
Band 1029	S. S. van Dine	**Der Mordfall Greene**
Band 1030	Timothy Holme	**Tod in Verona**
Band 1031	Charlotte MacLeod	**»Der Kater läßt das Mausen nicht«**
Band 1032	Phoebe Atwood Taylor	**Wer gern in Freuden lebt ...**
Band 1033	Anne Perry	**Nachts am Paragon Walk**
Band 1034	John Dickson Carr	**Fünf tödliche Schachteln**
Band 1035	Charlotte MacLeod	**Madam Wilkins' Palazzo**
Band 1036	Josephine Tey	**Wie ein Hauch im Wind**
Band 1037	Charlotte MacLeod	**Der Spiegel aus Bilbao**
Band 1038	Patricia Moyes	**»... daß Mord nur noch ein Hirngespinst«**
Band 1039	Timothy Holme	**Satan und das Dolce Vita**
Band 1040	Ellery Queen	**Der Sarg des Griechen**
Band 1041	Charlotte MacLeod	**Kabeljau und Kaviar**
Band 1042	John Dickson Carr	**Der verschlossene Raum**
Band 1043	Robert Robinson	**Die toten Professoren**
Band 1044	Anne Perry	**Rutland Place**
Band 1045	Leslie Thomas	**Dangerous Davies ... Bis über beide Ohren**
Band 1046	Charlotte MacLeod	**»Stille Teiche gründen tief«**
Band 1047	Stanley Ellin	**Der Mann aus dem Nichts**

Band 1028

Leslie Thomas

Dangerous Davies, der letzte Detektiv

Der Londoner Detective Davies ist ein Einzelgänger, liebt den Alkohol und seinen monströsen Hund Kitty, ist nicht übermäßig intelligent und neigt dazu, seinen Mitmenschen mehr zu glauben, als gut für ihn ist. Seine Kollegen sind daher nicht die einzigen, die den gutmütigen Polizisten ›Dangerous Davies‹ oder den ›letzten Detektiv‹ nennen.

Davies' Traum, einmal richtige Detektivarbeit leisten zu dürfen, scheint sich nicht zu verwirklichen, denn wer wird einem Polizisten, der noch nicht einmal die Polizeitombola verwalten kann, schon einen wichtigen Fall anvertrauen? Aber Dangerous Davies ist geduldig und hartnäckig. So kommt es, daß er sich auf eigene Faust eines Falles annimmt, weil ihm der Tod einer jungen Frau, die 25 Jahre vor seiner Zeit ermordet wurde, keine Ruhe läßt . . .

Band 1037

Charlotte MacLeod

Der Spiegel aus Bilbao

Nachdem die hübsche Pensionswirtin Sarah Kelling in den letzten Monaten von einem Mordfall in den nächsten gestolpert ist, fühlt sie sich mehr als erholungsbedürftig. Ihr Sommerhaus am Meer scheint der ideale Ort für einen Urlaub, zumal Sarah hofft, daß sie und ihr bevorzugter Untermieter, der Detektiv Max Bittersohn, sich noch näherkommen ... Zu ihrer Enttäuschung wird die romantische Stimmung jedoch durch einen Mord empfindlich gestört – und statt in Sarahs Armen landet Max zu seinem Entsetzen als Hauptverdächtiger in einer Gefängniszelle. Schon bald stellt sich eines heraus: Ehe nicht das Geheimnis des alten Spiegels gelöst ist, der so plötzlich in Sarahs Haus auftauchte, wird es für die beiden kein Happy-End geben.

Band 1038

Patricia Moyes

»... daß Mord nur noch ein Hirngespinst«

Die Familie Manciple gilt als exzentrisch – aber die Bewohner des englischen Dorfes, in dem die Familie seit Generationen lebt, mögen sie gerade deswegen. Als der neureiche Londoner Buchmacher Raymond Mason erschossen in der Auffahrt zum Anwesen der Manciples gefunden wird, glaubt daher keiner der Nachbarn, daß der Täter einer von ihnen ist. Chefinspektor Henry Tibbet aus London, der mit den Ermittlungen betraut wird, trifft auf schießwütige pazifistische Ex-Soldaten, spiritistisch interessierte schwerhörige Großtanten, zerstreute und charmante Hausherrinnen, kreuzworträtselbesessene Bischöfe, undurchsichtige Wissenschaftler und scharfzüngige Schönheiten. Mord ist für ihn bald nur noch das kleinere Problem in diesem Fall.

Band 1039

Timothy Holme

Satan und das Dolce Vita

Achille Peroni, der Rudolfo Valentino der italienischen Polizei, erhält den Auftrag, sich um das Verschwinden einer jungen Frau zu kümmern, die in dem italienischen Badeort Jesolo als Sängerin gearbeitet hat. Es scheint sich lediglich um eine Routineangelegenheit zu handeln. Doch je intensiver Peroni sich mit dem Fall beschäftigt, desto mehr fasziniert ihn die geheimnisvolle schwarzhaarige Schönheit. Schon bald muß er feststellen, daß er mit seinen Untersuchungen in ein Wespennest gestoßen ist. Der Satanskult hat Einzug gehalten in die Häuser der vornehmen venezianischen Gesellschaft. Als Peroni selbst an einer schwarzen Messe teilnimmt, wird ihm ein teuflisches Angebot unterbreitet...

Band 1040

Ellery Queen

Der Sarg des Griechen

Als der Kunsthändler Georg Khalkis an Herzversagen stirbt, ahnt niemand, daß dies nur der Auftakt ist zu einer mörderischen Symphonie: Doch dann verschwindet das Testament, das der Verstorbene noch kurz vor seinem Tod geändert haben soll. Bei der Suche nach dem Letzten Willen macht man eine grauenvolle Entdekkung: In Khalkis' Sarg liegt eine weitere Leiche – mit Würgemalen am Hals: Der Urkundenfälscher und Kunstdieb Albert Grimshaw. Und das Testament bleibt solange verschwunden, kombiniert Ellery Queen, der Autor von Kriminalromanen und scharfsinnige Amateurdetektiv, bis Grimshaws Mörder gefunden ist.

Band 1041

Charlotte MacLeod

Kabeljau und Kaviar

Nach seiner Hochzeit mit Sarah Kelling würde Detektiv Max Bittersohn am liebsten jede freie Minute mit seiner Frau verbringen. Doch Sarahs überspannte Verwandtschaft verwickelt ihn gleich in einen neuen Fall: Erst wird Sarahs Onkel Jem eine wertvolle Silberkette, das Wahrzeichen des noblen Clubs des ›Geselligen Kabeljaus‹ gestohlen, dann ereignet sich ein fast tödlicher Unfall, und schließlich stehen auf einer Party neben Champagner und Kaviar auch kaltblütiger Mord auf dem Programm . . .

Band 1042

John Dickson Carr

Der verschlossene Raum

Der Wissenschaftler Dr. Charles Vernet Grimaud, Experte auf dem Gebiet der Schwarzen Magie, glaubt nicht an Gespenster, Hexen und Vampire. Aber ausgerechnet er wird Opfer eines mysteriösen Mörders, der aus dem Nichts auftaucht und nach der Tat spurlos aus einem hermetisch verschlossenen Raum verschwindet. Selbst Gideon Fell, der scharfsinnige Privatgelehrte und Amateurdetektiv, ist ratlos – bis ihn eine Spur zu drei Gräbern im fernen Transsylvanien führt.

Band 1043

Robert Robinson

Die toten Professoren

Eigentlich ist Inspektor Autumn ja nach Oxford gekommen, um die Zerstörung einer wertvollen Milton-Ausgabe des Warlock College zu untersuchen. Aber dann wird das Dach der Kapelle des College unvermutet um eine Stifterfigur bereichert: die Leiche des toten Vizekanzlers Manchip. An Motiven mangelt es nicht, denn der Tote war äußerst unbeliebt. Doch für welchen Täter soll Autumn sich entscheiden: neidische Kollegen, russische Spione, eifersüchtige Liebhaber oder gar außerirdische Invasoren? Als er schließlich mit nackten Tatsachen konfrontiert wird, ist Inspektor Autumn mehr als beeindruckt!

Band 1044
Anne Perry
Rutland Place

In den noblen viktorianischen Häusern am Rutland Place geht ein Dieb ein und aus – und die vornehmen Herrschaften müssen sich eingestehen, daß der Täter einer von ihnen ist. Zu gern schwiege man daher die unerquickliche Geschichte tot, wäre da nicht der Selbstmord? – oder war es ein Mord? – einer der Anwohnerinnen des Rutland Place, die als besonders neugierig galt. Verzweifelt bittet Caroline Ellison ihre Tochter Charlotte, die Frau von Inspektor Pitt, um Hilfe, ist sie doch selbst in diesen Fall in äußerst kompromittierender Weise verwickelt.

Band 1046

Charlotte MacLeod

»Stille Teiche gründen tief«

Präsident Thorkjeld Svenson vom Balaclava Agricultural College nimmt es recht gelassen hin, als beim traditionellen Winterwendefest eine Leiche auftaucht. Und auch auf die Ermordung eines alten Ehepaares im nahen Dorf reagiert er gefaßt. Doch die Behauptung, der grundsolide Stifter des College habe vor 100 Jahren das Wasserreservoir von Balaclava, einen Teich, bei einer Wette verloren, geht entschieden zu weit! Peter Shandy, Professor für Botanik, steht eine aufregende Zeit bevor, bis er alle Verbrechen aufgeklärt und die Existenz des College gesichert hat.

Band 1047

Stanley Ellin

Der Mann aus dem Nichts

Was – oder wer – könnte Walter Thoren in den Selbstmord getrieben haben? Die Beantwortung dieser Frage würde der Guaranty-Lebensversicherung 200000 Dollar sparen. Daher scheuen die Ermittler Jake und Elinor keine Mühe, Beweismaterial für einen Suizid zu finden. Nachdem sie sich, als Ehepaar getarnt, in die Familie des Toten in Miami Beach eingeschleust haben, dringen sie immer tiefer in die Vergangenheit des Verstorbenen ein. Ein gefährliches Spiel beginnt, bei dem alle Parteien versuchen, rücksichtslos ihre Interessen durchzusetzen.